제국의 탄생 2권

제국의 탄생 2

초판1쇄 발행 | 2015년 12월 4일
초판1쇄 발행 | 2015년 12월 10일

지은이 | 이원호
펴낸이 | 박연
펴낸곳 | 한결미디어

등록일자 | 2006년 7월 24일
등록번호 | 제313-2006-000152호
주소 | 서울시 마포구 모래내로 83 한올빌딩 6층
전화번호 | 02 · 704 · 3331
팩스번호 | 02 · 704 · 3330

ISBN 979-11-5916-015-8 04810
ISBN 979-11-5916-013-4 (세트)

Birth of an Empire

제국의 탄생

2 전사(戰士)의 땅

이원호 지음

한결미디어

목차

복수무정 | 7

원정군 | 48

토번 정벌 | 89

세르갈 대전(大戰) | 128

정복자 | 167

암살단 | 207

전사(戰士)의 땅 | 248

멸망 | 288

복수무정

김산이 땅바닥에 발을 딛고는 호흡을 조정했다. 몸을 대기로 만들어 숨기지 않고 있는 그대로 대적했던 것이다. 몸에 수십 개의 단검과 독침, 표창이 박혔고 검과 창을 받았지만 그것은 허상일 뿐이다. 상대는 베었고 맞췄다고 허상을 본 것이다. 인간의 시력은 한계가 있다. 보는 대로 믿는 것이 인간인 터라 허상을 세워놓고 믿게 만든 것이다. 머리를 돌린 김산이 좌측 끝에 서 있는 사내를 보았다. 모두 처단했지만 수괴 광문이 아직 살아 있다. 그만큼 무공이 뛰어났기 때문일 것이다. 광문의 금사(金絲)는 금사 자체도 위력적이지만 그것을 운용하는 기공이 뛰어났다. 광문이 아니면 운용할 수가 없는 것이다. 김산의 시선을 받은 광문이 얼굴을 일그러뜨리며 웃었다.

"쿠추, 네 명성이 허언이 아니었구나."

김산은 시선만 주었고 광문이 한 손을 들어 손에 쥔 검을 추켜올렸다.

"내 검을 받아보겠느냐?"

그러나 검날은 중간 부근에서 부러졌고 광문의 왼쪽 팔도 어깨에서부터 떼어져 있다. 김산이 다시 주위를 둘러보았다. 11구의 시체가 지붕 위에, 땅바닥에 어지럽게 흩어져 있었는데 제대로 형체를 갖춘 것이 없다. 모두 산산조각이 되어 있는 것이다. 지붕 위에서 대소동이 일어났지만 아래쪽은 조용했다. 모두 숨을 죽이고 있었기 때문이다. 내성 밖 경비군은 아예 진입도 차단시켰다. 광문의 요구가 있을 때에만 경비군을 보내도록 한 것이다.

　"쿠추, 받아라!"

　이제는 목소리에 기합을 넣은 광문이 말했지만 김산이 조금 전에 석태자가 있었던 곳을 주시한 채 대답하지 않았다. 석태자가 수하 넷과 함께 구경하고 있는 것을 알고 있었던 것이다. 그때 광문이 몸을 솟구쳤다. 바로 그 순간이다.

　"아앗!"

　광문의 입에서 놀란 외침이 터졌다. 솟구친 것은 의욕뿐이다. 다리에 힘을 준 순간에 몸이 비틀리면서 지붕 위에 넘어졌기 때문이다. 어느덧 한쪽 다리가 무릎 아래에서 절단되어 있었던 것이다. 몸의 감각이 마비된 광문은 지붕 위에서 나무토막처럼 굴러 떨어지면서 치욕으로 신음 한 번 뱉지 않았다. 그래서 땅바닥으로 떨어질 때 머리부터 내밀었다. 일부러 돌계단 위로 떨어진 광문은 머리가 박살이 났다.

　"전설로만 듣던 혈풍(血風)을 보았다."

　성 밖의 폐가 앞에 선 석태자가 네 제자에게 말했다. 깊은 밤, 추위가 더 심해져서 주위의 생물(生物)은 그들 다섯뿐인 것 같다. 석태자가 일그러진 얼굴로 말을 이었다.

"오늘 밤 이곳에서 쉬고 돌아가기로 하자."

"교주."

5대 제자 중 맏형인 춘이 다가와 섰다. 이맛살이 찌푸려진 것이 추위 때문은 아니다.

"혈풍이라니요? 혈풍이라는 무공도 있습니까? 저는 도망쳐 나온 것이 부끄럽습니다."

"이놈아, 산 자가 이긴 자다."

쓴웃음을 지은 석태자가 폐가의 부서진 대문 안으로 들어서며 말했다. 이곳은 성에서 30리(12km)나 떨어진 곳이다. 이곳까지 석태자는 말 한마디 않고 앞장서 도망쳐온 것이다. 네 제자는 잠자코 뒤를 따랐고 석태자의 말이 이어졌다.

"아느냐? 패한 자가 곧 죽은 자란 말이다."

"저는 도망친 비겁자가 되어서 사느니 싸우다 죽는 것이 낫습니다."

"글쎄 네 죽음을 사내답다고 할까?"

마당으로 들어선 석태자가 머리를 돌려 춘을 보았다.

"네 시체를 놓고 도망친 놈들이 여기 비겁자가 죽었다고 한다면 어쩔 셈이냐?"

춘이 눈만 껌벅였고 석태자의 얼굴에 쓴웃음이 번졌다.

"죽은 자는 입을 열어 제 변명을 할 수가 없다. 아느냐?"

다시 발을 뗀 석태자가 말을 이었다.

"그래서 역사는 이긴 자의 기록이라고 하는 것이다. 이긴 자가 곧 산 자지."

"교주님."

일이 옆으로 다가와 서더니 물었다.

"전설로만 듣던 혈풍이란 무엇입니까?"

빈청으로 들어선 석태자가 주위를 둘러보더니 안쪽 부서진 걸상 위에 앉았다. 청 안은 칠흑처럼 어두웠지만 어둠에 익숙한 그들은 서로의 얼굴을 선명하게 본다. 석태자가 긴 숨을 뱉고 나서 주위에 둘러앉은 네 제자를 보았다.

"쿠추는 그들의 기공(氣攻)을 모두 빨아들였다. 보았느냐?"

"모두 떠올랐을 때 주위에 부연 소용돌이가 일어나 보이지 않았습니다."

일이 대답하자 석태자의 얼굴이 긴장으로 굳었다.

"쿠추는 온몸을 내놓고 그들의 공격을 다 받았다. 그러고 나서 그 기운을 되돌려 준 것이야. 바로 혈풍으로 만든 것이지."

"……."

"전례(前例)가 있었습니까?"

"4백 년 전, 사천성의 육창이란 도인이 소용돌이를 일으켜 17명을 죽였다고 했다. 혈풍이지."

제자들을 둘러본 석태자가 쓴웃음을 지었다.

"오늘 쿠추는 대기로 변신하지 않고 몸을 드러내 정정당당히 대결했다."

"구타이 대감의 무림인 12명이 몰사했습니다."

외면한 채 춘이 말을 이었다.

"이제 내성 사랑채는 비었습니다."

그것은 구타이의 처자식 넷의 주변이 비었다는 말이었다. 두 손을 소매에 찔러 넣은 석태자가 머리를 끄덕였다. 여전히 얼굴에 웃음이 띠어져 있다.

"네 번째 부인의 세 자식이지. 구타이는 부인 넷에 자식이 열넷이야. 아직도 부인 셋과 자식 열하나가 남아 있어."

청으로 들어선 김산이 안쪽을 보았다. 그 순간 사내 둘이 달려들었는데 내관이다. 손에 비수를 쥐었고 결사적인 표정이다. 김산이 한 걸음 발을 떼었을 때 두 사내가 질풍처럼 달려왔는데 비수가 양쪽에서 내려쳤다.

"아악!"

그 순간 비명이 울리면서 각각 팔이 잘린 내관이 땅바닥에 뒹굴었다. 김산이 허리에 찬 칼을 뽑자마자 두 내관의 팔을 자른 것이다. 쓰러진 내관의 머리통을 차 기절을 시켜놓았을 때 안쪽에서 울음소리가 났다. 어린애 울음소리다. 시선을 든 김산이 숨을 들이켰다. 두 여자와 세 아이가 모여 앉아 있다. 두 여자는 각각 여아와 사내아이를 안았는데 울음소리는 여아의 입에서 나온다. 그러나 7살쯤 되어 보이는 사내아이는 그 옆에 서서 눈을 치켜뜨고 있다. 우는 여아를 안고 있는 여자가 어미 같다. 사내아이를 안은 시녀는 새파랗게 질려서 부들부들 떠는 것이 금방이라도 아이를 내던지고 도망갈 것 같다. 김산이 세 걸음을 더 다가가자 그들과는 두 걸음 거리가 되었다. 손에 쥐고 있는 장검으로 내려치면 닿을 거리다. 김산이 칼끝으로 시녀가 안고 있는 아이의 목을 겨누었다. 세 살쯤 되어 보이는 아이는 세상 모르고 잔다. 김산의 머릿속에 세 살짜리 동생 은(銀)의 얼굴이 떠올랐다. 구타이는 삼월이가 안고 있던 은이를 칼로 푹 쑤시더니 꼬치구

이처럼 꿰어 땅바닥에 내동댕이쳐서 죽였다. 그전에 구타이는 어머니가 안고 있던 여동생 유진의 목을 움켜쥐더니 칼로 반토막을 내었던 것이다. 김산이 칼끝으로 사내아이의 몸통을 겨누면서 말했다.

"네 남편 구타이가 내 어린 동생을 칼로 쑤셔서 땅바닥에 내동댕이쳐서 죽였다."

구타이의 처는 눈만 크게 뜨고 있을 뿐 온몸이 굳어 입도 떼지 못한다. 그때 김산이 말을 이었다.

"내 여동생 유진은 그때 다섯 살이었는데 구타이가 목을 잡아 쥐고는 몸통을 두 토막으로 잘랐지."

김산이 유렌이 안고 있는 여자아이의 목에 손을 뻗어 움켜쥐려는 시늉을 했다. 말을 알아들은 여자아이가 훌쩍이며 울기 시작했다. 시녀의 이가 마주치는 소리가 들렸다. 그때 유렌이 입을 열었다.

"차라리 나를 죽여주시오."

김산의 시선을 받은 유렌의 얼굴에 눈물이 흘러내렸다.

"아이들은 살려주시오. 제가 죽겠습니다."

"그때 내 동생들이 다섯 살, 세 살이었다. 다섯 살짜리가 여동생이었으니 네 자식들과 같구나."

김산의 시선이 아직도 나무토막처럼 굳어진 채 서 있는 사내아이에게로 옮겨졌다.

"내가 이 아이 나이였다. 일곱 살이었지. 내가 이 나이 때 고려에서 만리 길 대륙으로 포로가 되어 끌려왔다."

김산의 목소리는 낮고 차분해서 이야기를 들려주는 것 같다.

"어머니는 날 먹이려고 몸을 팔아 고기를 얻었지. 그러다가 칼에 맞아 죽으셨다. 고기를 훔치려다가 당하신 거야."

12

"살려주십시오."

유렌이 흐느끼며 말했다.

"저를 죽이시고 아이들만은……."

그때 김산이 눈을 부릅뜨고 유렌을, 아이들을 하나씩 보았다. 부릅뜬 눈에서 불길이 솟아 나올 것 같았으므로 유렌도 숨을 들이켰다.

"으아아."

마침내 울음이 터졌는데 사내아이다. 기를 쓰고 무서움을 참았다가 울음이 터진 것이다. 유렌이 팔을 뻗어 사내아이까지 끌어안았다. 소리 죽여 울던 여자아이도 따라 울었으므로 방안은 두 아이의 울음으로 덮였다. 그때 김산이 목에 맨 가죽 주머니를 풀었다. 가죽 주머니는 때와 기름이 번져 반질반질했는데 김산이 주머니를 유렌의 눈앞에서 흔들어 보였다.

"내가 복수를 하려고 이 주머니를 25년 동안 지니고 다녔다."

김산의 목소리가 처연해졌다.

"이 주머니 안에 내 아버지, 어머니, 두 동생의 머리카락이 담겨 있다."

눈을 부릅떠 보인 김산이 팔을 뻗어 주머니를 양초 불꽃 위에 내려뜨렸다. 아이들의 울음소리가 잠깐 낮아졌다. 궁금했기 때문일 것이다. 곧 가죽 주머니 밑이 녹더니 머리카락 타는 냄새가 났고 이어서 주머니에 불이 붙었다. 김산이 주머니를 땅바닥에 내려놓자 작은 불길이 일어났다.

"아버님, 어머님, 유진아, 은아."

고려 말로 말한 김산이 다시 몽골어로 말을 잇는다.

"나는 이곳에서 제사를 지낸다."

13

김산이 고려 말로 소리쳤다.

"이제 한을 푸소서!"

불꽃이 곧 사그라졌고 방안에 머리카락 탄 냄새가 가득 덮였다. 그때 김산이 눈을 부릅뜨고 유렌을, 세 자식을 차례로 훑어보았다. 그 순간 김산의 눈에서 두 줄기 눈물이 흘러내렸다.

"너희들은 제 명대로 살거라."

한마디씩 분명하게 말한 김산이 몸을 돌렸다.

"무엇이?"

눈을 치켜뜬 구타이가 앞에 선 장교를 보았다. 눈에 덮인 동토를 2백여 리나 북상해온 장교는 탈진한 상태다. 호흡을 고른 구타이가 입술도 달싹이지 않고 물었다.

"무림인들이 몰사했단 말이냐?"

"예, 대감."

장교는 시라곤 성에서 이틀 밤낮을 달려온 것이다. 성주 하단이 위사장 사타에게 암살당하더니 이제 장군 광문과 무림인들까지 몰사했다는 보고다. 구타이가 다시 호흡을 골랐다.

"그럼 석태자 일행은?"

"모릅니다."

"몰라?"

"예, 보이지 않았습니다."

그때 구타이가 이제는 헛기침을 했다. 얼굴이 굳어 있다.

"내 처자식은?"

"안에서 살육이 일어난 것을 보았습니다."

"……."

"저로서는 내궁에 들어갈 수가 없었기 때문에, 내궁에서 도망쳐 나온 시녀한테서 듣고 바로 대감께 달려온 것입니다."

"……."

"장군, 광문과 무림인들은 모두 산산조각이 나서 내궁 사랑채 뜰이 피바다가 되었다고 했습니다."

"……."

"내궁에서는 시녀 몇 명만 빼고 살아나온 사람이 없습니다. 대감."

이제 구타이는 시체처럼 앉아 있기만 한다.

"도련님. 제 등에 업히시지요."

비호수가 쪼그리고 앉아 등을 내밀자 원(元)이 환하게 웃으며 다가왔다. 원은 자주 찾아오는 비호수를 따른다. 미시(오후 2시)가 조금 넘은 시간이다. 타이렌성 외곽의 북부군 주둔지는 사방 30리(12km)에 펼쳐져 있다. 상비군으로 보군 3만과 기마군 2만, 별동대 5천이 주둔하고 있는 터라 마장(馬場)에 전마(戰馬) 10여만 필을 보유했고 10여 동의 창고에는 1년분의 군량이 항시 비축되어 있는 것이다.

원을 업은 비호수가 뒤에 서 있는 아영에게 머리를 숙였다.

"마님. 다녀오겠습니다."

"예. 저녁 무렵까지는 돌아오세요."

비호수의 등에 업힌 원은 신나는지 엉덩이를 들썩이며 아영을 쳐다보지도 않았다. 모처럼 화창한 날씨다. 바람도 없고 하늘은 맑았다. 북방의 여름은 두 달밖에 안 되지만 초원에 풀이 자라고 눈이 녹아 개울물이 범람하기도 한다. 원의 뒷모습을 보고 서 있는 아영의 옆으로 채화진이 다가왔다.

"마님. 들어가시지요."

머리를 끄덕인 아영이 채화진을 보았다. 부드러운 표정이다.

"감독관께서는 공무에 바쁘실 텐데 자주 들러주시는군요."

"마님. 제 일을 하고 있는 것입니다."

채화진과 아영이 나란히 진막 안으로 들어섰다. 이곳은 아영과 원의 피신처다. 북부군의 본진 한복판에 세워진 비호수의 진막에서 50보쯤 떨어진 위치다. 비호수는 공무에 바빴기 때문에 채화진이 며칠 전부터 아영 모자를 그림자처럼 경호하고 있다. 진막은 몽골식 겔이지만 넓고 크다. 직경이 50여 보나 되는 원통형 겔은 10여 개의 방으로 나뉘어서 미로 같다. 안쪽 내실로 들어선 아영과 채화진이 마주보고 앉았다. 이곳은 금남 구역으로 남자는 다섯 살짜리 원만 출입할 수 있다. 지금 원은 비호수와 함께 진지 순찰을 나간 것이다. 순찰이라기보다 구경이다. 말을 타고 구경하기를 좋아하는 원이 비호수를 졸라 사흘에 한 번씩은 진지를 순찰하는 것이다. 마장의 말 떼도 보고 개울가에 내려 물에 손을 적시기도 한다. 북부군 진영에서 생활한 지 20여 일이 되는 바람에 원이 답답해했기 때문이다.

"감독관께선 고향이 어디세요?"

아영이 묻자 채화진이 자리를 고쳐 앉았다.

"하북성 연산이란 곳입니다. 마님."

"마님 호칭이 거북해요."

아영의 얼굴에 웃음이 떠올랐다.

"내가 언니로 불리는 것이 맞겠지요?"

그 순간 채화진이 숨을 들이켰고 이어서 얼굴이 붉어졌다. 그러나 아영의 시선을 받은 채 머리를 끄덕였다.

"네. 맞습니다."

아영은 여자의 본능으로 김산과 채화진과의 관계를 알게 된 것 같다. 채화진이 두 손으로 방바닥을 짚더니 시선을 내렸고 아영이 말을 이어갔다.

"그렇게 하는 것이 나리께서 불편하지 않으실 것 같아요."

채화진이 입을 다물었고 아영의 말이 이어졌다.

"한 집에서 같이 살기는 힘들겠죠?"

"네. 마님. 저는 소임이 있어서."

"언니라고 부르라니깐."

"네. 언니."

채화진의 얼굴이 더 빨개졌다. 그때 무릎걸음으로 다가온 아영이 채화진의 손을 두 손으로 감싸 쥐었다.

"아우님. 같이 나리를 모시게 되어서 든든해요."

"마님."

"언니라고 부르라니깐."

"언니."

아영이 채화진의 손을 감싸쥔 채 흔들었다.

"아우님도 나리 아이를 낳고 우리 같이 살아요."

방태산이 머리를 들고 구타이를 보았다.

"대감, 갑자기 웬일이십니까?"

그러나 구타이는 어깨를 부풀렸다가 내리고는 주위를 둘러보는 시늉을 했다. 눈썹이 치켜 올라갔고 입은 꾹 닫혀 있다. 곰가죽 조끼를 받쳐 입었는데 끈이 느슨하게 매여 있다. 어딘지 모르게 살벌하면서도 흐트러진 모습이다. 눈동자가 초점도 멀어졌다가 자주 흔들렸다. 상석에 앉은 구타이의 주변으로 수행한 30여 명의 각양각색의 무인이 둘러섰는데 그들 분위기도 마찬가지다. 살기가 흉흉해서 막 전장(戰場)을 나온 것 같다.

방태산이 심호흡을 했다. 타이렌성 서북방의 사당 안이다. 이곳은 토속신을 모시는 사당이어서 절집은 컸지만 빈집이다. 방태산은 이곳을 숙소로 삼고 있는 중이다. 방태산은 갑자기 이곳까지 찾아온 구타이를 보고 당황하고 있다. 구타이는 예고도 없이 들이닥쳤는데 휘하에 30여 명의 무리를 이끌었다. 방태산이 보기에도 모두 절정의 무공을 갖춘 괴인(怪人)들이다. 본 얼굴도 있었는데 구타이가 휘하에 거느리고 있던 무림인들 중에서 정예로만 선발하여 왔다는 것을 알 수 있었다. 그때 구타이가 물었다.

"쿠추의 처자가 북부군 본진에 있는 것은 확실하오?"

"예. 대감."

어깨를 늘어뜨린 방태산이 구타이를 보았다.

그렇다면 구타이가 직접 쿠추의 처자를 처단할 작정이란 말인가? 방태산의 이맛살이 찌푸려졌다. 그때 구타이가 말을 이었다.

"설산인. 그대가 오늘 밤 앞장을 설 수 있겠소?"

"어, 어디로 말입니까?"

당황한 방태산이 말까지 더듬었다.

"설마 북부군 본진으로 진입하시는 것 아니겠지요?"

"내가 내 주변에 있던 정예는 모두 끌고 왔소."

구타이의 얼굴에 일그러진 웃음이 떠올랐다.

"이 정도의 무림인이면 카라코룸에 잠입해서 황제 몽케의 목을 떼어올 수도 있을 거야."

손을 든 쿠타이가 주위에 둘러선 사내들을 가리켰다.

"설산인. 그대도 모르는 고수들이오."

"대충 압니다. 대감."

시선을 피한 방태산이 말을 이었다.

"9대 문파는 물론이고 녹림과 서역의 괴인들까지 다 모셔 오셨군요."

"이제 거칠 것 없어."

뱉듯이 말한 구타이가 얼굴을 일그러뜨리며 웃었다. 그 순간 방태산은 숨을 들이켰다. 구타이의 주름진 눈에서 눈물이 흘러내리고 있었기 때문이다. 잘못 보았나 하고 눈을 껌뻑였던 방태산은 구타이의 볼에서 번들거리는 눈물 줄기를 보았다. 구타이가 그 얼굴을 감추지도 않고 말을 이었다.

"시라곤 성에 있던 내 처자는 다 죽었어."

숨을 들이켠 방태산의 눈동자가 흐려졌다. 시라곤 성의 구타이 처자가 어떻게 보호되고 있는지 방태산도 알고 있었기 때문이다. 광문 이하 12인의 무림인은 모두 절정의 고수들이다. 그리고 선교주 석태자가 누구인가? 5대 제자를 거느린 석태자의 모습을 떠올렸던 방태산이 물었다.

"그럼 내성 안 경호단이 어떻게 되었단 말입니까?"

"몰살됐어."

외면한 채 구타이가 말을 이었다.

"광문 이하 12인이 모조리 참살되었어. 혈우가 내렸다고 하더군.

19

그리고…….”

숨을 들이켰던 구타이가 눈을 부릅떴다.

“석태자는 실종되었어. 도망친 것 같아.”

“…….”

“이제는 쿠추가 그 빚을 받을 차례야. 쿠추의 가족을 몰살시켜야
돼.”

구타이가 이 사이로 말했는데 다시 눈동자가 흐려져 있다. 이곳에
온 목적이 그것이다.

“방태산 주위에는 정예 무림인이 없습니다.”

코르치가 다가와 낮게 말했을 때 구타이는 시선만 주었다. 구타이
의 참모장 코르치도 처연한 표정이다. 30년간 가깝게 지낸 구타이의
측근으로 그림자처럼 붙어 다녔으니 이제 눈빛만 보아도 마음을 읽
는다. 이제 구타이와 코르치는 옆쪽의 빈 요사채에 들어가 있었는데
수하들이 어설프게 치운 터라 방안은 황량했고 문짝도 반쯤 떨어져
있다. 구타이의 옆모습을 향해 코르치가 말을 이었다.

“대감. 바랴족도 우드리가 성주가 되고 나서 배신을 했습니다. 이
제 잊으시고 서쪽으로 가시지요.”

“흐흐흐.”

갑자기 구타이가 낮게 웃자 코르치는 숨을 들이켰다. 머리를 돌린
구타이가 웃음 띤 얼굴로 코르치를 보았다.

“서쪽으로 가서 킵차크 칸국의 주치 영역으로 들어가란 말이냐?”

“그 아래쪽 영토 또한 광대합니다. 대감.”

“지쳤다.”

구타이가 초점이 멀어진 시선으로 코르치를 보았다.

"코르치. 그동안 꽤 천하를 흔들어 본 것 같지 않느냐?"

"대감."

"몽골제국 천하의 제2인자였지. 그렇지 않으냐?"

"그, 그러셨지요."

코르치가 반백의 수염을 손바닥으로 쓰다듬는 시늉을 하면서 눈 밑으로 흐른 눈물을 닦았다.

"대감께선 이미 천하에 이름을 떨치셨소."

다시 외면한 구타이가 입을 다물었고 코르치의 말이 이어졌다.

"대감. 아직도 북방에 5만여 군사가 흩어져 있습니다.

"……."

"그 군사로 조금씩 서쪽을 확보해 나가면 기회가 올 것입니다."

"……."

"몽골제국의 기반을 굳혀놓으신 대감이십니다. 서남쪽의 광대한 영토를 먼저 장악하신다고 했지 않으시오?"

"다 부질없다."

구타이가 입술도 달싹이지 않고 말하더니 곰 털로 깐 방바닥에 몸을 눕혔다.

"밤새워 달려왔더니 피곤하다. 한숨 자고 일어날 테니 그동안 방태산 이하 무림인들을 준비시켜라."

구타이의 악문 이 사이로 그렇게 말이 흘러나왔다.

"우선 쿠추의 처자를 죽여 내 처자식의 한을 풀겠다."

"대감."

"그래. 난 쿠추의 부모, 형제를 내 손으로 죽였다. 지금도 생생하게 기억이 난다."

천장을 향해 반듯이 누운 구타이가 옆쪽에 무릎을 꿇고 앉은 코르치를 올려다보았다.

"그래. 그때 쿠추가 일곱 살이었네. 내 아들 호레그와 같은 나이였다."

구타이의 눈에서 눈물이 흘러내려 귀 쪽으로 떨어졌다.

"쿠추의 두 동생도 다섯 살짜리 내 딸 아샤, 세 살짜리 쥬마와 같은 나이였지."

"대감, 주무시지요."

마침내 코르치가 다리를 펴고 일어섰을 때 구타이가 말을 맺는다.

"전력을 다해 쿠추의 처자를 죽이고 이쯤 해서 내 파란만장한 인생도 끝내겠다."

"설산인께선 안내만 하고 뒤로 물러가시지요."

무당파 선인(仙人) 출신의 모용이라는 사내가 구타이가 인솔해온 무림인들의 수장 노릇을 했다. 흰 수염을 길렀으나 얼굴을 보면 50대쯤인데 목소리가 높아서 여자 같다. 모용이 눈을 가늘게 뜨고 말을 잇는다.

"북부군 본진 안에 쿠추의 처자 둘이 있다는 건 이미 다 알려져 있지만 그 위치가 여러 곳이오. 그러니 총사령관의 본진 주위부터 수색해야 될 것이오."

방태산은 두 손을 소매 속에 넣고 서 있었는데 눈동자가 흐려져 딴생각을 하고 있는 것 같다. 이곳은 사당의 본당 안이다. 본당이라고 해도 부처님을 모신 것도 아니다. 안쪽에 깃발과 제기만 쌓여 있을 뿐으로 30여 명의 무림인이 둘러앉거나 서 있다. 무질서한 것 같았지만 안쪽 벽에 서 있는 모용에게로 시선이 모여 있다. 모용의 새된 목소리가 이어졌다.

"수색조는 설산인 이하 수하 다섯, 그 뒤로 3개의 결사대가 따르도록 합니다. 결사대 조장은 남기단, 홍보, 차광이 각각 순서대로 조원을 이끌도록 하시고 나는 뒤를 맡겠소."

그때 방태산이 눈의 초점을 잡고 모용을 보았다. 갑자기 생각이 났다는 얼굴이다.

"혹시 대형께선 20년쯤 전에 남색을 하다가 연장이 뽑힌 자봉 도사가 아니시오?"

그 순간 모용의 얼굴이 하얗게 굳어졌다. 본당 안의 모든 시선이 모여졌고 기침 소리 하나 울리지 않는다. 눈을 치켜뜬 모용이 입을 열려고 했을 때 다시 방태산의 목소리가 본당을 울렸다.

"목소리를 들으니 기억이 났소. 천악산 3형제가 자봉을 잡아 연장을 뽑고 살려 보냈더니 일 년쯤 후에 여자 목소리를 내면서 다시 강호에 등장했다던데, 맞지요?"

"이놈."

모용의 얼굴이 이제는 시뻘겋게 되었는데 눈썹이 치켜 올라갔고 흰 수염이 뻣뻣하게 세워졌다. 무서운 형상이다.

"이놈, 이 떠돌이 도사 놈이."

모용이 얼굴을 일그러뜨리며 웃었다.

"감히 날 우롱하느냐?"

"진실을 말했을 뿐이네, 그런데."

방태산의 시선이 모용의 사타구니로 옮겨졌다.

"소변은 앉아서 보는가?"

그 순간이다. 모용이 몸을 솟구쳐 다섯 발짝 앞에 선 방태산을 덮쳤다. 엄청난 기세여서 본당 안에 회오리바람이 일었고 모든 사내의 옷자락이 날렸다. 모용은 두 손을 펴고 갈퀴처럼 손가락을 오므렸는데 마치 짐승의 앞발 같다.

"아앗!"

누군가의 외침 소리가 울렸다. 모용의 몸이 방태산의 위로 덮쳐누르는 형국이 되었기 때문이다. 그 순간.

"으아악!"

본당에 비명이 울렸고 피가 사방으로 뿌려졌다. 질색을 한 사람들이 흩어지는 바람에 본당은 아수라장이 되었다. 모용의 몸이 두 토막으로 갈라진 것이다. 방태산은 칼을 쥔 채 모용의 시체에서 두 걸음쯤 떨어진 곳에 서 있었는데 태연한 표정이다. 머리를 든 방태산이 주위를 둘러보며 말했다.

"노형들, 진정하고 내 말을 들어보시오."

웅성거리던 사내들이 방태산을 둘러쌌는데 험악한 분위기가 되어갔다. 방태산이 칼집에 칼을 넣더니 두 손을 모으고 말했다.

"내가 이자를 처치한 것은 고의가 맞소, 일부러 분을 올려 덮치도록 한 것이오."

"그래서 어쩔 작정이오?"

사내 하나가 앞으로 나서서 물었다. 눈의 살기가 강했다.

"대답이 궁색하면 가만두지 않겠소."

"말씀드리지요."

24

머리를 숙여 보인 방태산이 주위를 둘러보았다.

"지금 이자 말대로 본진에 쳐들어간다면 모두 전멸이오. 이자는 우리를 함정 속으로 밀어 넣고 저만 살아 도망치려는 음모를 꾸몄소."

"그 증거를 대시오."

사내 하나가 소리쳤을 때 방태산의 얼굴에 쓴웃음이 번졌다.

"자봉이 후미를 맡는다는 것이 그 첫째요. 앞장선 일행이 다 죽으면 누가 트집을 잡을 수도 없을 테니까."

"둘째는?"

"북부군 본진을 30여 명의 무림인으로 쳐들어간다는 건 새알로 바위를 치는 것이나 같소. 구타이 대감은 복수에 눈이 뒤집혀 우리를 불구덩이 속으로 밀어 넣고 있소."

"닥쳐라!"

뒤쪽에서 고함이 울렸으므로 모두의 시선이 몰렸다. 구타이가 본당 입구로 들어서고 있다. 눈을 치켜뜬 구타이가 방태산을 노려보며 다시 소리쳤다.

"이놈, 이 비겁한 놈, 내 핑계를 댈 셈이냐? 겁이 난다고 말하지 못하는 비겁자!"

"그렇소."

어깨를 편 방태산이 구타이를 노려보았다.

"겁이 나오! 개죽음을 할까 봐 겁이 나오!"

"이놈을 잡아라!"

구타이가 방태산을 가리키며 발을 굴렀다.

"죽여도 좋다!"

그 순간 죽은 모용의 휘하 무림인들이 일제히 방태산을 둘러쌌다. 그중 하나가 소리쳤다.

"방태산, 반항할 테냐! 그럼 너 죽고 우리도 함께 죽는다!"

"이왕 죽을 몸."

어깨를 부풀린 방태산이 빙그레 웃었다.

"북부군 진영 안에서 개처럼 죽는 것보다 이곳에서 이름을 떨치고 죽겠다."

카라코룸의 황궁 안, 김산이 황제 몽케와 독대하고 있다. 접견실 안에는 황제 몽케와 황군사령관 겸 위사장 바시크까지 셋뿐이다. 몽케가 부드러운 시선으로 김산을 보았다.

"쿠추, 구타이의 잔존 세력은 곧 바람 앞의 먼지처럼 소멸될 것이다. 따라서 아리카부케의 헛된 욕심도 더 이상 살아나지 못할 터."

보료에 상반신을 기댄 몽케가 지그시 김산을 보았다.

"쿠추, 북부가 서역을 잇는 요지다. 다시 북부 총독을 맡아라."

"폐하."

김산이 몽케를 올려다보았다. 몽케는 이제 집권 4년차, 47세가 되었다. 제국의 기반은 굳어졌고 톨루이 가문의 후계 체제도 쿠빌라이로 확정이 된 것이다.

"폐하, 소신은 서역으로 가고 싶소이다."

김산이 말하자 몽케의 표정이 굳어졌다. 잠자코 있던 바시크도 상체를 세우고 김산을 보았다. 몽케가 머리를 기울이며 묻는다.

"서역이라니? 킵차크의 바투한테 말이냐? 바투가 오라고 했어?"

"아닙니다. 폐하. 킵차크로 가는 것이 아닙니다."

"그럼 어디로 가겠단 말이냐?"

"그 아래쪽으로 가려고 합니다."

그때 몽케와 바시크의 시선이 마주쳤다. 그 아래쪽이란 서역의 아래쪽 호레즘의 근거지를 말한다. 바그다드를 중심으로 한 호레즘 부족은 아직도 건재한 것이다. 바시크가 입을 열었다.

"쿠추 님, 그쪽은 훌라구 님이 맡았다가 실패하신 지역입니다."

김산이 머리를 끄덕였다. 훌라구는 쿠빌라이의 동생이다. 칭기즈 칸의 막내아들 톨루이에게 네 아들이 있었으니 그 첫째 아들이 황제가 된 몽케이며 둘째가 쿠빌라이, 셋째가 훌라구, 넷째가 아리카부케인 것이다. 셋째 훌라구는 몽골대제국의 후계 경쟁에서 물러나 독자적으로 새 제국을 건설하려고 했는데 그 목표가 바로 바그다드 지역이었다. 그런데 호레즘의 본거지인 터라 저항이 격렬했고 각 부족의 군사력이 강했기 때문에 좌절당한 것이다. 김산이 입을 열었다.

"소신은 더 남쪽으로 내려가겠습니다. 훌라구 왕자께선 제가 자리 잡은 위쪽에 오시면 되겠지요."

"더 남쪽이라니? 어디 말이냐?"

몽케가 묻자 김산의 눈빛이 흐려졌다.

"바다가 닿는 곳입니다."

"음, 멀구나."

몽케가 신음처럼 말했다. 제국의 황제 머릿속에는 항상 대륙의 지도가 펼쳐져 있는 법이다. 지금 김산이 말한 지역은 인도와 서북쪽 해안까지 거대한 대륙이다. 머리를 든 김산이 말을 이었다.

"폐하, 제국의 서남쪽 지역을 확보하여 제국의 후환을 미리 방지할 것입니다. 윤허하여 주옵소서."

몽케와 바시크의 시선이 다시 마주쳤다. 어느덧 몽케의 눈동자가 번들거리고 있다. 몽케가 김산의 말뜻을 모르겠는가?

칭기즈 칸 사후 쥬치, 차가타이, 오고데이, 톨루이 4형제의 권력 투쟁은 격심했다. 제국의 영토가 넓었기 때문에 각각 분할해가면서 전쟁이 일어나지는 않았다. 그러나 중심인 몽골제국의 황제는 칭기즈 칸 사후 셋째아들 오고데이가 이은 후부터 혼란이 심해졌다. 오고데이가 죽은 후에 장남 구유크로 이을 때도 6년간 황제를 선출하지 못하고 분쟁이 일어났다. 구유크가 죽고 나서도 마찬가지다. 톨루이의 맏아들 몽케는 3년 후에야 주치의 차남인 킵차크 칸국의 바투의 지원을 받아 황제가 된 것이다. 그래서 몽케는 후계 체제를 미리 굳혀둘 필요가 있었다. 제국이 분열되는 것을 막으려는 것이다. 지금까지 몽케는 후계자로 정한 바로 아래 동생 쿠빌라이를 위해서 경쟁자인 아리카부케를 견제했다. 그러나 그것으로 끝나는 것이 아닌 것이다. 셋째 동생 훌라구도 만만한 사내가 아니다. 제국의 서쪽 지역을 떼어 가지려고 아리카부케는 훌라구와 경쟁해온 것이다. 훌라구는 바그다드를 중심으로 하는 호레즘 제국의 영토를 자신의 제국으로 삼으려고 했지만 번번이 실패해왔다. 그 위쪽 바투의 킵차크 칸국이 기반을 잡아가는 것과는 대조적이다. 그리고 또 있다. 몽케는 황제가 되면서 전 황제 구유크 황제의 처인 황후 오굴 카이미쉬를 거적에 말아 강에 던져 죽였다. 오굴 카이미쉬가 제 아들인 효자와 나글 중 하나를 황제로 세우려고 음모를 했기 때문이다. 또 한 명의 경쟁자가 있었으니 오고데이의 셋째 아들로 일찍 죽은 규추의 아들 시라문이었다. 시라문은 강력한 경쟁자였고 몽케에게 격렬히 반발했으므로 몽케는 황제에 즉위하자마자 오굴 카이미쉬와 함께 처형했던 것이다. 이제 몽케 시대에 이르러 넷째 동생 아리카부케의 기는 꺾었지만 제국의 내부에 불씨가 아직도 남았다. 셋째 동생 훌라구와 오고데이의 넷째아들 가시의 아들인 하이도다. 하이도가 옛 오고데이 영토와 차가타이 영토를 넘나들며 세력을 키우고 있는 것이다. 하이도는 아리카부케, 또는 훌라구와 접근하여 몽케와 쿠빌라이 연합에 위협세력이 되어가고 있다. 이것이 현 몽골대제국의 내부 상황인 것이다. 이윽고 몽케가 입을 열었다.

"좋다. 가거라, 쿠추."

몽케의 두 눈이 다시 번들거렸다.

"그곳에 네 제국을 세워라, 몽골제국의 형제국을 말이다."

두 손을 늘어뜨린 방태산이 앞에 서 있는 구타이를 보았다. 본당 안은 지옥이 되어 있다. 서 있는 사람은 구타이와 참모장 코르치, 그리고 서너 명의 위사뿐으로 나머지는 모두 죽거나 치명상을 입고 쓰러져 있다. 구타이가 데려온 30여 명의 무림인이 모두 당한 것이다. 그러나 방태산 또한 온몸에 수십 군데의 상처를 입고 피투성이가 되어 있다.

"이, 이런."

눈을 치켜뜬 구타이가 이 사이로 말했다. 그러나 곧 얼굴을 찌푸리며 웃었다.

"방태산, 네가 북부군 본진에서 이 짓을 했으면 좋았을 것을."

"대감."

방태산이 두 손에 쥔 칼을 떨어뜨리면서 웃었다.

"대감이 저 무리들을 끌고 왔을 때 생을 포기했다는 것을 알고 있었소."

"닥쳐라, 이놈!"

구타이가 발을 굴렀지만 목소리는 약했다. 어깨를 편 구타이가 뱃심을 끌어 모아 소리쳤다.

"이놈, 목숨이 아깝더냐! 이 비겁한 놈! 그래, 나는 이제 살 희망이 없다!"

그때 방태산이 턱을 젖히며 소리 내 웃었다.

"그래서 우리 모두를 불구덩이로 몰아넣고 구경하려는 것이냐!"

"이놈, 나도 사라지려 작정했었다!"

발을 구른 구타이가 허리에 찬 칼을 뽑아들었다.

"방태산, 칼을 들고 나를 베어라, 내가 널 베러 갈 테니."

"대감."

옆에 선 코르치가 구타이의 팔을 잡았다.

"고정하시오, 대감."

"놔라!"

"같이 죽읍시다. 대감."

방태산이 피범벅이 된 얼굴로 웃으며 손짓으로 불렀다.

"나를 베시오, 그 순간 죽여 드리지, 나도 이곳에서 생을 끝내겠소. 그래서 이렇게 만든 것이오."

"좋다!"

그때였다. 뒤쪽에서 외침 소리가 났다.

"보고! 전령이 왔습니다!"

구타이는 몸도 돌리지 않았지만 다시 외침 소리가 났다. 이번에는 다른 목소리다.

"시라곤 성의 경호대 군관의 전갈이오!"

이번에도 구타이는 움직이지 않았지만 사내의 숨찬 목소리가 이어졌다.

"내성의 마님과 세 자녀분이 살아 계시다고 합니다. 쿠추가 칼을 대었다가 내리고는 해치지 않았다는 것입니다."

구타이가 몸을 돌렸는데 눈동자의 초점이 멀어져 있다. 입도 딱 벌리고 있는 것이 혼이 떠나고 있는 것 같다. 전령의 목소리가 본당을 울렸다.

"쿠추가 무언가를 태우면서 눈물을 흘렸다고 합니다. 그러고는 이곳에서 제사를 지내겠다고 하더니 너희들은 제 명대로 살라고 하고 나서 사라졌다는 것이오!"

"무슨 일 있으십니까?"

다가온 아영이 묻자 김산이 머리만 저었다. 북부군 본진 안, 저녁 무렵에 돌아온 김산이 원과 한동안을 보낸 후에 침실로 들어와 있다. 해시(오후 10시)쯤 되었다. 아영이 작은 소반에 술병과 마른고기 안주를 가져다 놓았으므로 김산은 잠자코 잔에 술을 따랐다. 겔 안은 조용하다. 출입구 쪽 방에 시녀 둘이 묵고 있을 뿐 안쪽은 원과 아영의 침실이다. 김산이 한 모금 술을 삼켰을 때 아영이 입을 열었다.

"채 감독관하고 의형제를 맺었어요."

김산의 시선을 받은 아영이 눈을 가늘게 뜨고 웃었다.

"괜찮죠?"

"그런가?"

따라 웃은 김산이 잔에 술을 따르고는 아영에게 내밀었다. 아영이 두 손으로 잔을 받는다.

"같이 살 수는 없지만 앞으로 자주 만나면 정도 들겠지요."

"그렇지, 만나야 정이 들지."

김산이 쓴웃음을 지은 얼굴로 물었다.

"언제 알게 되었지?"

"나리 이야기를 할 때면 감독관의 눈이 흔들리더군요."

"그대도 내공을 닦은 무림인이군, 눈빛만 보고 마음을 읽다니."

그때 아영이 눈을 흘겼다. 얼굴이 붉어졌고 요염한 모습이다.

"질투를 해야 당연한 일인데 이상했어요."

"나한테 정이 떨어진 모양이야."

"오히려 위안이 되더라고요, 든든했어요."

한 모금 술을 삼킨 아영이 다시 눈웃음을 쳤다.

"제가 외로워서 그랬나 봐요."

"그건 미안한데."

"아뇨, 같이 나리를 기다리고 같이 상의할 여인이 있어서 더 좋았어요."

"몇 명 더 만들까?"

분위기에 끌린 김산의 얼굴에도 웃음이 번져 있다. 한 모금에 술을 삼킨 김산이 다시 물었다.

"그럼 더 위안이 될까? 여럿이 상의를 하면 말이야."

"나리."

정색한 아영이 김산을 보았다.

"언제 감독관하고 우리가 같이 살 날이 올까요?"

"……."

"감독관하고 의형제 맺고 나서 원이한테 이모라고 부르도록 했어요."

김산이 머리를 끄덕이고는 손을 뻗어 아영의 허리를 당겨 안았다.

"내가 곧 출정을 할 거야."

"출정이라니요?"

김산의 손이 저고리 끈을 풀자 아영이 몸을 붙이면서 물었다. 턱에 닿는 숨결이 데워져 있다.

"서역으로."

손을 뻗어 아영의 치마끈을 풀던 김산이 귀에 입술을 붙이고 말했다.

"넌 이제 무르익은 과일 같다."

"나리."

아영이 김산의 바지 끈을 풀면서 헐떡였다.

"우리는 언제 정착하게 될까요?"

김산은 아영을 눕히면서 대답하지 않았다. 고려 땅은 이미 떠난 고향이다. 고향이란 부모형제의 추억이 묻힌 곳이 아니겠는가? 그러나 원에게 고려 땅을 보여줄 필요는 없는 것이다. 원에게 새 고향, 새 땅이 필요하다. 정복된 땅이 아닌 주인이 된 땅, 그곳에서 밝고 맑은 추억을 심을 땅이다.

"아아."

몸이 합쳐진 순간 아영이 신음을 뱉으며 두 다리를 치켜 올렸다가 벌려 맞는다. 아영은 과연 무르익은 과일이다. 과즙이 넘쳐나고 있다. 뜨겁고 진한 과즙이다. 김산은 아영의 뜨거운 동굴 안으로 거칠게 진입했다. 아영의 신음이 더 높아졌다.

홀라구는 장신에 턱수염이 짙었고 둥근 얼굴은 검게 탔다. 몽골 지역과 감숙성까지의 지역을 관장하다가 서역 원정에서 돌아온 것이다. 그러나 오랫동안 제국의 핵심에서 멀어져 있었어도 세상 돌아가는 상황은 다 안다. 홀라구의 원정군은 한때 15만 가깝게 되었다가 지금은 10만여 명으로 줄었다. 그렇지만 아직도 강군(強軍)이다.

"쿠추가 원정군을 편성한다고?"

되물은 홀라구가 눈을 가늘게 떴다. 감숙성 서북방 대초원에 주둔한 원정군 사령부 안, 거대한 겔 안에 홀라구와 심복 장군들이 전령을 내려다보고 있다. 전령이 머리를 들고 홀라구를 보았다. 아리카부케가 보낸 전령이다.

"예, 북부군 진영에서 모으고 있는데 규모는 10만 정도라고 합니다."

"10만이라."

홀라구의 시선이 옆에 선 대장군 톡토아에게로 옮겨졌다.

"쿠추가 북부 총독을 내놓았지?"

"그렇습니다. 하지만 쿠추는 아직도 어사총감, 대장군의 직임을 갖고 있습니다."

머리를 끄덕인 홀라구가 다시 전령에게 물었다.

"어느 지역으로 원정을 간다더냐?"

"예, 서역이라고 합니다."

"이미 서역은 바투의 킵차크, 그리고 내가 구역을 정해놓고 있다. 더 끝 쪽 노랑머리 백인국인가?"

"서남방이라고 합니다."

"서남이라."

다시 톡토아를 바라본 훌라구의 얼굴에 웃음이 떠올랐다.

"바그다드 아래쪽, 바다 쪽인가?"

"예, 전하."

"핫핫핫."

갑자기 훌라구가 소리 내 웃었고 톡토아가 잇자 진막 안이 웃음소리로 가득 찼다. 훌라구는 바그다드도 점령하지 못하고 물러 나왔기 때문이다. 톡토아가 웃음 띤 얼굴로 훌라구를 보았다.

"전하, 쿠추가 황제한테 미움을 받는 것 같습니다."

"글쎄, 그럴까?"

"바그다드 아래쪽은 지금까지 아무도 접근하지 못했습니다. 칭기즈 칸께서도 그쪽은 말만 죽인다고 말씀하시지 않았습니까?"

"쿠추를 그쪽으로 보낸다면 나에게는 오히려 이득이지."

마침내 훌라구가 천천히 머리를 끄덕였다.

"쿠추한테 길을 닦는 일을 맡기기로 하지."

머리를 든 훌라구가 전령을 위로하고는 톡토아에게 말했다.

"하이도한테도 전령을 보내 내막을 더 자세히 알아보도록, 아마 그쪽도 신경을 쓰고 있을 테니까 말이다."

"예, 전하."

50대 중반의 톡토아가 웃음 띤 얼굴로 몸을 돌렸다. 하이도하고도 정보를 공유하고 있는 것이다.

진막 안에 모인 대장군 셋, 비호수와 예케, 그리고 홍복이다. 여진인 홍복은 남송과의 국경에 주둔하고 있던 남부군에 소속되어 있다가 올라온 것이다. 그리고 1만인장이 10명이니 지휘관급은 다 모인 셈이다. 그러나 아직 병력은 3만여 명밖에 모이지 않았다. 북부군에서 2만 명 정도를 지원받았고 1만 명은 중부군에서 지원병으로 모집했는데 나머지는 각 성에서 조달해야 되었기 때문이다. 남송군과 대치한 남부군에서 병력을 지원받을 수는 없는 데다 지금 쿠빌라이는 남방 원정 중이다. 쿠빌라이가 모아간 군사만 20여 만인 것이다. 김산이 주위에 둘러앉은 장군들을 보았다. 모두 그동안 김산과 인연을 맺은 지원자들이다. 황제 몽케는 본인이 원하면 김산의 원정군에 합류하도록 전 군(軍)에 지시를 내렸기 때문이다.

"선임 대장군은 예케다."

김산의 말에 예케가 놀란 듯 눈을 크게 떴지만 모두 함성을 질렀다. 예케는 50대로 20년 전 바투와 함께 서역 원정을 다녀온 적도 있다. 그 당시 바투가 30세, 구유크가 29세 때였고 바투가 총사령관이었다. 주위를 둘러본 김산이 말을 이었다.

"차석 대장군은 홍복이다."

다시 함성이 일어났다. 여진족 홍복은 몽골군 10인장부터 시작하여 대장군이 되었다. 50인장이었을 때 김산의 휘하에 들어가 서역까지 따라간 충복이다. 이제 대장군이 되어 원정군의 차석까지 되었다. 김산의 시선이 비호수에게로 옮겨졌다.

"비호수가 위사장 겸 친위군 사령관이다."

함성이 올랐고 비호수가 웃음 띤 얼굴로 손을 모아 답례했다. 비호수는 무림인 출신의 한족이니 대장군 셋이 각각 몽골족, 여진족, 한족으로 구성되었다. 김산이 고려인이니 몽골제국인의 특성이 다

드러났다. 김산이 말을 이었다.

"원정군을 편성하는 데 예상보다 시일이 더 걸릴 것 같다. 아무래도 각 성으로 독려관을 파견해서 지원군을 모아야겠다."

"남쪽 성까지 모두 지원병 모집 소문이 났고 접수도 되고 있습니다."

1만인장 하나가 대답했다.

"다만 이곳까지 모이는 데 시간이 걸리고 있습니다."

그때 홍복이 말을 이었다.

"반년은 되어야 군비를 갖출 수 있을 것 같습니다."

김산도 예상은 했지만 반년은 긴 시간이다. 지금 모인 3만여 명이 군량만 축내면서 기다려야만 하는 것이다. 군마(軍馬)는 다행히 20만 필 가깝게 모았는데 북부군과 중앙군에서 보급해주었기 때문이다. 김산이 주위를 둘러보며 말했다.

"그렇다고 아무나 끌고 갈 수는 없어, 지원병에 신체 강건한 군 경력자만 모집한다."

서역 원정대에 징집병을 끌고 갈 수는 없는 것이다.

그날 밤, 해시(오후 10시) 무렵쯤 되었을 때 대장군 겸 위사장 비호수가 김산의 진막으로 들어섰다. 촛불 아래에서 서역 지도를 보고 있던 김산이 머리를 들자 비호수가 다가와 섰다. 김산은 비호수의 눈빛이 강해져 있는 것을 보았다.

"무슨 일이냐?"

"각하, 찾아온 사람이 있습니다."

비호수가 말을 이었다.

"구타이의 참모장 코르치가 왔습니다."

"무엇이?"

김산이 절세의 무공을 지녔지만 앞일을 예측하거나 눈빛만으로 마음을 다 읽을 수는 없다. 놀란 김산의 얼굴을 본 비호수의 목소리에 열기가 띠어졌다.

"구타이가 보냈다고 합니다. 이곳까지 신분을 감추고 숨어 들어왔다가 저한테 밝혔습니다. 만나시겠습니까?"

김산이 머리를 끄덕이자 서둘러 몸을 돌린 비호수가 곧 50대쯤으로 보이는 사내와 함께 들어섰다. 김산을 본 사내가 다섯 걸음 앞에서 무릎을 꿇고 엎드렸는데 흰 수염으로 덮인 얼굴이 상기되었고 눈이 번들거렸다.

"전(前) 몽골제국 병부 대신이며 북부군 사령관이었던 구타이의 참모장 코르치가 인사드립니다."

두 손을 방바닥에 짚은 사내가 김산을 올려다보면서 말을 이었다.

"구타이의 말을 전해드리려고 왔습니다."

김산은 시선만 주었고 코르치의 목소리가 진막 안에 울렸다.

"구타이가 각하께 드릴 것이 있다고 했습니다."

코르치가 가슴속에서 가죽 주머니를 꺼내더니 안에서 접힌 종이를 집어 김산에게 내밀었다.

"구타이가 아직도 보유하고 있는 군(軍)과 장비 내역입니다. 이 모든 것을 각하께 바친다고 했습니다."

종이를 받은 김산이 훑어보고는 옆에 선 비호수에게 건네주었다. 종이를 본 비호수가 숨을 들이켰다. 구타이의 군(軍) 전력이 상세하게 적혀 있었기 때문이다.

"보군 3만5천, 기마군 2만, 군마(軍馬) 12만 필, 백미 2만 석, 잡곡 8만 석, 마차 2천 량분, 장비 마차 3천 량분, 1백인장 이상 1천인장 이하 간부 650명, 1천인장 이상 1만인장 이하 간부 38명, 1만인장 이상 장군 4명."

그때 김산이 처음으로 코르치에게 물었다.

"구타이가 다른 말은 없었느냐?"

"예."

기다리고 있었다는 듯이 코르치가 바로 어깨를 펴고 김산을 보았다.

"각하가 계신 곳을 향해 이마를 땅에 붙이고 세 번 절을 하겠다고 하셨습니다."

"……."

"그렇게만 말씀하셨습니다."

김산이 외면했는데 눈동자가 흐려져 있다.

"난 몽골제국의 반역자야."

구타이가 웃음 띤 얼굴로 말했다. 보굴 산맥 북쪽의 아탑계곡은 뒤쪽이 주칼산으로 막혀 있어서 동토치고는 날씨가 온화한 편이다. 그래서 겔 안에는 화덕의 불도 일으키지 않은 채 놔두었다. 냉기가 주칼산에 막혀 솟아오르면서 아탑계곡에 온기를 보존시켜주기 때문이다. 구타이가 앞에 앉은 유렌과 세 자식을 번갈아 보았다. 겔 안에는 그들 다섯 식구뿐이었는데 구타이는 지금 열흘째 가족과 함께 지내고 있는 중이다. 구타이가 이렇게 오랜 시간 가족과 함께 있는 경우는 60여 평생에 처음일 것이다. 다시 웃음 띤 얼굴로 구타이가 말을 이었다.

"나는 몽골제국에 발을 붙이지 못해, 그리고 자네도."

구타이의 시선이 자식들에게로 옮겨졌다가 떨어졌다. 유렌과 세 자식은 시라곤 성에서 빠져나와 곧장 이곳으로 온 것이다. 물론 구타이가 보낸 친위대의 호위를 받았다. 먼저 와서 기다리고 있던 구타이는 유렌으로부터 다시 쿠추의 이야기를 들었는데 이번에는 더 자세하고 생생했다. 그러나 유렌은 눈치채지 못했지만 그 이야기를 끝낼 때까지 구타이는 단 한 번도 시선을 주지 않았던 것이다. 그저 외면한 채 묻고 들었다. 구타이의 시선이 7살짜리 아들에게로 옮겨졌다. 아들은 지루한지 하품을 하다가 바닥에 깔린 호피의 무늬를 손끝으로 문지르고 있다. 5살짜리 딸은 어머니 유렌의 무릎에 앉아 오물거리며 마른고기를 먹는 중이었고 세 살짜리는 잠이 들었다. 그때 유렌이 구타이에게 말했다.

"대감 새삼스럽게 무슨 말씀을 하십니까? 저와 아이들은 대감만 따라다니면 됩니다."

"그렇지."

머리를 끄덕인 구타이가 보료에 상반신을 기대고는 말을 이었다.

"내가 너희들을 안돈시킬 자리를 만들어 놓았으니 이제 더 이상 떠돌아다니지 않아도 된다."

"그곳이 어딘데요?"

"곧 알게 될 것이야."

구타이가 지그시 유렌을, 세 자식을 훑어보더니 다시 웃었다.

"너희들은 오래 살 것이다."

"쿠추도 그런 말을 했다니까요? 제 명대로 살라고 했어요."

유렌의 시선을 받은 구타이가 손을 뻗어 아들의 머리를 쓸었다.

"그래야지."

구타이의 친위군은 이제 3백여 명, 이것이 한때 몽골제국의 2인자였던 구타이의 현실이다. 지금 구타이는 친위군과 가족만 데리고 아탑계곡으로 와 있기 때문이다. 겔을 나온 구타이가 하늘을 보았다. 사시(오전 10시)가 되어가고 있었는데 하늘은 흐리다. 눈이 내릴 것 같은 날씨다. 그때 구타이 앞으로 위사장 데게지가 다가왔다. 40대 후반의 데게지는 구타이와 인연을 맺은 지 20년이 넘었으니 마치 분신 같은 존재로 따르고 있다. 구타이는 몽골제국을 배신할 때 제 가족을 챙겨 나왔지만 데게지는 그럴 경황이 없었기 때문에 온 가족이 잡혀 몰사를 했다. 데게지가 구타이의 시선을 따라 하늘을 올려다보며 말했다.

"대감, 눈이 올 것 같습니다."

"그렇구나."

"코르치는 지금쯤 도착했을 것입니다."

"그렇겠지."

"참 세월이 빠릅니다."

그때 위사가 말을 끌고 왔으므로 구타이가 말고삐를 받아 쥐면서 대답했다.

"데게지, 네 가족은 미안하다."

그러자 데게지가 수염 사이로 이를 드러내고 웃었다.

"대감, 왜 이러십니까?"

말에 오른 구타이의 얼굴에도 쓴웃음이 번졌다.

"나, 가겠다."

"대감, 안부 전해 줍시오."

"그러지."

말고삐를 챈 구타이가 몸을 돌렸고 동시에 데게지도 돌아섰다.

원정군의 선임 대장군 예케는 북부의 서쪽 끝 평원지대에 집결시
킨 원정군의 조련을 맡았다. 서역 원정 경험이 있는 터라 예케는 군
사 조련이 얼마나 중요한지를 알고 있는 것이다. 오늘은 기마군단 조
련을 점검하려고 본대에서 50여 리나 떨어진 평원으로 나와 있던 예
케는 손님을 맞았다. 몽골 고향에서 같이 자랐던 친구 주브르였다.
30여 년 만에 만난 주브르는 사냥꾼 차림이었는데 예케를 보자 무릎
을 꿇고 엎드렸다. 예케의 대장군 진막 안이다. 미시(오후 2시) 무렵,
에리하임의 주브르가 찾아왔다고 해서 놀라움 반, 기쁨 반으로 기다
리던 예케가 두 손을 저으며 말렸다.

"주브르, 너 왜 이래? 친구한테 절하는 놈이 어디 있어?"

"대장군한테 예의를 보여야지."

주브르가 여전히 무릎을 꿇은 채로 예케를 보았다.

"예케, 넌 내 소식을 들어서 알 것이다."

"좀 알지."

쓴웃음을 지은 예케가 주위에 둘러선 부하들을 보면서 말했다.

"네가 북부군의 1만인장으로 구타이를… 따라 북방으로 피신했다
는 소식을 들었다."

"그렇지."

머리를 끄덕인 주브르가 흐린 눈으로 예케를 보았다.

"난 구타이 대감을 25년을 모셨어."

"알고 있어."

예케의 얼굴에 쓴웃음이 번졌다. 둘러선 장수들은 무거운 정적을 지키고 있다. 구타이의 참모장 코르치가 전군(全軍)의 투항서를 가져온 것이 사흘 전이다. 그래서 원정군 총사령 쿠추와 대장군 비호수가 지금 투항군 점검을 하고 있는 것이다. 예케가 주브르에게 물었다.

"주브르, 네가 왔다는 말을 듣고 짐작을 했다. 구타이와 이곳에 함께 온 것이냐?"

"그래."

주브르가 똑바로 예케를 보았다.

"예케, 네 짐작이 맞다. 내가 대감을 모시고 왔다."

"지금 우리 사령관 각하께서는 투항할 군사를 점검 중이시다. 주브르, 그러니 돌아오실 때까지 기다려야겠다."

"사령관 각하께서 점검하러 나가신 사이에 너를 만나려고 온 것이야. 예케."

"누가? 네가?"

"아니, 우리 대감께서."

"내가 구타이를 만날 이유가 없다."

머리를 저은 예케가 정색했다. 예케도 김산과 구타이와의 악연을 아는 것이다.

"우리 사령관 각하를 직접 만나 항복을 하든지 사죄를 하라고 해."

"예케."

어깨를 부풀린 주브르가 충혈된 눈으로 예케를 보았다.

"만나실 것이다. 그러니 먼저 만나 이야기를 들어봐 주지 않겠는가?"

"좋아."

예케가 보료에 등을 붙였다.

"데려오너라, 주브르."

잠시 후에 들어선 구타이는 가죽 저고리에 솜바지를 입었고 머리에는 털모자를 썼다. 주브르와 동행한 구타이가 예케를 보더니 웃음 띤 얼굴로 허리를 굽혔다.

"구타이가 인사드립니다."

구타이가 겔 안으로 들어선 순간 뻐기고 앉아 있던 예케가 숨을 들이켜더니 자리에서 일어섰다. 구타이가 들어서도 일어서지 않을 작정이었던 것이다. 일어선 예케가 눈을 치켜뜨고 구타이를 보았다. 이제 구타이는 몽골제국의 역적이다. 구유크 황제 치하에서 병부대신 겸 북부군총사령, 카라코룸 경비 총사령관까지 겸임했던 제2인자, 그러나 구유크가 죽자 오고데이 자손으로 황제를 세우려고 톨루이 집안의 몽케를 극력 견제했다가 실패하고 도망쳤다. 그러고는 반란을 일으켜 북부지방을 혼란에 빠뜨렸던 것이다. 예케가 어깨를 부풀렸다가 내리면서 말했다.

"어서 오시오, 구타이 대감."

이름만 부를 수는 없었으므로 예케가 최소한의 예의는 차렸다.

"앉으시오."

예케가 앞쪽 자리를 가리키고는 먼저 자리에 앉는다. 만일 구타이가 참모장 코르치를 통해 전군(全軍)을 김산의 원정군으로 투항시키지 않았다면 이렇게 마주앉지도 않았다. 그때는 구타이도 이곳에 올리도 없겠지만 눈에 띄면 목을 베려고 덤벼들었을 것이다. 주위에 둘러선 장군들은 아직 살기를 띤 채 굳어 있다. 구타이가 좌정하자 주브르는 뒤쪽에 앉는다. 예케가 호흡을 골랐다. 예케 또한 한때 구타이의 부하로 지낸 적이 있다. 구타이가 북부군총사령이었을 때 휘하에서 5천인장으로 기마군 부대장을 지냈다. 당시의 구타이는 감히 얼굴도 마주보지 못할 만큼 상전이었던 것이다. 겔 안은 무겁고 살벌한 분위기로 굳어지는 중이다. 구타이는 잠자코 예케에게 시선만 주었으며 예케 또한 눈을 치켜뜨고 맞받았으니 둘러선 장수들은 이까지 악물었다. 그때 구타이가 무겁고 두꺼운 정적을 깨뜨렸다.

"긴 여정이었소."

예케가 시선을 들었지만 대답하지 않았다. 구타이의 목소리가 겔 안에 울렸다.

"내 나이 67세, 이제 여한이 없소."

그때 예케가 헛기침을 했다. 가만있을 수는 없다고 생각했기 때문이다. 이 능구렁이, 이 반역자의 사설만 듣고 있을 수는 없다.

"곧 원정군 총사령 각하께서 오실 테니 각하께 말씀하시오."

"아니오."

구타이가 머리를 저었으므로 예케의 눈썹이 치켜 올라갔다.

"아니라니? 무슨 말씀이오?"

"각하는 뵙지 않겠소."

"이제는 그러실 수 없을 거요."

어깨를 부풀린 예케가 얼굴을 일그러뜨리며 웃었다.

"내가 잡아서 각하 앞에 세울 테니까."

"그렇게 하시오."

"뭐요?"

화가 솟구친 예케가 어금니를 물었다. 구타이는 황제를 상대한 위인이다. 말끝에 뭐가 달려 있는지도 모른다. 그때 구타이가 지그시 예케를 보았다.

"쿠추 각하께 전해주시오, 나, 구타이가 간절하게 사죄드린다고."

"글쎄, 직접 만나시라니까?"

"각하께선 원하지 않을 것이오. 그리고 각하께 더 이상 폐를 끼치기도 싫소."

"그럼 왜 온 거요?"

마침내 예케가 소리쳐 물었을 때 구타이가 방바닥에 두 손을 짚었다.

"내가 죽음으로써 사죄하겠소."

"무엇이?"

놀란 예케가 숨을 죽였을 때 구타이가 눈을 부릅뜨고 이 사이로 말했다.

"예케 대장군, 옛 인연을 생각하여 내 죽음의 입회인이 되어 주시오."

"……"

"그리고 내 사죄를 각하께 전해주시기 바라오."

예케는 석상처럼 움직이지 않았을 때 구타이가 상반신을 세웠다. 그러고는 뒤에 앉은 주브르에게 말했다.

"주브르, 미안하다. 내 목을 떼어 각하께 보내드려라."

"예, 대감."

주브르가 대답한 순간이다. 구타이가 품에서 비수를 꺼내더니 재빠르게 목을 그었다. 날렵하고 강한 동작이어서 주위에 둘러선 장수들도 입만 딱 벌렸을 뿐이다.

"어엇!"

놀란 예케가 자리에서 일어섰을 때 구타이의 얼굴에 웃음이 떠올랐다. 이미 베어진 왼쪽 목에서 피가 솟구치고 있다. 뒤에 선 주브르가 벌떡 일어서더니 허리에 찬 칼을 뽑았다. 그때 구타이가 다시 손을 들어 오른쪽 목을 깊고 길게 찢었다. 그 순간 베어진 목이 꺾이더니 머리통이 뒤로 벌렁 넘어갔다. 처참한 모습이다.

"에잇!"

주브르가 외치더니 뒤에서 구타이의 심장을 찔렀다. 심장을 관통한 칼끝이 가슴으로 빠져나온 순간 구타이가 벌떡 앞으로 넘어졌다. 절명이다. 주브르가 가죽만 남은 구타이의 머리통을 잡고 단검을 뽑아 완전히 떼어내면서 예케에게 말했다.

"대감이 자네 앞에서 자결하시려고 온 것이네."

예케는 머리만 끄덕였고 주브르의 말이 이어졌다.

"그대로 전해주기 바라네."

원정군

김산이 구타이의 소식을 들은 것은 다음날 오후였다. 코르치와 함께 구타이의 기마군단을 점검하는 중이었는데 구타이의 머리를 든 주브르와 함께 예케가 찾아온 것이다. 황무지에 천장만 가려놓은 임시 진막 안이다. 김산은 대장군 비호수가 수행하고 있었으므로 진막 주위에는 대장군 둘에 10여 명의 장군이 둘러섰다. 김산의 시선을 받은 주브르가 털썩 무릎을 꿇더니 땅바닥에 보자기에 싼 구타이의 머리를 놓았다.

"구타이의 머리입니다. 각하."

주브르의 목소리가 울렸다. 김산은 나무걸상에 앉은 채 시선만 주었고 왼쪽 열 아래쪽에 선 구타이의 참모장 코르치는 머리를 든 채 외면하고 있다. 다시 주브르의 목소리가 황야로 퍼져나간다.

"구타이가 자신의 머리를 각하께 꼭 보여 드리라고 했기 때문에 가져왔습니다."

그러고는 주브르가 보자기를 풀더니 구타이의 얼굴이 김산에게 향하도록 놓았다. 머리칼은 잘 묶었고 얼굴도 씻겨서 반쯤 눈을 뜬 구타이는 평온한 표정이다. 그때 주브르가 말했다.

"각하, 구타이의 사죄의 말씀은 예케한테서 들으시지요."

그러자 예케가 입맛 다시는 소리를 내더니 말했다.

"구타이가 제 목을 스스로 베기 전에 각하께 간절하게 사죄드린다고 했습니다."

헛기침을 한 예케가 말을 이었다.

"각하께서는 구타이의 직접 사죄 따위는 원하지 않으실 것이라고도 했습니다. 폐를 끼치기 싫다고도 했습니다."

"……."

"진심인 것 같았습니다."

그때 김산의 시선이 주브르에게로 옮겨졌다.

"네가 구타이하고 같이 움직였느냐?"

"예."

대답을 했지만 주브르의 눈동자가 흔들렸다. 묻는 이유를 몰랐기 때문일 것이다. 김산이 다시 물었다.

"참모장 코르치는 나와 함께 있고, 측근인 너는 마지막 여행에 동행했다. 그럼 가족은 누가 지키느냐?"

"위사장 데게지가 함께 있습니다."

"어디로 간다더냐?"

"대감은 말씀 안 하셨소."

"데게지는 알겠구나."

김산의 시선이 구타이의 머리로 옮겨졌다. 구타이의 반쯤 감은 시선과 잠깐 눈을 마주친 김산이 입술을 비틀고 나서 물었다.

"구타이, 네 머릿속을 알아맞혀 볼까?"

모두의 시선이 김산과 구타이의 머리로 옮겨졌다. 그러나 코르치와 주브르 둘만 외면하고 있다. 잠깐 주위에 정적이 덮였다. 뒤쪽에서 말이 코를 푸는 소리가 들렸다. 그때 김산이 구타이의 눈을 바라보며 말을 이었다.

"아마 너는 네 처자를 지키고 있는 위사장 데게지에게도 아무 말 안 했을 것이다."

김산의 시선이 코르치와 주브르에게로 옮겨졌다.

"너희들도 구타이로부터 사후 처리에 대해서 들은 말 있느냐?"

"없소이다."

먼저 코르치가 대답했지만 아직도 외면하고 있다.

"예, 없습니다."

머리를 숙인 주브르가 대답했을 때 김산의 시선이 다시 구타이에게 옮겨졌다.

"구타이, 네 죽은 머리에 대고 말하는 것이 차라리 낫겠다. 자, 들어라."

모두 구타이를 보았고 마침 오후의 햇살을 받은 구타이의 눈이 번들거렸다. 김산이 말을 이었다.

"내가 네 군사를 데리고 원정을 떠난다. 그래, 네 가족을 내가 점령한 땅에서 살게 해주마. 그곳이 아마 가장 안전할 장소일 테니까."

자리에서 일어선 김산이 눈으로 주브르를 보면서 턱은 구타이의 머리를 가리켰다.

"저놈한테 할 말 했으니 어디에다 저 머리를 묻어라."

"예에."

두 손으로 땅바닥을 짚은 주브르가 이마를 땅바닥에 부딪치고 나서 머리를 들었지만 김산은 몸을 돌린 후였다. 코르치가 어깨를 추켜세운 자세로 뒤를 따랐고 예케와 비호수도 숙연한 표정이다.

"구타이의 병력이 쿠추에게 갔어?"

버럭 소리친 하이도가 어금니를 물었다. 하이도는 25세, 17세부터 전장에 나갔으니 지금은 가장 활동적인 시기다. 가슴에 울분을 품고 있었기 때문에 격정적으로 행동하는 것 같지만 사려가 깊고 용의주도한 성품이다.

"예, 쿠추는 이제 기마군 4만5천, 보군 6만을 거느리게 되었습니다."

장군 체르비가 말을 이었다.

"쿠추는 그 병력으로 출정할 것 같습니다, 전하."

"홀라구도 알고 있겠지?"

"알고 있을 것입니다."

하이도가 손바닥으로 턱수염을 문질렀다. 생각할 때의 버릇이다. 하이도는 오고데이 황제의 넷째 아들인 가시의 아들이니 이 역시 칭기즈 칸의 직계손인 '황금가족'이다. 몽골제국의 세 번째 황제였던 구유크가 오고데이의 첫째 아들이었던 것이다. 구유크가 죽고 나서 치열한 황제위 쟁탈전이 벌어졌고 구유크의 황후 오굴 카이미쉬와 규추의 아들 시라문은 죽임을 당했지만 하이도는 살아남았다. 그러고는 몽골의 영지 가야리그에서 훗날을 도모하고 있는 중이다. 그러나 아직 하이도의 세력은 홀라구나 아리카부케에 비하여 열세다. 이윽고 하이도가 생각에서 깨어난 듯 눈동자의 초점이 잡혔다.

"좋다. 세상은 넓다. 당분간은 두고 보기로 하자, 하지만."

하이도가 체르비를 보았다.

"톨루이 가문은 이미 두 개로 갈라졌어. 몽케와 쿠빌라이, 그리고 훌라구와 아리카부케다."

"훌라구와 아리카부케가 연합한 것도 아닙니다. 둘은 결국 갈라서게 될 것입니다."

체르비가 웃음 띤 얼굴로 말했다. 40대 후반의 체르비는 오고데이 황제의 시종 출신으로 3대에 걸쳐 장군직을 하사받은 명문이다. 체르비가 말을 이었다.

"지금은 편의상 쿠빌라이를 견제하려고 연합했지만 쿠빌라이가 제거되면 바로 목숨을 걸고 싸울 것입니다."

"그때를 기다렸다가 내가 뒤를 칠 거다."

말을 받았던 하이도가 쓴웃음을 지었다.

"물론 그 둘도 그것을 알고 있겠지만 말이야."

"몽케 황제가 아리카부케, 훌라구를 회유하고 있습니다."

"회유한다고 그놈들이 욕심을 버릴 것 같나?"

하이도가 머리를 저었다.

"천하를 쥐는 욕심이란 말이야, 쉽게 버릴 수가 없어."

이것은 곧 자신의 입장이기도 하다.

카라코룸의 몽골 황제 접견실 안이다. 몽케 황제는 용상에 앉아 있었는데 불편한 기색이다. 구유크 시대에 장식해놓았던 황금 기마상과 상아로 만든 기묘한 장식물 등을 치웠기 때문에 접견실은 썰렁하게 느껴졌다. 치워진 공간에 아무것도 채우지 않았기 때문이다. 전임 황제 구유크는 3년 동안 황제위에 앉아 있었지만 낭비가 심했고 사치를 좋아했다. 황후 오굴 카이미쉬도 마찬가지다. 오굴 카이미쉬는 거적에 말려 강에 던져질 때도 보석 목걸이를 차고 있을 정도였다. 몽케가 즉위했을 때 국가 재정이 파산 상태였던 것도 전 황제 구유크와 측근들의 낭비가 결정적인 원인이었던 것이다. 몽케가 앞쪽에 앉은 훌라구와 아리카부케를 보았다. 3형제가 모인 셈인데 둘째 쿠빌라이는 막남한지 대총독으로 임명되어 운남, 티벳을 공략하려고 남하했기 때문이다.

"아리카부케."

몽케가 부르자 아리카부케는 긴장했다. 아리카부케는 맏형 몽케를 존경했고 어려워했다. 그러나 몽케가 공평했기 때문에 신뢰했다. 만일 쿠빌라이가 카라코룸에 있었다면 아리카부케는 몽케의 부름에 핑계를 대고 오지 않았을 것이다. 쿠빌라이는 불신했기 때문이다.

"예, 폐하."

"너, 구타이가 쿠추에게 항복하고 제 목을 베고 죽었다는 이야기를 들었느냐?"

"예, 폐하."

긴장한 아리카부케가 대답했고 훌라구는 힐끗 시선만 주었다. 훌라구는 아리카부케와 구타이가 내통하고 있다는 사실을 눈치채고 있는 것이다. 몽케의 시선이 강해졌다. 몽케가 구유크 사후(死後)에 황제가 될 수 있었던 것은 주치의 아들인 킵차크 제국의 황제 바투의 지원이 결정적이었다. 그리고 쿠빌라이와 고려인 쿠추가 힘을 보태주었다. 아리카부케와 훌라구는 구유크의 처였던 오굴 카이미쉬의 눈치를 보느라고 도움이 되지 못했다. 그때 몽케가 다시 입을 열었다.

"형제가 제국의 안정을 위해 전력투구해야 될 것이다. 그래서 나는 곧 사천을 공략하려고 출정할 작정이다."

놀란 둘이 숨을 삼켰다. 사천을 치고 남송군과 결전을 벌이려는 것이다. 황제의 친정이다. 몽케가 말을 이었다.

"너희들의 형 쿠빌라이가 막남한지 대총독이 되어 운남과 티벳을 공략하고 나서 나와 함께 남송을 협력하면 제국의 남쪽은 평정될 것이다."

몽케의 시선이 훌라구에게로 옮겨졌다.

"훌라구, 이제 구타이가 멸망하고 쿠추가 서남쪽 원정을 떠나게 되었다. 쿠추의 공이 크다."

"예, 그렇습니다. 폐하."

동의 안 할 수가 없다. 안 한다면 역적이나 같다. 다시 몽케가 훌라구에게 말했다.

"훌라구, 너는 쿠추의 뒤를 따라 바그다드를 쳐서 제국의 서쪽을 굳혀라."

"예, 폐하."

황제가 친정을 하는 마당에 거부할 명분도 없다. 머리를 숙인 훌라구를 내려다본 몽케의 시선이 아리카부케에게로 옮겨졌다. 접견실 안은 숨소리도 들리지 않는다. 오직 옆쪽에 석상처럼 앉아 있는 위사총감 황군사령관 바시크가 반쯤 눈을 감고 조는 것처럼 앉아 있을 뿐이다. 몽케가 입을 열었다.

"아리카부케."

"예, 폐하."

"너는 나 대신으로 카라코룸을 지켜라."

"예?"

놀란 아리카부케가 숨을 들이켰고 눈을 둥그렇게 떴다. 그때 몽케가 길게 숨을 뱉고 말했다.

"황도를 비울 수는 없지 않겠느냐? 네가 카라코룸을 지키면서 원정군의 물자공급, 각 지방 행정을 총괄하도록 해라."

"예, 폐하."

머리를 숙인 아리카부케의 이마에서 땀방울이 배어 나왔다. 황제 대역이다. 물론 실권은 행사할 수 없지만 대역 노릇을 하는 것이다. 호흡을 가눈 아리카부케가 청 바닥을 응시한 채 말을 이었다.

"목숨을 바쳐 임무를 완수하겠습니다."

"흥, 아리카부케 놈이 놀란 나머지 목숨을 바쳐 카라코룸을 지키겠다고 하는군."

돌아가는 말 위에서 훌라구가 쓴웃음을 띤 얼굴로 말했다. 옆을 따르는 대장군 톡토아에게 말한 것이다.

"이런 행운이 어디 있느냐고 하겠지, 제국의 수도를 차지하게 되었으니까 말이야. 그렇지 않으냐?"

"예, 전하."

톡토아가 대답은 했지만 시큰둥한 표정이다. 그것을 본 훌라구가 물었다.

"왜? 내 말이 틀렸나? 아리카부케가 후계자가 될지도 모른다는 생각을 안 하게 될 것 같나?"

"황제께서 친정군을 이끌고 가신다면……."

말고삐를 챈 톡토아가 훌라구 옆에 바짝 몸을 붙이면서 말했다.

기마대는 카라코룸 영내를 나아가고 있어서 천천히 걷는 중이다. 시내 인파가 많기 때문이다.

"아리카부케 님의 동부군 거의 전부를 데려가시게 될 겁니다. 황제 친위군만으로는 부족하니까요."

순간 훌라구가 눈을 크게 떴다.

"옳지, 그 생각을 못 했다."

낮게 탄성을 뱉은 훌라구의 얼굴에 쓴웃음이 일어났다.

"아리카부케는 벌거숭이 황제 대역이 되겠군 그래, 바보 같은 놈."

군사력이 없는 지도자는 허수아비일 뿐이다. 훌라구의 얼굴에 생기가 떠올랐다.

"차라리 서역에 내 제국을 건설하는 게 낫겠다."

하늘을 올려다본 데게지가 시선을 내렸을 때 앞쪽의 골짜기 입구에서 어른거리는 물체가 보였다. 눈곱만한 물체였지만 그것이 기마인이라는 것은 데게지가 직감으로 알았다. 몽골인의 시력은 매와 비슷하다. 끝없는 지평선을 보는 습성이 들었기 때문에 산악 지역 인간의 10배는 된다. 곧 기마인이 다가왔는데 주브르의 부하 몽캉이다. 몽캉이 데게지를 발견하자 말에서 내려 비틀거리며 다가왔다. 걷는 모습을 보니 며칠간 말에서 내리지 못한 것 같다. 쉬지 않고 서너 마리를 바꿔 타면 그렇게 된다. 이윽고 다가선 몽캉이 데게지를 불렀다.

"데게지 님."

"오, 몽캉."

그때 흐린 하늘에서 눈이 떨어지기 시작했다. 이곳 눈은 아이 손바닥만 한 것이 곧장 떨어진다. 바람도 없는 곳이어서 마치 선반의 물건이 떨어지는 것 같다. 그때 몽캉이 말했다.

"대감이 예케 앞에서 목을 그어 자결하셨소."

"오."

데게지가 모르는 사람 일처럼 무심한 얼굴로 몽캉을 보았다. 계속하라는 것 같다.

"뒤에서 주브르 님이 심장을 찔러 숨을 거둬갔으며 곧 머리를 따로 베었소."

"오."

"그 머리를 잘 씻어서 보자기에 싼 주브르 님이 예케와 함께 쿠추를 만났습니다."

"……."

"대감의 머리가 쿠추를 만난 셈이지요."

데게지가 손바닥을 펴고 떨어지는 눈을 받았다. 마침 눈덩이 하나가 철썩 손바닥에 붙었다. 어느덧 데게지와 몽캉의 어깨와 머리에 눈이 쌓이고 있다. 몽캉이 말을 이었다.

"데게지 님, 주브르 님 전갈이오."

"오."

"마님과 도련님, 공주님을 모시고 쿠추 원정군의 뒤를 따르라고 하십니다."

"……."

"쿠추가 대감 처자의 안식처로 원정이 점령할 서역 땅이 가장 안전하다고 말했습니다. 저도 제 귀로 들었지요."

"……."

"그럼 제 임무는 끝났습니다."

몽칵이 몸을 돌렸으므로 데게지가 등에 대고 물었다.

"몽칵, 어디로 가느냐?"

"주브르 님한테 가오."

걸음을 떼면서 몽칵이 말을 이었다.

"코르치 님, 주브르 님은 쿠추 원정군의 참모, 장군으로 임명되셨소. 저도 주브르 님 휘하에서 종군해야지요."

아직도 펴고 있는 손바닥에 다시 눈덩이가 떨어져 쌓였고 몽칵의 목소리가 눈발을 뚫고 들렸다.

"원정군의 선봉을 맡아 마님과 도련님, 공주님이 정착하실 땅을 만들어놔야 되지 않겠습니까?"

진막에 둘러앉은 장군은 20여 명, 원정군의 수뇌부가 다 모였다. 진막 중심에는 양가죽 10여 개를 덧대 만든 서역지도가 펼쳐져 있었는데 국경과 도시가 선명하게 표시되어 있다. 김산이 길고 가는 나뭇가지를 쥐고 한 점을 가리켰다. 지금 원정군의 주둔지다.

"이곳에서 목적지인 마스라까지는 12개의 왕국을 거쳐야 한다."

긴 지휘봉이 천천히 서남방으로 내려가 대륙의 서남쪽 끝에 닿았다. 마스라, 바그다드의 동남쪽으로 인도가 오른쪽이다. 지휘봉은 오고데이, 차가타이 영지를 지나 바그다드의 아래쪽으로 지나갔는데 도중에 토번 땅도 거쳐야 된다. 김산이 머리를 들고 장수들을 보았다.

"원정군의 목표는 대륙의 서남쪽, 호레즘의 남쪽에서부터 인도에 이르는 광대한 땅이다. 그 중심이 바닷가의 마스라, 이곳에서는 '검은 땅'과도 연결이 될 수 있을 테니 실로 장대한 정복지가 될 것이다."

"이곳은 누구도 말 발자국을 내지 않았습니다."

선임 대장군 예케가 번들거리는 눈으로 김산을 바라보며 말했다.

"위대한 정복자이신 칭기즈 칸 대황제께서도 그 뒤를 이으신 바투 킵차크 황제께서도 이쪽은 딛지 못하셨습니다."

그리고 그 뒤를 이으려던 훌라구도 마찬가지다. 바그다드 근처까지 갔다가 패퇴하고 돌아온 상황 아닌가? 어깨를 부풀린 예케가 말을 이었다.

"가장 어려운 원정군이 될 것이나 만약 마스라까지 닿는다면 이 영지는 몽골제국 다음가는 칸국이 될 것입니다."

모두의 시선이 다시 지도로 옮겨졌다. 대륙의 동쪽은 칭기즈 칸이 이룩한 '대몽골제국'이다. 수도는 카라코룸, 그리고 서쪽 위아래로 오고데이, 차가타이 칸국이 적혀 있지만 국경은 그려놓지 않았다. 오직 오고데이 칸국 서쪽에 하이도의 이름을 써놓았을 뿐이다. 두 칸국은 지금 제국에 흡수되고 있는 중이었기 때문이다. 그 서쪽으로 바투의 킵차크 칸국이 이스탄불과 모스크바 아래쪽까지 표시되었고 그 남쪽은 무슬림의 영토다. 중심 부분 도시가 바그다드, 무슬림 제국의 중심이다. 지금 김산의 원정대가 향하려는 지역은 그 아래쪽, 바다에 닿는 광대한 지역으로 동쪽은 인도제국, 그 위쪽이 토번인 것이다. 그때 머리를 든 김산이 말했다.

"너희들은 이 광대한 제국의 영주가 될 것이다. 따라서 전쟁을 할 때에도 영주가 된 자신을 떠올리고 처신하라. 주민의 신망을 얻지 못하는 영주는 곧 망하는 법이다."

모두 숙연해졌다. 출정 전에 부하 장수들에게 이런 당부를 한 사령관은 고금(古今)을 통해 봐도 없을 것이다.

그날 밤, 침상에 누워 있던 김산이 천장을 향해 말했다.

"들어와."

그 순간 침상 옆에 검은 그림자가 어른거렸다. 두건을 벗은 얼굴이 채화진이다.

"각하, 떠나시기 전에 들렀습니다."

"잘 왔어."

상반신을 일으킨 김산의 얼굴에 웃음이 떠올랐다.

"그렇지 않아도 내가 사람을 보내려고 했었다."

"그럼 제가 잘 온 셈이네요."

채화진이 따라 웃었을 때 김산이 팔을 뻗어 허리를 끌어안았다.

"생각이 통한 것이지, 그 뇌파는 만리를 간다."

김산이 채화진을 침상으로 끌어당겨 옆에 눕혔다.

"각하, 옷은 제가 벗지요."

채화진이 가쁜 숨을 뱉으며 말했지만 김산은 잠자코 바지를 벗겼다. 깊은 밤 자시(밤 12시)가 넘은 시간이어서 주위는 조용하다. 곧 알몸이 된 채화진이 김산의 품에 안기면서 말했다.

"전하, 언니한테 가 있겠습니다."

채화진의 몸 위에 오르려던 김산이 잠깐 움직임을 멈췄다가 다시 올랐다. 방안에 가쁜 숨소리에 섞인 신음이 울리기 시작했다. 채화진의 쾌락에 젖은 탄성이 터진 것이다. 이윽고 몸의 땀이 식었을 때 김산이 몸을 떼었다. 채화진이 긴 숨을 뱉더니 몸을 비틀어 김산의 가슴에 얼굴을 묻었다.

"나리."

김산이 잠자코 채화진의 벗은 엉덩이를 당겨 안았다. 채화진이 말을 이었다.

"제가 원정군 소속 감찰단장이 되어 있지만 내일부터 언니와 함께 지내겠습니다."

언니란 아영이다. 채화진이 김산의 가슴에 입술을 붙였다.

"저, 임신을 했습니다."

숨을 멈춘 김산이 머리를 들었을 때 채화진이 부끄러운 듯 얼굴을 가슴에 깊게 붙였다.

"두 달 되었습니다."

"그런가?"

김산이 채화진의 어깨를 당겨 안았다.

"그대가 내 아이를 임신하다니."

"기쁘십니까?"

"기쁘고말고."

"언니한테 이야기했습니다."

얼굴을 든 채화진의 두 눈이 어둠 속에서 반짝이고 있다. 숨을 들이켠 김산이 되물었다.

"아영한테?"

"예, 나리."

채화진이 다시 김산의 가슴에 얼굴을 묻었다.

"언니도 기뻐해 주시더군요. 이제는 같이 나리를 기다리게 되었다고 하셨습니다."

"……."

"제 출산을 맡아 주시겠다고 하셨어요."

"그런가?"

"같이 아이를 키우면서 나리께서 부르시기를 기다리겠습니다."

김산은 잠자코 다시 채화진의 어깨를 당겨 안았다. 채화진이 말을 이었다.

"제가 언니하고 아이들을 지키면서 기다리고 있을 테니까 나리께선 집안 걱정을 하지 않으셔도 됩니다."

머리를 끄덕인 김산이 채화진의 몸을 더 당겨 안으면서 말했다.

"아들을 낳거든 충(忠)이다."

"딸이면 무엇입니까?"

"성(星)."

원정군은 재편성되었다. 기마군 7만에 치중대 2만이다. 치중대도 기마로 움직이는 터라 보군이 없다. 수만 리 장거리 원정인 것이다. 보군으로 걸어서는 몇 년이 지나야 닿게 될 테니 기마군단 편성은 당연했다.

"말은 이번에 2만 필이 더 모아졌으니 27만 필이 되었습니다."

예케가 보고했다.

"마차는 8천5백 량, 무기와 식량 준비도 다 되었습니다. 하지만 말이……."

말을 그친 예케가 김산을 보았다. 장거리 원정군에게 가장 중요한 것은 말이다. 칭기즈 칸은 기마군 1인당 6필을 보유시켰기 때문에 행군 속도가 적의 기마전령을 추월할 정도였다. 따라서 서역의 성(城)들은 전령의 보고도 듣지 못한 채로 함락되었던 것이다. 바투의 서역 원정군은 1인당 4필이었기 때문에 속도가 느려져서 성과가 적었다는 평판을 받았다. 그런데 이번 쿠추의 원정군은 1인당 3필이 된 것이다. 예케가 걱정할 만했다. 김산은 평원 위쪽의 구릉 위에서 말에 탄 채 멈춰서 있었는데 주위를 장군들이 둘러쌌다. 아래쪽은 기마군단의 숙영지인 것이다. 막사와 창고가 정연하게 배치된 오른쪽은 거대한 말 떼 방목장이다. 이윽고 김산이 입을 열었다.

"나흘 후에 달이 만월로 되는 보름날이다. 나흘 후에 출진한다."

"예엣!"

예케 이하 장군들이 일제히 대답하면서 머리를 숙였다. 마침내 출정일이 정해진 것이다. 다음 순간 장군들이 제각기 말 머리를 돌려 구릉을 달려가기 시작했다. 신시(오후 4시) 무렵, 햇살을 등에 받은 장군들의 갑옷이 반짝였다. 그들을 바라보는 김산의 옆으로 대장군 비호수가 다가와 섰다. 비호수의 얼굴도 상기되었다. 김산의 시선과 마주친 비호수가 숨만 들이켰다. 감개가 사무친 것 같다.

행군 26일째, 하루 150리(59㎞) 정도의 속도를 내었으니 20여 일 만에 3,000리를 돌파했다. 구 오고데이 영지를 지나 이제 차가타이 영지 좌측 부근으로 들어선 상황이다. 모두 몽골제국령이어서 행군에 거침은 없다. 미시(오후 2시) 무렵, 전방에서 전령이 달려왔을 때 김산은 구릉 위를 속보로 전진하는 중이었다. 맹렬하게 달려온 전령은 뒤에 붉은 깃발을 꽂았다. 호위군 다섯을 거느린 5백인장이다. 전령 사령이 직접 달려온 것이다. 따라서 원정군 총사령 김산 앞까지 달려와 말에서 뛰어내렸다.

"보고!"

한쪽 무릎을 꿇은 사령이 소리쳤다.

"말하라!"

근위군 사령관 비호수가 말하자 사령이 땀으로 범벅이 된 얼굴로 김산을 보았다.

"선봉군의 앞쪽에 남송의 대상대가 지나고 있습니다. 말 2천여 필에 짐을 싣고 예비 마가 1만여 필인 대규모 대상단이오."

사령의 외침이 이어졌다.

"대상 호위대가 기마군 5백여 명이었고 대상대 인원이 1천여 명이었습니다. 선봉대장이 지시를 받고자 합니다!"

비호수가 김산을 보았다. 놀란 표정이다. 대규모 대상단이다. 말만 빼앗아도 전력(戰力)에 도움이 될 터인데 재물이 2천여 필의 말에 실려 있다니, 노다지가 굴러든 것이나 같다. 더구나 남송은 몽골제국과 교전 중인 적국이 아닌가? 그때 모두의 시선을 받은 김산이 말한다.

"선봉대장에게 이르라."

"예, 전하."

"대상대를 포위하고 살상하지는 말라. 그리고 대상대 행수를 데려오도록 하라."

"예, 전하."

몸을 일으켰던 사령이 주저하면서 물었다.

"전하, 대항하면 어떻게 합니까?"

그러자 김산의 얼굴에 웃음이 떠올랐다.

"남송의 영악한 대상대가 대군(大軍)을 보고 대항 하겠느냐? 대항하면 죽여도 좋다."

과연 한 시진(2시간)쯤이 지났을 때 이번에는 선봉대장 게니게스가 일단의 대상대를 끌고 다가왔다. 게니게스는 기마군 5천을 이끈 5천인장이다. 대상대 호위군 5백이 대항할 리가 없다. 더구나 본진이 뒤를 따르는 상황이다.

"전하, 남송 대상대 행수를 잡아왔습니다."

게니게스가 소리쳐 보고했다. 뒤에는 10여 명의 대상대 무리가 따르고 있다. 말에서 내린 대상대 무리가 김산의 10여 보 앞에서 멈춰서더니 일제히 무릎을 꿇고 앉았다.

"행수 안준입니다."

중앙에 앉은 50대의 사내가 유창한 몽골어로 말했다.

"저희들은 위대한 칭기즈 칸 대황제께서 약조하신 법령에 따라 서역으로 가는 대상대이옵니다. 대장군께서는 통행을 허락하여 주시옵소서."

"너희는 몽골 남부군사령부의 통행 허가를 받았느냐?"

김산이 묻자 사내의 얼굴이 굳어졌다. 무성한 수염은 반백이었지만 기골이 컸고 호빛이 강한 호남이다. 어깨를 편 행수가 김산을 올려다보았다.

"저희는 저장성에서 서북쪽으로 온 터라 동쪽의 전쟁지역은 통하지 않았습니다."

"받았어야 했다."

자르듯 말한 김산이 지그시 행수를 보았다. 칭기즈 칸은 서역으로 가는 대상대는 국적을 불문하고 보호하라는 명령을 내렸다. 칭기즈 칸의 명은 곧 법이다. 동서문물의 교환이 곧 몽골제국의 국익에도 도움이 된다고 믿었기 때문이다. 그러나 대송 구석의 대상대가 몽골제국군 남부군의 통행 허가를 받지 않은 것은 잘못이다. 첩자단으로 취급해서 살상을 당해도 할 말이 없는 것이다. 행수의 눈동자가 흔들렸다. 김산의 말 한마디면 몰살을 당하고 모든 것을 빼앗길 수도 있는 상황이다. 김산이 물었다.

"하물은 무엇이냐?"

"예, 비단과 고려청자, 고려인삼입니다."

행수가 두 손을 땅바닥에 짚고 김산을 보았다. 간절한 표정이다.

"전하, 통행 허가를 받지 않은 것은 실책이나 보내주시면 은혜를 잊지 않겠소이다."

"너희들 남송인은 교활하고 신의가 부족하다. 믿을 수가 없다."

김산이 뱉듯이 말하자 행수의 얼굴에서 진땀이 배어 나왔다. 그때 어금니를 문 행수가 다시 머리를 들었다.

"전하, 저는 남송인이 아니올시다. 바다를 건너온 고려인입니다."

김산이 눈만 치켜떴고 행수가 말을 이었다.

"상단은 남송에 와서 구성했으며 상단을 이끄는 것은 모두 고려인입니다."

"고려상이란 말이냐?"

"예, 저는 고려 한성 출신으로 전(前) 낭장 벼슬을 했으나 뜻한 바가 있어 벼슬을 놓고 무역을 시작했습니다."

행수의 두 눈이 번들거렸고 목소리에 열기가 띠어졌다.

"전하께선 고려를 잘 모르시겠으나 고려 백성이 기근과 질병으로 죽어가고 있습니다. 이번 대상단의 무역만 성공하면 수만 명의 목숨을 살릴 수가 있을 겁니다."

김산의 시선이 행수 뒤에서 자신을 노려보는 청년에게로 옮겨졌다. 그 순간 김산은 이맛살을 모았다. 남장녀였던 것이다. 시선을 돌린 김산이 입을 열었다.

"서역 어디로 가는가?"

"바그다드로 갑니다."

둘러선 장군들이 서로의 얼굴을 보았다. 원정군과 같은 방향인 것이다. 머리를 끄덕인 김산이 다시 물었다.

"하루 행군 속도는 얼마냐?"

"예, 2백 리입니다."

오히려 치중대가 낀 원정군보다 대상단이 빠르다. 마차가 없이 말등에 짐을 싣고 움직이기 때문일 것이다. 원정군은 기마군단이라고 해도 병기(兵器)와 치중을 마차에 싣고 움직이기 때문에 속도를 맞춰야만 한다.

"좋다. 떠나라."

마침내 김산이 행수에게 말했다.

"앞길이 멀다. 조심해라."

"은혜를 입었소."

행수가 이마를 땅에 부딪쳤다가 들었을 때 김산은 뒤쪽 남장녀의 얼굴이 상기되어 있는 것을 보았다. 미녀다.

"전하, 바그다드로 간다면 도중에 7, 8국(國)을 거쳐야 될 것입니다."

행수 일행이 선봉장과 함께 멀어졌을 때 대장군 예케가 조심스럽게 말했다.

"먼 곳일수록 하물값이 높아지지만 살아서 돌아올지 궁금합니다."

"그렇군."

쓴웃음을 지은 김산이 예케를 보았다.

"내 동족을 보았더니 감회가 일어났다."

"바다를 건너 다시 대륙을 동서로 횡단하다니 대단한 고려상입니다."

그때 옆에 서 있던 위사장 비호수가 거들었다.

"고려 백성이 기근으로 굶주리고 있다지 않습니까? 저 고려상은 제 사복을 채우려는 것 같지가 않습니다."

김산의 머릿속에도 지난번 임안으로 무역을 하려고 왔던 고려 나주목 판관의 얼굴이 떠올랐다. 아직도 고려 땅은 기근으로 굶주리고 있는가? 판관의 얼굴 위로 조금 전의 남장녀 얼굴이 겹쳤다. 누구인가?

차가타이 영지를 지났을 때는 그로부터 엿새가 지난 후였다. 몽골 제국의 영토였지만 아직도 차가타이 혈족이 이곳저곳에 분산되어 있는 것이다. 신시(오후 4시) 무렵, 원정군의 선두는 말리스 산맥 끝에 닿았으니 산맥을 넘으면 토번의 서쪽 지역이다. 앞으로 열흘쯤 더 지나면 호레즘 영토가 나온다.

"이곳에서 이틀쯤 쉬기로 하자."

김산이 명을 내리자 주위 장군들의 얼굴이 밝아졌다. 한 달이 넘도록 강행군을 해왔던 것이다. 본진이 멈춰 선 곳은 사방이 내려다보이는 고원지대다. 아득한 앞쪽 말리스 산맥의 8부 능선 위쪽은 모두 흰 눈으로 덮여 있다. 원체 고봉(高峯)이 즐비했기 때문이다. 말에서 내린 김산이 다가온 비호수에게 말했다.

"토번으로 정찰대를 보내라."

"예, 전하."

"토번왕 마광이 우리가 온다는 소문은 들었을 것이다."

"세르갈왕 쿠지란과 연합했는지도 모릅니다, 전하."

세르갈은 토번 왼쪽에 붙은 왕국으로 서역의 통로를 장악하고 있다. 서역원정군에 가장 촉각을 곤두세우고 있는 왕국 중의 하나가 될 것이다. 비호수가 말 머리를 돌려 사라졌을 때 차석 대장군 홍복이 뒤쪽에서 말을 달려왔다. 홍복은 후군과 치중대를 맡고 있는 것이다.

"전하, 이틀간 휴식을 취하시는 동안에 서남쪽 호돈 강가로 가서 야생마를 사 오겠습니다."

서남쪽은 토번과 갈마왕국의 국경 지대로 말의 생산지다. 김산이 머리를 끄덕였다. 홍복은 부지런해서 잠시도 쉬지 않는다. 행군해 오는 동안 말 떼를 훈련시켰는데 야생마가 절반은 전투마로 바뀌어졌다. 김산이 나무 걸상에 앉아 동쪽을 보았다. 동쪽은 완만한 구릉이 끝없이 이어져서 마치 커다랗게 일렁이는 파도를 보는 것 같다. 김산의 두 눈이 가늘어졌다. 저 끝 쪽에 고려 땅이 있는 것이다. 이제 중원(中原) 대륙을 건넜으니 그 건너편, 대해(大海)를 다시 건너야 나오는 작은 땅, 이곳 대륙에 비하면 좌우로는 기마군의 사흘 길이었고 남북으로는 열흘 길쯤 되는 땅, 그곳에서 태어난 내가 이제 서역 땅 남쪽으로 진군하고 있는 것이다. 그때 뒤쪽에서 말굽 소리가 들렸으므로 김산이 머리를 돌렸다. 기마전령이 달려오고 있다. 등에 붉은 깃발을 꽂은 것을 보면 사령관에게 오는 전령이다. 이윽고 위사대를 통과한 전령이 김산의 20보 앞에서 말에서 뛰어내리더니 기듯이 다가와 10보 앞에 엎드렸다.

"보고!"

"말하라."

김산이 지시하자 땀투성이가 된 전령이 머리를 들었다. 오늘은 1백인장이다.

"전하, 며칠 전의 대상단에서 둘이 선봉대로 찾아왔습니다."

김산이 머리만 끄덕이자 전령은 말을 이었다.

"대상대가 토번군의 습격을 받아 모두 근처의 성으로 끌려갔다고 합니다. 도망친 두 명이 선봉대로 찾아와 전하를 뵙게 해달라고 합니다."

주위에 둘러선 장군들이 술렁거렸다. 김산이 물었다.

"둘은 어디 있느냐?"

"선봉대에 있습니다."

"데려오라."

"예옛."

몸을 일으킨 전령이 뒷걸음질로 물러서자 김산이 옆에 선 예케에게 말했다.

"아무래도 원정군의 첫 전투는 토번과 해야 될 것 같군."

"정탐대를 보내지요."

예케가 바로 말했다.

"행군만 했으니 전군(全軍)의 전투 기능을 회복시킬 필요가 있습니다. 전하."

"이틀 쉬려고 했는데 하루만 쉬어야겠다."

쓴웃음을 지은 김산이 말을 이었다.

"대장군 홍복이 예비 마를 가져올 동안에 끝내야겠다."

대상대 두 명이 다가왔을 때는 한 시진쯤이 지난 후였다. 앞쪽에 엎드린 둘을 본 김산의 눈썹이 모아졌다. 둘 중 하나가 남장녀였기 때문이다. 남장녀는 가죽 갑옷에 머리에는 두건을 썼지만 머리칼이 밖으로 삐져나왔다. 옷은 땀과 먼지투성이가 되었고 가죽 각반을 찬 다리에는 흙이 말라붙었다. 그 옆의 사내는 건장한 체격으로 반걸음쯤 뒤에 엎드린 것을 보니 경호병 같다. 그때 김산이 직접 물었다.

"너희들이 대상대 생존자인가?"

"네, 전하."

그 순간 주위가 조용해졌다. 남장녀가 여자 목소리로 대답했기 때문이다. 김산이 웃음 띤 얼굴로 다시 물었다.

"습격을 받았다니, 말하라."

"예, 토번의 기마군 3천여 기가 기습을 해왔습니다."

남장녀가 반짝이는 눈으로 김산을 보았다.

"용병 1백여 명이 죽었고 나머지는 모두 포로로 끌려갔습니다."

그때 김산이 다시 물었다.

"너는 누구냐?"

"예, 행수 안준의 딸, 안재빈입니다."

남장녀의 몽골어도 익숙했다. 물기에 젖어 번들거리는 눈으로 안재빈이 말을 잇는다.

"저는 토번군이 습격해왔을 때 뒤쪽에 처져 있다가 겨우 도망쳐 나왔습니다."

"너는 여자인데 대상단에 따라온 이유는 무엇이냐?"

"아버지의 뒤를 이으려고 무역을 배우는 중이었습니다."

주위에 둘러선 장군들의 시선이 집중되었다. 모두 입을 다물고 듣는 터라 먼 쪽의 말굽 소리도 들렸다. 김산이 다시 물었다.

"그래, 나를 만나고 싶다고 했으니 용건을 듣자, 무엇이냐?"

"예, 부디 대상대를 구해주십시오."

두 손을 땅바닥에 짚은 안재빈의 눈에서 눈물이 흘러내렸다.

"칭기즈 칸 대황제의 법을 어긴 토번군을 응징해 주십시오."

"닥쳐라!"

김산이 안재빈의 말을 잘랐다. 쓴웃음을 지은 김산이 안재빈을 노려보았다.

"교활한 년 같으니, 칭기즈 칸 대황제 이름을 팔아 제 아비를 구해내겠다고? 너희들이 언제부터 법을 지켰느냐?"

새파랗게 질린 안재빈이 시선을 내렸고 김산의 목소리가 구릉 위로 퍼져나갔다.

"네 아비와 재물을 구해내려고 내 병사를 전장에 몰아넣겠다는 말이냐? 수천의 생명이 희생될 텐데 그 대가로 우리가 얻는 것은 무엇이냐?"

안재빈은 머리를 떨구었고 김산이 자리에서 일어섰다.

"물러가라."

"전하."

그때 안재빈이 머리를 들고 김산을 보았다. 눈물로 범벅이 된 두 눈이 번들거리고 있다.

"하물이 금 30만 냥 가치가 있습니다. 그 하물의 절반을 드리지요."

"앗하하."

김산이 턱을 젖히고 웃었으므로 둘러선 장군들이 따라 웃었다. 고원 위로 웃음소리가 덮였다. 토번성(城)을 쳐서 함락시킨다면 성안의 모든 재물을 차지하게 되는 것이다. 빼앗긴 하물은 말할 것도 없다. 지금 안재빈은 원정군을 제 수하처럼 취급하고 있다. 하물의 절반을 상금으로 내놓는다는 말이었다.

"참으로 분수를 모르는 년이로다."

마침내 옆에 서 있던 예케가 발을 구르며 노했다.

"네 이년, 어느 안전이라고 그따위 수작을 부리느냐! 당장에……."

그때 김산이 웃음 띤 얼굴로 예케에게 말했다.

"대장군, 저년을 가둬두도록, 저 입으로 또 어디에 가서 지껄일지 모른다."

토번의 진가로성(城)은 둘레가 5리(2km) 높이는 20자(6m)로 성벽은 돌로 만들어진 평지의 석성(石城)이다. 국경 지역의 성이어서 성안에는 기마군 4천에 보군 3천이 주둔하고 있었는데 성주는 마톡이다.

"성주, 대상대 놈들은 다 죽여 없애는 것이 낫소."

부장(副將) 융가가 말하자 마톡은 쓴웃음을 지었다.

"모자란 놈, 1천 명 가까운 시체를 어디에 버린단 말이냐? 묻는 데만 며칠이 걸리겠다."

"그럼 놔두실 겁니까?"

융가는 용맹하지만 머리가 모자란다. 시키면 불 속이라도 뛰어드는 터라 이번 대상대 공격에 대공을 세웠다. 마톡이 웃음 띤 얼굴로 말을 이었다.

"서쪽으로 2백 리쯤 가면 가르산 국경을 지키는 고본성이 있다. 아느냐?"

"압니다."

"고본성의 노예상에 저놈들을 팔면 두당 금화 세 냥은 받을 게다."

"그렇군."

융가가 누런 이를 드러내며 웃었다.

"모두가 재물이군요. 이번 대상대를 털어서 우린 수십만 냥의 재물을 얻었소."

"떠들지 마라."

눈을 부릅뜬 마톡이 주위를 둘러보는 시늉을 했다.

"왕성에서 알면 다 빼앗긴다. 그러니 입단속을 시켜라."

"금화 한 냥씩만 주면 입도 벙긋하지 않을 것입니다."

"금화라니?"

이맛살을 찌푸린 마톡이 융가를 노려보았다.

"은화 한 닢씩만 줘도 된다."

"그렇군요. 군사가 7천 가깝게 되니 은화 한 닢씩만 줘도 7천 닢이요."

"다 줄 필요도 없어."

이제는 입을 다문 융가에게 마톡이 말을 이었다.

"이번 대상대 습격에 데려간 기마군 3천만 주면 된다."

"그렇군요."

"대상대가 끌고 온 말은 모두 군마(軍馬)로 사용한다. 이로써 우리 성(城)의 전력은 크게 늘어났다."

"왕께서 아시면 대장군으로 승진시키실 것이오."

"글쎄, 입을 닥치라니까?"

마톡이 꾸짖자 융가가 입맛을 다셨다. 그때 마톡이 옆에 놓인 가죽 주머니를 들어 융가에게 내밀었다. 안에 어린애 머리만 한 돌덩이가 들어있는 것 같다.

"이거 받아라."

"뭡니까?"

두 손을 내민 융가가 받으면서 방안을 둘러보았다. 마톡의 접견실 안에는 둘뿐이다.

"안에 금화 2백 냥이 들었다. 네 몫이다."

"아이구, 이런."

다시 융가가 이를 드러내며 웃더니 가죽 주머니 안을 보았다.

"내가 이런 거금은 처음 만집니다. 성주."

성벽 위에 선 김산이 옆에 선 비호수를 보았다.

"그럼 한 시진쯤 후에 오너라."

"예, 전하."

주위를 둘러본 비호수가 말을 이었다.

"말이 6만 필이 넘습니다. 이것만 가져가도 전력에 도움이 되겠습니다."

"마침 잘 되었어."

김산의 얼굴에 웃음이 떠올랐다.

"대상대를 기습하고 나서 분위기가 떠 있는 것 같군."

"예, 전하, 부디 옥체를……."

비호수가 머리를 숙여 보이고는 어둠 속으로 빨려들듯이 사라졌다. 둘은 진가로성에 정찰을 나온 것이다. 자시(밤 12시)가 되어가고 있다. 성안의 통나무 숙소는 모두 불이 꺼졌고 군데군데 불이 켜진 곳은 군관숙소와 순찰군 막사다. 김산은 머리를 들고 위쪽을 보았다.

그곳에 고급간부들의 저택이 있는 것이다.

"성주가 다 먹었어."

융가가 얼굴을 일그러뜨리며 웃었다.

"나한테 금화 2백 냥을 던져주고 말이야. 제 놈은 수십만 냥을 먹었어."

"너무 하신 것 아니오?"

기마군 대장 중 하나인 부르치가 투덜거렸다.

"우리한테는 은 한 냥씩줍니까?"

"너희들한테도 금화 대여섯 냥은 주겠지."

융가가 둘러앉은 대장들을 보았다. 모두 여섯 명, 보군 대장도 있고 순찰대장도 있다. 모두 부하 5, 60명을 거느린 간부급 군관이다. 벌컥이며 술을 삼킨 융가가 손등으로 입을 씻으면서 말했다.

"내일 또 대상대 포로를 끌고 가서 노예로 팔 것이다. 그러면 금화 수천 냥을 또 벌어, 이번 대상대 습격으로 성주는 부자가 되었어."

"에이, 더러워서."

그때 융가가 옆에 놓인 금화 자루를 가운데로 던졌다. 방바닥에 금화가 쏟아지면서 기름등 불빛을 받아 번쩍거렸다.

"자, 너희들이 나눠가져라."

"부장, 우리는 싫습니다."

기마군 대장이 머리를 저었다.

"성주한테 가서 달라고 하겠소."

"주겠느냐?"

융가가 다시 웃었다.

"아마 네놈 목을 벨 것이다."

그 순간 모두 서로의 얼굴을 보았고 방안에 정적이 덮였다. 그때였다. 융가가 코를 벌름거렸고 이어서 두어 명이 주위를 둘러보았다.

"이게 무슨 냄새야?"

이맛살을 찌푸린 융가가 투덜거렸을 때다. 둘러앉은 가운데로 뭔가가 떨어졌는데 피비린내가 확 풍겨왔다.

"앗!"

놀란 모두가 벌떡 일어섰고 융가는 눈을 부릅떴다. 금화가 쏟아진 위로 사람 머리통이 떨어져 있었던 것이다. 머리를 산발한 머리통은 놀란 듯 눈을 크게 뜨고 있었는데 바로 성주 마톡이다.

"성, 성주다!"

누군가 소리쳤을 때 융가는 문으로 들어서는 사내를 보았다. 가죽 갑옷 차림에 허리에는 칼을 찼는데 몽골제국 장군 차림이다. 융가는 몽골 군복에 익숙한 것이다. 그때는 모두 사내를 보았고 일제히 덤빌 자세를 했다. 서너 명은 칼자루를 쥐고 있다. 그때 사내가 다가오며 말했다.

"내가 성주의 목을 베었다."

사내가 대장들 옆을 지났지만 아무도 칼을 뽑지 못한다. 몸이 굳어 있는 것이다. 사내는 김산이다.

김산이 융가 옆으로 다가오더니 옆자리에 앉는다. 융가와는 두 뼘 밖에 떨어지지 않았다. 모두 아직 서 있는 자세였지만 전의(戰意)는 절반쯤 흩어졌다. 압도당했기 때문이다. 그때 김산이 그들을 둘러보며 말했다.

"너희들을 다 죽일까 했지만 부질없는 짓, 내 말대로 하면 살려주기로 했다.”

“무, 무엇이? 이런 건방진.”

기를 쓰듯 되받아친 무장은 보군대장이다. 평소에도 악착같은 성품이었는데 오늘도 그 기질이 나온 것이다.

“아앗!”

놀란 외침은 주변 무장들의 입에서 터졌다. 보군 대장의 머리가 몸통에서 떼어졌기 때문이다. 김산이 앞에 놓인 접시를 던진 것이 목을 자르고 떨어졌다. 그때 김산이 주위를 둘러보며 말했다.

“성주의 저택에 그동안 축적해놓은 재물이 쌓여 있었다. 금화가 1만 냥쯤 되었다.”

모두 숨을 죽였고 그때까지 산 것처럼 머리 없는 몸통을 건들거리며 앉아 있던 보군대장이 옆으로 쓰러졌다. 김산이 말을 이었다.

“곧 성문으로 몽골군이 들어온다. 그러니 너희들은 병사를 이끌고 투항해라. 그러면 살아남게 될 것이다.”

“그, 그대는 누구시오?”

융가가 어깨를 부풀리며 물었으므로 김산의 얼굴에 웃음이 떠올랐다.

“몽골군이다.”

그때 말발굽 소리가 어지럽게 울리더니 밖에서 외침이 일어났다.

“습격이다! 적이 쳐들어왔다!”

그러나 방안의 무장들은 아직 움직이지 않는다. 아직도 시선이 김산에게 모여져 있다. 김산이 머리를 끄덕이며 말했다.

“난 이 성의 말과 너희들이 빼앗은 대상대의 재물만 찾아간다. 그러니 너희들은 성주의 재물을 나눠 가지면 된다.”

김산이 자리에서 일어섰지만 아직 아무도 따라 일어서지 않았다. 밖의 소음은 더 심해졌고 이제 천둥 같은 말발굽 소리가 울렸다. 습격이다.

한 시진 후, 성주 마톡이 앉던 자리에 김산이 앉아 벌려선 장군들을 보았다.

"전상자가 적어서 다행이다. 오늘 오전까지 이곳을 정리하고 본대와 합류하기로 하자."

미리 열려진 성문 두 개로 진입한 원정군의 기마군은 5천, 성안에 7천 가까운 병력이 있었지만 지리멸렬, 변변한 대항도 못 하다가 융가와 무장들이 뛰쳐나가 투항을 지시했기 때문에 금방 진압된 것이다. 그래서 성안 병사의 희생도 적었다. 그때 아래쪽에서 군사들을 헤치고 한 무리의 사내가 다가와 청 밑에 무릎을 꿇었다. 중심에 꿇은 사내가 바로 대상대의 행수 안준이다.

"사령관 전하, 두 번 목숨을 살려주셨습니다."

머리를 든 안준이 소리쳐 말했다.

"이 은혜를 가슴 깊게 새기겠습니다, 전하."

김산이 쓴웃음을 짓고 말했다.

"네 딸이 내 진중에 잡혀 있으니 데리고 떠나라."

그러고는 덧붙였다.

"네 하물도 빠짐없이 찾도록 해라."

다음날 진가로성을 떠난 원정군이 전진한다. 말이 7만 필 가깝게 늘었기 때문에 원정군의 행렬이 더 길어졌다. 더구나 뒤쪽을 이번에

구출된 대상대가 따르고 있었는데 당분간 같은 방향으로 남하하게 될 것이었다.

"전하, 앞쪽으로 토번의 성 3개가 있습니다."

정찰대로부터 보고를 받은 차석대장군 홍복이 말했다. 행군 중이어서 김산과 홍복은 나란히 말을 몰고 있다.

"우회하여 가시지요, 어젯밤 성을 빠져나간 군사들이 연락을 했을 것입니다."

머리를 끄덕인 김산이 홍복에게 말했다.

"아마 토번왕 마광에게도 곧 보고가 될 것이다. 우리가 국경을 벗어나기 전에 반응이 오겠지."

"바차가드성 근처에서 마주칠 가능성이 큽니다."

여진 출신 홍복은 그동안 수많은 전투를 겪은 터라 전략에 밝았다. 10인장부터 시작하여 대장군에 이르렀으니 전투는 물론이고 전략에 능할 수밖에 없다.

"전하."

뒤에서 말굽 소리가 들리더니 근위사령관 비호수가 달려왔다.

"대상대 행수 안준이 답례품을 보내왔다고 합니다."

말 머리를 나란히 하고 전진하면서 비호수가 말을 이었다.

"안준의 딸 안재빈이 가져왔습니다."

"받지 않는다고 해라."

앞쪽을 향한 채 김산이 말을 이었다.

"그리고 바차가드성에 닿기 전에 원정군에서 떠나라고 해라."

"예, 전하."

비호수가 말 머리를 돌렸을 때 김산이 등에 대고 말했다.

"그리고 코르치를 부르라."

비호수가 주춤했다가 말을 달려 뒤쪽으로 사라졌으므로 홍복이 물었다.

"전하 코르치는 왜 부르십니까?"

코르치는 구타이의 참모장으로 이번 원정군에 자원해서 끼었다. 구타이의 군단을 끌고 왔을 때부터 진중에 머물고 있는 것이다. 구타이의 머리를 가져온 주브르도 마찬가지다. 김산의 얼굴에 쓴웃음이 번졌다.

"코르치는 지형에 밝다. 아마 내가 부르기를 기다리고 있었을 것이야."

잠시 후에 달려온 코르치는 주브르를 대동하고 있었다. 그것을 본 김산의 얼굴에 쓴웃음이 번졌다. 코르치는 60대 초반으로 군(軍) 서열로는 가장 선임이었고 주브르 또한 구타이 휘하에서 대장군을 지낸 인물이다. 옆쪽에 붙어선 코르치에게 김산이 물었다.

"내가 부른 이유를 아는구나, 그렇지 않으냐?"

"예, 전하, 토번왕의 대응에 대해서 물으실 것 같았습니다."

코르치가 머리를 숙여 보이면서 말을 이었다.

"그래서 주브르도 데려왔습니다."

"주브르가 토번에 대해서 아느냐?"

"토번왕 마광의 제2군단장인 사차와 주브르가 오랜 친분이 있지요. 사차의 2군단은 왕성 근처에 주둔하고 있습니다."

"마광이 국경에서 우리를 맞을 것 같으냐?"

"마광은 자존심이 강한 위인입니다. 이번에 진가로성에서 당한 치욕을 갚아야 왕의 위신이 선다고 생각할 것입니다."

"왕성에서 바차가드성까지는 6백여 리다. 마주칠 수 있겠는가?"

"먼저 바차가드 주변의 군사를 모은 후에 마광이 달려올 것입니다."

김산과 코르치의 대담이 이어지는 동안 주위를 따르던 대장군들은 입을 다물고 경청했다. 코르치는 막힘없이 대답했는데 마치 사령관의 참모장 역할이었다. 머리를 끄덕인 김산이 이윽고 허리를 폈다.

"코르치, 네가 원정군 참모장을 맡으라. 맡겠느냐?"

"진심으로 승복합니다."

머리를 숙였다가 올린 코르치의 주름진 눈에 눈물이 가득 고인 것을 주위의 장군들이 다 보았다. 만감이 교차했을 것이다. 그때 김산이 머리를 돌려 주브르를 보았다.

"주브르, 넌 제4위 대장군이다. 맡겠느냐?"

주브르는 그저 머리만 깊게 숙여 보였는데 머리를 들고 나서 외면했다. 그래서 다른 장군들은 주브르의 얼굴을 못 보았다.

그날 저녁, 식사를 마친 김산이 진막에서 휴식을 취하고 있을 때 비호수가 들어섰다.

"전하, 안준이 드릴 말씀이 있다고 합니다."

"또 딸을 보냈느냐?"

"예, 밖에서 기다리고 있습니다."

입맛을 다신 김산이 머리를 끄덕이자 비호수가 진막을 나가더니 곧 안재빈이 들어섰다. 안재빈은 여전히 남장 차림으로 김산 앞에 무릎을 꿇고 앉더니 두 손을 땅바닥에 짚고 머리를 들었다.

"전하, 저는 여자지만 신체가 건강하여 서역 대상대에도 끼었습니다."

뒤에 선 비호수의 눈동자가 흔들렸다. 무슨 말인지 납득이 안 갔기 때문일 것이다. 그때 안재빈이 말을 이었다.

"아비의 허락도 받았으니 전하를 모시고 원정군을 따라가고 싶습니다. 허락하여 주시옵소서."

김산은 표정 없는 얼굴로 그냥 시선만 주었지만 비호수는 당황해서 숨까지 들이켰다. 그러고 나서야 낮에 김산이 안재빈을 만나지 않은 것이 떠올랐다. 사령관은 알고 있었던 것이다. 그때 김산이 입을 열었다.

"대상대를 찾게 해준 보상이냐?"

"그 때문은 아닙니다."

"그럼 무엇이냐?"

"진중에서 전하께서 고려인이라는 말을 들었습니다."

다시 비호수가 숨을 들이켰지만 김산의 얼굴에 쓴웃음이 번졌다. 안재빈이 똑바로 김산을 보았다. 이제 얼굴이 붉어졌고 두 눈이 반짝였다.

"나리."

그 순간 김산의 눈빛이 강해졌다. 안재빈이 고려 말을 한 것이다. 안재빈의 고려 말이 이어졌다.

"저를 하녀로, 잠자리 시중을 드는 여자로 쓰셔도 됩니다. 모시게 해주세요."

"네가 출세했다."

예케가 빈정거리듯 말했다. 약을 올리는 것이다.

"대장군이 되려고 구타이의 머리통을 들고 왔구나."

"그렇게 되었지."

주브르가 정색하고 말했지만 예케는 그만두지 않았다.

"혹시 우리 전하한테도 그러는 건 아니겠지? 한 번 배신을 하면 계속 배신을 한다는 말도 있거든."

"중군(中軍)에서 기마군 5천을 데려갈 테니 오늘 밤까지 떼어줘, 말은 2만 필이면 되겠다."

주브르가 말하자 예케도 이제는 정색했다.

"부장(副將)은 누구를 데려갈 테냐?"

"전하께서 나한테 맡기셨으니 타이치우드를 데려가겠다."

"타이치우드라면 네가 데려온 놈 아닌가? 대장, 부장이 한통속이면 반역하기 쉬운데."

"타이치우드도 이번에 전하께서 5천인장으로 임명하셨다."

"전하께서 후하시군, 타이치우드는 구타이 밑에서 1만인장이었으니 여기서는 1천인장이 맞는데."

"그럼 내일 아침에 다시 오겠다."

주브르가 몸을 돌렸을 때 예케가 불렀다.

"주브르."

다시 몸을 돌린 주브르에게 예케가 허리에 찬 칼을 칼집째 떼어 내밀었다. 자루에 보석이 박혔고 칼집에는 금장식을 했다.

"내 칼을 주마."

주브르는 투항했을 때 맨손으로 왔기 때문에 지금은 병사들이 차는 칼을 지니고 있다. 힐끗 예케와 눈을 맞춘 주브르가 손을 내밀어 칼을 받았다. 그러고는 잠자코 몸을 돌렸을 때 그 등판에 대고 예케가 다시 한마디 했다.

"그 칼이 마술검이다. 주인이 반역을 하면 주인 목을 친단다."

선봉장 게니게스가 보낸 전령이 달려왔을 때는 주브르가 5천 기마군을 이끌고 나간 다음 날 아침이다. 진막 안에서 말 젖과 육포로 아침을 먹고 있던 김산 앞에 전령이 엎드렸다. 전령과 함께 들어온 대장군 셋과 참모장 코르치까지 김산 주위에 둘러섰다.

"전하, 토번군 3만여 기가 빠른 속도로 바차가드성 쪽으로 진군하고 있습니다."

전령장교가 소리쳐 보고했다.

"수색대가 발견했는데 바차가드성 서북방 2백5십 리 지점에서 하루 70리 속도로 남진하고 있습니다."

그러면 바차가드성까지는 사흘 반나절 후에 도착한다는 말이었다. 지금 원정군은 바차가드성 동북방 3백여 리 지점에 머물고 있다. 김산이 고개만 끄덕이고 보료에 등을 붙이자 참모장 코르치가 전령에게 물었다.

"어느 부대이더냐?"

"검정색 깃발에 금칼이 그려져 있습니다."

"근위군입니다."

코르치가 김산에게 머리를 돌리며 말했다.

"토번 왕이 적극적으로 막을 것 같습니다."

진가로성에 대한 복수를 해서 토번국의 위신을 세우겠다는 뜻이다. 근위군은 곧 왕성의 수비와 왕의 시위군 역할을 맡는 정예군이다. 그 정예군을 보냈으니 전력으로 원정군을 막는다는 뜻이다. 코르치가 말을 이었다.

"바차가드성과 그 주변의 군사를 모으면 원정군의 상대가 될 것입니다. 전하."

"토번 왕 마광이 과연 물불을 가리지 않는 무서운 왕이구나."

김산의 말에 모두 시선을 주었다. 전령까지 숨을 죽이고 있다.

"마광은 이제 지나는 범을 가둬 둔 셈이 되었다."

바차가드 성주 뮤란은 50대 중반으로 토번의 오랜 명문가(家) 출신이다. 토번 왕 마광의 아비인 구탄과 함께 수많은 전쟁을 치렀고 외적을 물리쳤다. 그리고 10여 년 전부터 은퇴하여 국경지역 바차가드 성에서 여생을 보내고 있었던 것이다.

"사흘 후라고 했느냐?"

뮤란이 묻자 청의 앞쪽에 엎드린 전령이 대답했다.

"예, 성주. 말이 10만 필이 넘으니 마장을 준비해 달라고 모이토 님께서 말씀하셨소."

"알았다."

머리를 끄덕인 뮤란이 옆에 선 장수에게 지시했다.

"서북쪽 구릉 지대가 좋겠다. 그쪽에 지원군 진지를 만들라."

뮤란의 지시가 끝나기를 기다렸다가 어깨를 부풀린 전령이 말을 이었다.

"모이토 님께서는 성안에서 계실 저택을 준비해놓으라고 하셨습니다."

"저택?"

"예, 성주께선 내성에 계실 것이니 사령관께선 저택이 필요하시다고 하셨습니다."

뮤란이 한동안 전령을 보더니 머리를 끄덕이며 물었다.

"그것뿐이냐?"

"예."

"적의 동향이나 바차가드성으로 모을 군사 이야기는 하지 않으시더냐?"

"없으셨습니다."

"알았다. 돌아가라."

전령이 돌아갔을 때 뮤란이 둘러선 장수, 신하들을 보았다.

"모이토가 지방 순찰을 나온 것으로 아는군."

"모이토 님의 지휘를 받을 수 없습니다."

장군 그루치가 말했지만 호응하는 사람은 없다. 모이토는 왕성의 위사장으로 토번 왕 마광의 최측근이다. 30대 초반의 모이토 또한 명문가 출신으로 마광과는 어릴 적부터 같이 자란 친구다. 눈치가 빠른데다 마광의 성품을 잘 아는 터라 비위를 잘 맞춰 장군에 이어 위사장으로 승진, 이제는 모든 왕명이 모이토를 통해야만 집행되었다. 그래서 이번 출정군 사령관직도 마광이 최측근인 모이토에게 자연스럽게 맡긴 것이다. 주변에 모이토뿐이었기 때문이다. 모이토는 갑자기 벼락을 맞은 셈이었지만 사양할 명분이 없었으므로 출정하게 되었다. 길게 숨을 뱉은 뮤란이 말했다.

"부대를 점검해라. 모이토 님이 올 때까지 군 정비를 마쳐야 한다."

바차가드성의 병력은 기마군 1만, 보군 1만5천 가량이고 주위 성에서 모은 병력이 기마군 8천, 보군 2만이다. 모두 합하면 기마군 1만 8천, 보군 3만5천이나 아직 제대로 편성도 끝나지 않았다. 그러나 왕성에서 온 출정군까지 합하면 기마군 5만이 가깝고 보군은 3만5천이니 대군이다. 몽골제국의 원정군은 기마군 7만이라니 해볼 만은 한 것이다. 장군들을 돌려보낸 뮤란이 남아 있는 집사 바크레를 보았다. 바크레는 뮤란의 동년배로 오랫동안 가문의 집사를 맡아왔다. 뮤란이 가라앉은 목소리로 말했다.

"바크레, 큰일 났다."

토번 정벌

"사차, 준비는 다 되었느냐?"

마광이 묻자 사차가 머리를 들었다.

"예, 하지만 전하. 왕성을 비우지 마시지요. 제가 모이토 장군의 뒤를 받쳐 몽골군을 섬멸하겠습니다."

토번의 왕성(王城)인 쿠르간성의 정청에는 수십 명의 장군, 신하가 둘러서 있었는데 분위기가 엄숙했다. 계단 위의 왕좌에 앉은 토번왕 마광은 올해 33세, 한창 기력이 넘치는 나이였는데 아직 큰 전쟁을 겪지 못했다. 토번국은 대륙의 서남쪽에 위치하고 있어서 칭기즈칸과 그 자손들의 서역 원정로에서 비켜난 이유도 있다. 사차의 말을 들은 마광이 넓은 얼굴을 펴고 웃었다.

"사차, 너는 나한테 앉은뱅이 왕이 되라는 말이냐?"

"아닙니다. 전하."

"가소로운 몽골원정군 놈들이 내 성을 공략해서 말 떼를 강도질해 갔다. 그걸 내가 앉아서 구경만 하라는 말이냐?"

"전하께서 먼 길을 내려가시는 것이 걱정이 되었습니다."

"난 너보다 젊다. 사차."

쓴웃음을 지은 마광이 물러가라는 손짓을 했다.

"내일 오전에 출정한다. 준비해라."

사차가 머리를 숙이고는 몸을 돌렸다.

사차가 청 밖으로 나갔을 때 마광이 아래에 선 별동대장 조단에게 말했다.

"노인들은 행동이 느리단 말이야. 말이 많고 꼭 옛이야기를 먼저 꺼낸다."

조단이 웃음 띤 얼굴로 마광을 올려다보았다. 모이토와 함께 조단은 마광과 어릴 적부터 친구 사이다. 모두 30대 초반으로 명문가 자손이었고 혈기가 왕성하다. 마광이 어깨를 펴고 말했다.

"이번에 토번의 위세를 보여주면 몽골 놈들이 감히 건드릴 생각도 하지 못하게 될 것이다."

성안의 숙소로 돌아온 사차에게 부장 미르쿨이 보고했다.

"기마군은 7개 대대 3만5천입니다. 전하께서 직접 이끄시는 별동대 1만까지 전력은 4만5천이 됩니다."

사차가 머리만 끄덕였다. 그러면 토번군 전력은 모이토가 끌고 간 기마군 3만까지 7만5천, 바차가드성의 기마군까지 합하면 10만이 넘는다. 몽골군이 7만이라니 압도적인 전력이다.

"그냥 지나게 놔뒀어야 했다. 진가로 성주 놈은 서역으로 가는 대상단을 습격해서 재물을 강탈한 놈들이야. 선왕께서도 대상단은 보

90

호해준다는 합의를 하셨다."

사차가 외면한 채 말했다. 그러나 마광은 그 보고를 들었으면서도 원정군이 진가로성을 친 것만을 트집 잡았다. 원인을 무시한 것이다. 사차가 미르쿨에게 물었다.

"우리가 떠나면 왕성에는 수비군이 얼마나 남나?"

"5, 6천 정도일 것입니다."

미르쿨이 가는 눈을 더 가늘게 뜨고 웃었다.

"그것도 병들고 다친 놈들이 대부분입니다. 왕궁 근위병 수백 명 뿐이라고 해도 과언이 아닐 것입니다."

"과연 젊은 왕답군."

마침내 사차가 불경스러운 말을 뱉었다. 한 번 뱉으니 둑이 터진 것처럼 쏟아졌다.

"왕국 경영이 병정놀이를 하는 것인가? 선대왕께서 갑자기 돌아가시는 바람에 왕자 수련이 못되었어. 이런 일에 왕국의 전 군사력을 동원하다니. 이건 마당을 지나는 사자를 문을 닫고 집안으로 끌어들인 셈이 되었어."

이것은 김산이 한 말이었다.

술시(오후 8시)가 되었을 때 사차는 진막 안에서 위병의 보고를 받았다.

"장군, 고향 친구가 찾아오셨습니다."

"누구라더냐?"

혼자 술을 마시고 있던 사차가 묻자 위병이 대답했다.

"주브르라고 하셨습니다."

순간 술잔을 내려놓은 사차가 이맛살을 찌푸리고 위병을 보았다.

"내 또래더냐?"

"예, 타오산에서 같이 지냈다고 하셨습니다."

"어서 이리 모셔라."

사차가 말하자 위병은 서둘러 몸을 돌렸다. 사차와 주브르는 20년 쯤 전에 동북쪽 국경의 타오산에서 서로 대치한 적이 있다. 당시에 사차는 토번족 장수였고 주브르는 몽골군 3천인장이었다. 타오산 남북으로 대치한 몽골과 토번의 국경 경비대장 신분이었다. 그러나 당시에는 몽골과 토번이 우호국 상태여서 주브르와 사차는 같이 사냥을 다녔고 식량이 모자라면 나눠주기도 했다.

그렇게 3년이나 친하게 지내다가 주브르가 떠나게 되었을 때 사차의 제의로 형제의 의를 맺었던 것이다. 나이가 한 살 위였던 사차가 형님이 되었다. 그 후로 만나지 못하고 소식만 드문드문 듣다가 이제 20년 만의 상봉이다. 잠시 후에 위병의 안내로 상인 차림의 사내가 들었는데 바로 주브르다.

"아니, 아우님."

자리에서 일어선 사차가 두 손을 펴고 반겼다.

"형님을 20년 만에 뵙습니다."

주브르가 사차가 내민 두 손을 잡고 포옹했다. 사차는 위병을 물리더니 주브르와 단둘이 마주앉았다. 둘이 덕담을 나누는 사이에 시종들이 새 술상을 차려놓고 물러갔다. 그때 사차가 지그시 주브르를 보았다.

"아우님이 구타이의 측근이 되어 반역자로 쫓기는 몸이 되었다는 소문을 들었어. 그런데 이 먼 곳까지 웬일인가?"

"구타이는 죽었습니다."

"그건 나도 들었네."

"제가 구타이의 목을 들고 쿠추 전하께 갔지요."

그 순간 사차가 숨을 들이켰다. 내막을 일순간에 파악한 것이다. 그것을 본 주브르의 얼굴에 쓴웃음이 떠올랐다.

"형님, 아우 이야기를 들으시오."

사차가 머리만 끄덕였고 주브르의 이야기가 시작되었다.

구타이의 마지막과 지금까지를 담담한 표정으로 말한 주브르가 이야기를 마치고는 길게 숨을 뱉었다. 이제 입을 꾹 다문 주브르가 시선만 주자 사차가 입을 열었다.

"시운(時運)이라는 것이 있어."

주브르는 움직이지 않았고 사차의 말이 이어졌다.

"국운(國運)도 마찬가지야."

"……."

"토번은 엎드려만 있었다면 강풍을 등뒤로 스쳐지나게 했을 텐데 몸을 일으켜 막았구먼."

"……."

"운명이지."

그래 놓고 사차가 입을 다물었다.

"와앗!"

밖에서 함성이 울리자 마광은 눈을 떴다. 색(色)을 밝히는 마광은 알몸의 무희 셋을 침대로 끌어들여 함께 엉켜 자고 있던 참이었다.

"우와아앗!"

이제는 함성과 비명이 섞여졌고 발자국 소리와 함께 칼 부딪치는 소리까지 들린다. 가깝다. 마광이 상반신을 일으키며 소리쳤다.

"불을 켜라!"

그러나 어젯밤 늦게까지 과음을 한 터라 목이 갈려서 목소리가 제대로 나오지 않았다.

"불을!"

다시 소리쳤을 때 함성은 더 높아졌고 발자국 소리와 함께 침실 문이 열렸다.

"전하!"

소리친 목소리가 누군지 알 수가 없다.

"무슨 일이냐!"

마광이 맞받아 소리치자 대답이 돌아오지 않았다.

"으아아악!"

뒤에서 당한 것 같다.

쿠르간성(城)이 불타고 있다.

인시(오전 4시) 무렵, 불길은 더 높아져서 왕성 내궁 전체가 화염에 휩싸여 있다. 화염에 익은 검은 하늘은 붉은 기운으로 덮여지는 중이다. 가끔 기둥이 무너지면서 불덩이가 솟아오르는 것이 화려했지만 섬뜩하다.

조금 전까지 울렸던 함성도 어느덧 가라앉고 이제는 기마군의 말굽 소리만 울린다. 고도(古都) 쿠르간성이 점령된 것이다. 토번의 왕성이며 5백여 년간 외침을 받지 않았던 쿠르간성이 한 시진(2시간)의 내전을 겪고 나서 함락되었다. 토번 왕 마광은 벌거숭이 몸으로 묶였고 내성 안에서 묶던 귀족, 장군, 근위군은 모조리 참살되었다. 대학살이다.

갑자기 성안으로 침투한 5천의 몽골군에게 무자비하게 살육을 당한 것이다. 참극이 일어나는 동안 성 밖에 주둔한 토번의 정예군 제2군단 3만5천은 움직이지 않았다. 오히려 성문을 막고 밖으로 아무도 빠져나오지 못하게 해서 성안에 야수를 넣고 문을 잠근 꼴이 되었다.

왕성의 내궁 밖, 뒤쪽의 내궁이 화염에 싸여 있어서 주변도 환하다. 계단 위에 나무 걸상을 놓고 앉은 주브르가 앞쪽 마당에 벌거숭이 몸으로 묶인 토번 왕 마광을 보았다. 마광 뒤쪽에는 포로로 잡힌 1백여 명의 신하, 장수가 묶인 채 꿇어앉아 있다. 마광은 반쯤 정신이 나간 상태여서 아직 눈동자의 초점이 잡히지 않았다. 자꾸 혼잣말을 했고 주위를 둘러보았는데 제가 벌거벗은 몸인지도 의식하지 못한 것 같다. 바로 어제의 위엄과 자신감은 흔적도 보이지 않는다. 겁을 먹은 강아지 같다. 그때 주브르가 마광에게 물었다.

"네가 토번 왕이냐?"

"아니오. 사람 잘못 보았소."

마광이 소리쳤다.

"난 내궁 하인이오."

뒤쪽 신하들이 일제히 숨을 죽였고 마광의 외침이 주변을 울렸다.

"왕은 진즉 도망쳤소! 나는 하인으로 왕 대역을 하고 있었소!"

이것이 마광의 진면목인 것이다. 이윽고 주브르의 얼굴에 쓴웃음이 번졌다.

"그렇다면 목을 베어주지. 왕이었다면 살려줄 수도 있었는데 하인

놈이라니 죽여도 되겠다."

그러고는 주브르가 손을 들었을 때 마광이 소리쳤다.

"아니오! 내가 마광이오! 토번 왕이오!"

원정군 사령관 쿠추가 본군을 이끌고 쿠르간성에 입성한 것은 그로부터 사흘 후였다. 김산은 남하하지 않고 북상했던 것이다. 주브르의 별동군을 먼저 보내놓고 나서 뒤를 따른 것이다. 불타 폐허가 된 쿠르간성 밖 황야에서 김산이 토번의 장수 사차의 인사를 받는다.

"쿠추 전하를 뵙게 되어 영광입니다."

"잘했다."

김산이 사차의 공을 치하했다.

"네가 토번 왕이 되어라."

"제가 왕이 되려고 한 것이 아닙니다."

펄쩍 뛸 듯이 말한 사차가 무릎을 꿇고 김산을 보았다.

"토번을 살리기 위해서 토번 왕을 끌어내린 것입니다. 전하, 제가 왕이 될 생각은 추호도 없습니다."

"그럼 토번을 누구한테 맡긴단 말인가?"

쓴웃음을 지은 김산이 사차를 보았다.

"지금쯤 바차가드성으로 내려간 모이토가 다시 북상하지 않겠느냐?"

"모이토는 대군을 지휘해본 적이 없습니다. 아마 북상하는 도중에 자중지란에 빠져 군사들이 이탈할 것입니다. 가만 놔둬도 모이토의 전력은 소멸됩니다."

"그럼 바차가드성의 뮤란도?"

"뮤란이 저와 같은 연배로 선왕 구탄을 함께 모셨던 인연이 있지요. 뮤란이야말로 토번의 왕 재목입니다."

그러자 지그시 사차를 응시하던 김산이 말했다.

"네 말을 들으니 네가 왕이 되어야 한다는 생각이 더 굳어졌다. 다시 말하지 말거라."

자르듯 말한 김산이 머리를 돌려 주브르를 보았다.

"토번의 새 왕을 위하여 우리 손에 피를 더 묻혀야겠다. 토번 왕 마광과 그 일족, 그를 추종했던 신하와 장수들을 모조리 처형해라."

"예엣."

주브르가 머리를 숙였을 때 다시 김산의 말이 이어졌다.

"태풍이 크게 지나갈수록 땅이 더 깨끗해지는 법, 가차 없이 처형해라."

사차가 머리를 들었지만 입을 더 열지는 않았다. 김산이 머리를 돌려 아직도 더운 기운이 느껴지는 쿠르간성을 보았다. 쿠르간 왕성도 다시 세워져야 할 것이다.

토번을 공략할 계획은 없었던 김산이다. 우연히 대상단을 만난 것이 계기가 되어서 토번 왕성을 기습, 토번 왕 마광을 베어 죽이게 된 것이다. 토번 왕 마광이 자초한 일이다. 마광이 광장에 끌려와 무참하게 목이 베어지는 시각에 토번군 일대가 왕성을 향해 북상하는 중이었다. 기마군 3만을 이끈 대장은 모이토, 바차가드성에 도착한 지 이틀 만에 왕성이 함락되었다는 급보를 받고 다시 북상한 지 이틀, 3만 기마군은 지쳐서 녹초가 되었다. 그도 그럴 것이 쿠르간 왕성에서 서남쪽 변경의 바차가드성까지는 2천여 리(800km), 기마군의 열흘 거리였기 때문이다. 모이토의 기마군은 열흘간 강행군을 한 후에 이틀 밖에 쉬지 못하고 다시 북상하는 중이다.

"전령이 왔습니다."

유시(오후 6시) 무렵, 막 행군을 마친 모이토의 진지로 왕성 근처의 성에서 전령이 달려왔다. 쿠르간성에서 남쪽으로 50여 리 떨어진 마고성에서 보낸 전령이다.

"장군, 제2군단장 사차가 토번 왕으로 즉위했습니다."

전령이 상기된 얼굴로 소리치자 주위로 장수들이 모여들었다. 눈을 치켜뜬 모이토는 숨도 죽였다. 토번 왕 마광이 생포되었다는 보고보다 더 놀랐기 때문이다. 그야말로 청천벽력이다. 주위 장군들이 술렁였지만 전령의 외침이 이어졌다.

"그리고 전하께선 목이 베어져 성문 앞에 머리가 매달려 있습니다."

"······."

"쿠르간 성안의 귀족, 장군들도 다 참형을 당해서 살아남은 자가 없습니다."

"그 가족은?"

모이토의 목소리가 갈라져 있다. 제 처자식도 쿠르간 성안에 있었기 때문이다. 전령이 머리부터 저었다.

"성이 불에 타 폐허가 되었다고 합니다. 성안에 있던 군사들까지 다 죽었습니다."

"이놈 사차."

모이토가 악문 이 사이로 말했다. 부릅뜬 두 눈이 번들거렸다. 기습해온 몽골군보다 왕이 된 사차에게 욕을 하는 것이다.

98

전령과 함께 온 7, 8명의 장교들이 있다. 전령 일행으로 모이토에게 보고를 하고 나서 진막으로 돌아와 휴식을 취하는 동안 모두 뿔뿔이 흩어졌다. 그들은 사차가 보낸 밀사들이었기 때문이다. 전령은 마고성에서 보낸 것이 아니라 사차의 휘하 장교인 것이다.

"장군, 내성 안의 가족들을 모두 몰살시켰다는 말은 모이토 님 앞에서 일부러 한 말이오."

전령으로 온 자크만이 말했다. 자크만은 지금 모이토의 기마군 대장 중의 하나인 분타의 진막에 들어와 있다. 해시(오후 10시)가 넘은 시간이다. 긴장한 분타가 눈만 치켜떴고 자크만이 말을 이었다.

"사차 님이 손을 쓰셔서 이곳의 부장급 가족들은 무사히 피난시켰소. 지금 모두 사차 님의 보호를 받고 계십니다."

분타가 어깨를 늘어뜨리며 긴 숨을 뱉었다. 인질이다. 그러나 한숨에 안도감이 섞여 있다.

자시(밤 12시)가 되었을 때 모이토는 밖의 기척에 머리를 들었다. 진막 안에서 모이토는 혼자 술을 마시던 중이었다.

"장군, 부장들이 찾아왔습니다."

위병이 말하자 모이토가 반가운 듯 얼굴을 폈다. 혼자 술 마시기가 적적했던 것이다.

"어, 안으로 들라고 해라."

그러자 문이 열리더니 기마군 대장 넷이 모두 들어왔다. 후군을 맡은 하상도 끼어 있었으므로 모이토가 눈을 크게 떴다.

"어, 하상도 왔느냐?"

하상은 토번에 노예로 팔려온 서역인의 자손이다. 그러나 자유인이 되어 토번 왕 마광과 모이토의 놀이 친구가 되었고 지금은 부대의 지휘관이다. 모이토가 대장들을 둘러보며 말했다.

"자, 늦었지만 술 한잔 하면서 사차 놈을 쳐부술 계획을 세우자."

어깨를 편 모이토가 말을 이었다.

"북상하면서 병력을 더 모으는 거다. 그러면 승산이 있어."

그때 하상이 한 걸음 다가서며 말했다.

"모이토, 이건 네가 전에 나하고 했던 병정놀음이 아니다."

"뭐?"

놀란 모이토가 옆에 놓인 칼을 쥐려고 손을 뻗었지만 늦었다. 하상이 허리에 찬 칼을 뽑으면서 모이토의 목을 겨누고 후려쳤다. 모이토가 입을 딱 벌렸지만 목이 베어지면서 머리통이 바닥으로 떨어졌다. 머리 없는 몸으로 앉은 모이토의 목에서 핏줄기가 두 자(60cm)나 뿜어 올랐다. 그때 분타가 입맛을 다시면서 일행을 둘러보았다.

"그럼 내일 사차 님께 전령을 보내기로 하지."

분타는 아무 일도 없었다는 표정이다.

뮤란은 바차가드성에서 사차가 토번 왕에 즉위했다는 소식을 들었고 이어서 모이토가 부하 장수에게 피살당한 후에 대군이 상경하여 사차에게 복속되었다는 소문까지 들었다. 그리고 나서 토번 왕 사차한테서 정식 사신이 도착했다. 사신은 사차의 부장 미르쿨이었다.

"성주께 인사드리오."

미르쿨이 인사하자 뮤란이 자리에서 일어나 맞았다. 미르쿨은 이제 왕의 위사장이다.

"어서 오시오, 위사장."

"전하께서 안부를 전하셨습니다."

"전하께 충성을 바치겠다고 전해주시오."

뮤란이 정색하고 말했다.

"뮤란은 이곳 바차가드에서 여생을 마칠 작정이오."

"전하께서도 성주의 충심을 믿고 계십니다."

덕담을 나눈 미르쿨이 뮤란과 나란히 앉아 휘하 무장들의 인사를 받고 나서 말했다.

"성주, 몽골제국의 쿠추 전하에 대해서 알고 계시지요?"

"알다 뿐이오?"

뮤란의 얼굴에 웃음이 떠올랐다.

"쿠추 전하를 모르는 사람이 있겠소? 서역의 폴란드 총독까지 지내신 분 아니오?"

그리고 이번에 토번까지 정복한 정복자인 것이다. 토번 왕 사차를 왕위에 앉힌 것도 쿠추가 아닌가? 뮤란은 그것까지 말하지는 않았다. 그때 미르쿨이 말했다.

"이번에 쿠추 전하께서 토번군 3만을 원정군에 포함 시키셨습니다. 주로 모이토 휘하의 군사와 지원병으로 모았는데 한 달 동안의 조련을 마치고 다시 서쪽으로 출정하시게 될 것이오."

"그렇군요."

뮤란도 알고 있었으므로 머리를 끄덕이며 물었다.

"내가 도와드릴 일이라도 있습니까?"

"모두 기마군이라 말이 부족합니다."

정색한 미르쿨이 말을 이었다.

"말이 10만 필이 더 필요한데 뮤란 님께서 공급해주시기 바랍니다."

"전하의 명이시니 준비하겠소."

뮤란이 어깨를 부풀리며 말했다. 바차가드성의 기마군이 보유한 말은 4만여 필뿐이다. 주변의 성에서 모두 모아야 될 것이다. 미르쿨이 만족한 얼굴로 머리를 끄덕였다.

"열흘 후에 말을 모으러 몽골군이 올 것입니다. 그때 넘겨주시기 바랍니다."

뮤란은 소리죽여 숨을 뱉었다. 이제 토번이 몽골군의 지배를 받고 있다는 것을 실감한 것이다.

이제 원정군의 병력은 기마군 10만이다. 칭기즈 칸이 서역 원정을 나갈 때도 현지 병력을 선발하여 주력으로 삼았다. 김산도 그것을 따르고 있다. 10만군에는 토번군 3만뿐만이 아니라 구타이의 잔병 3만 5천까지 포함되어 있는 것이다. 김산의 본군(本軍)은 3만여 명뿐이다. 칭기즈 칸이 10여 만의 병력으로 시작하여 수백만의 서역군을 차례로 격파한 비밀이 이것이다. 저녁 무렵, 쿠르간성 근처의 대평원에 진을 친 본군의 진막에 김산이 들어섰다. 안에서 기다리고 있던 안재빈이 김산을 맞는다. 이제 안재빈은 김산의 시종 노릇을 하고 있었지만 여전히 남장이다. 저고리에 바지 차림이었고 머리에는 두건을 눌러썼다. 미소년이 시중을 드는 것 같다. 갑옷을 벗은 김산이 그릇에 담긴 물에 손을 씻고 나서 안재빈이 건네준 수건으로 닦았다. 그러더니 생각난 듯 안재빈에게 물었다.

"넌 어디까지 따라올 작정이냐?"

고려 말이다. 안재빈의 얼굴이 금방 상기되었고 두 눈에 생기가 일어났다. 김산은 거의 말을 하지 않았고 한두 마디 던진 말도 몽골어였기 때문이다.

"예, 전하께서 가시는 곳까지 따라갈 작정입니다."

안재빈이 고려 말로 또박또박 대답하자 김산은 쓴웃음을 지었다.

"네 아비하고 상의한 것이렷다?"

"제 생각입니다, 전하."

"네 생각이라구?"

머리를 든 김산이 정색하고 안재빈을 보았다.

"네 나이가 몇이냐?"

이렇게 길게 이야기를 나눈 것이 처음이어서 안재빈은 숨을 골랐다. 지금 안재빈은 김산의 두 걸음쯤 앞쪽에 서 있었는데 진막 안에는 둘뿐이다. 아무도 들어올 수가 없다. 안재빈은 저절로 두 손을 가슴에 모으고 대답했다.

"스물셋입니다."

"과년했구나. 남편은 있느냐?"

"없습니다."

"그 나이에, 그만하면 재색을 갖춘 년이 아직도 성혼을 못 했단 말인가?"

"예, 전하."

"전하라는 말, 고려 말로 왕한테 부르는 말 아니냐? 하지 마라."

"예, 전하."

"하지 말라고 했지 않느냐?"

꾸짖었지만 김산의 얼굴에 웃음이 배어났고 안재빈의 얼굴이 더 빨개졌다. 이윽고 시선을 돌린 김산이 몽골어로 말했다.

"저녁상을 들여오라고 해라."

저녁을 먹고 났을 때 진막으로 참모장 코르치가 찾아왔다. 자리에 앉은 코르치가 주름진 얼굴을 들고 김산을 보았다.

"원정로에 첨병을 보냈습니다."

김산이 머리만 끄덕였고 코르치가 말을 이었다.

"5개 대(隊)를 편성해서 보냈는데 대장 휘하에 12명씩으로 편제를 했고 각 지방의 문물과 지형, 약점을 답사해놓고 본군이 오기까지 기다리도록 했습니다."

"그렇지."

만족한 김산이 코르치를 보았다.

"자금은 넉넉히 주었는가?"

"예, 전하."

"세르갈은 긴장하고 있겠군."

"예, 국경 경비를 강화하고 있습니다."

세르갈이 다음으로 통과할 왕국인 것이다. 세르갈은 토번 서쪽에 붙은 무슬림 왕국으로 영토가 넓고 비옥해서 전력(戰力)도 강했다. 코르치가 지그시 김산을 보았다.

"전하, 이번에 쿠르간성의 창고에서 황금 3백만 냥을 얻었습니다. 마차로 1백 대분이나 됩니다. 그래서 밀정대에게도 자금을 넉넉히 줄 수가 있었지요."

김산의 시선을 받은 코르치가 말을 이었다.

"전리품이 많아서 치중대가 길어졌습니다. 어떻게 하면 됩니까?"

"황금은 쓸 만큼만 가져가고 다 돌려주도록."

정색한 김산이 코르치를 보았다.

"황금은 마차 10대분이면 충분하다. 나머지는 다 사차 왕에게 돌려주도록."

"사차 왕이 감격할 것입니다."

머리를 숙여 보인 코르치의 얼굴에 웃음이 떠올랐다.

"전하께선 과연 청렴하시오. 허명이 아니었습니다."

"그럼 내가 구타이 같은 줄 알았느냐?"

불쑥 말을 뱉은 김산이 코르치의 시선을 받고는 눈을 치켜떴다.

"그것은 코르치, 구타이의 참모장이었던 네 잘못도 있다. 너는 군주가 잘못된 길로 가지 않도록 막아야 했다."

코르치가 시선을 내렸을 때 김산의 말이 이어졌다.

"진정한 충신이라면 목숨을 걸고 직언을 해야 된다. 그 직언이 옳은데도 군주가 듣지 않는다면 그 군주는 섬길 필요가 없는 것이다."

"……."

"너도 나에게 그리 하라."

"명심하겠습니다."

머리를 숙였다가 올린 코르치가 번들거리는 눈으로 김산을 보았다.

"전하께선 지금까지 제 가슴에 쌓여 있던 쓰레기를 방금 치워 주셨습니다."

코르치의 두 눈이 번들거리고 있다.

하상은 토번의 기마군 대장이었지만 모이토를 죽이고 나서 왕성으로 올라와 몽골군에 투신했다. 서역인 노예의 자손으로 토번 땅에 애착이 없는 것도 그 이유 중의 하나가 될 것이다. 하상은 7척 장신에 피부가 검었고 학식도 풍부해서 장군감이었다. 김산이 토번군의 편제를 마친 후에 진막 안으로 하상을 불렀다. 진막에는 원정군 장수들이 모두 모여 있다.

"하상, 네 나이가 몇이냐?"

"예, 서른다섯입니다."

하상이 허리를 굽혔다가 펴고 김산을 올려다보았다. 머리를 끄덕인 김산이 말을 이었다.

"너는 오늘부터 원정군의 제5대장군이다. 이번에 충원된 토번군의 지휘를 맡으라."

그러자 하상이 무릎을 꿇고 엎드렸다.

"명령을 따르겠습니다."

"나는 출신지 차별을 두지 않는다. 사령관인 내가 고려인이요, 제1대장군은 몽골인, 제2대장군은 여진인이다."

김산의 말에 모두 숙연해졌다. 그러고 보면 제3대장군은 한족이며 제4는 반역자인 구타이의 부장이다. 김산의 시선이 참모장 코르치에게로 옮겨졌다.

"참모장, 출전 준비는?"

"토번군의 적응이 필요합니다. 천천히 남진하면서 훈련을 해나가는 것이 낫겠습니다."

"그럼 내일 출진이다."

다시 원정군이 출발하는 것이다. 이제 원정군은 토번군 3만과 기마 13만 필을 증강시켜 10만 기마군의 전력이 되었다. 장수들이 모두 진막을 나갔을 때 제2대장군 홍복이 남아 있다가 말했다.

"전하, 이곳에서 마스라까지는 2만여 리, 기마군으로도 반년을 가야만 합니다."

김산의 시선이 마주치자 홍복이 길게 숨부터 뱉었다.

"장군부터 병사까지 고향에 처자식을 두고 온 자가 많습니다. 고향에서 멀리 떨어질수록 원정군의 사기가 떨어지는 것은 어쩔 수가 없지요."

그것은 칭기즈 칸의 대원정 때부터 가장 큰 사기전하 요인이었다. 그래서 칭기즈 칸은 처자식이 없는 병사를 추렸지만 절반 정도는 고향에 처자식을 남겨두었다. 홍복이 말을 이었다.

"지금까지 탈주병이 1백 명 정도였는데 멀어질수록 더 늘어날 것입니다."

"방법이 있느냐?"

불쑥 김산이 묻자 홍복이 대답했다.

"탈주병은 잡는 즉시 처형하고 잡지 못한 놈은 고향의 가족에게 대신 죄를 물었지만 그것만으로는 부족합니다."

"……."

"더구나 원정군이 마스라에 정착할 것이라는 소문이 퍼져 있습니다."

"알았다."

머리를 끄덕인 김산이 홍복을 보았다.

"마스라는 바닷가의 풍요로운 땅이다. 마스라를 정벌하면 원정군의 가족을 모두 데려와 새 세상에서 살게 해준다고 이르라."

"집과 땅을 주고 하인도 부리도록 해준다고 하겠습니다."

"공을 세우면 토호가 되고 성주도 될 수가 있겠지."

"사기가 오를 것입니다."

"전상자는 고향 가족에게 공에 따라 금화를 보내주도록 해라, 공에 따라 금화 10냥부터 시작해서 1백 냥까지."

"즉시 진중에 방을 붙이겠습니다."

"네가 잘 말해주었다."

김산이 칭찬했다.

"군의 사기가 최우선이다."

토번 왕 사차가 원정군의 본진에 인사차 들른 것은 다음날 사시(오전 10시) 무렵이다. 그때는 원정군이 출진하기 직전이어서 김산이 갑옷 차림으로 사차를 맞았다.

"전하께 작별 인사를 드리려고 왔습니다. 부디 무운장구(武運長久)하시기 바랍니다."

사차가 허리를 굽히며 말했다.

"고맙소, 토번과 몽골의 우의가 굳어지게 되어서 다행이오."

김산이 답례를 했다. 이제 토번은 남진하는 원정군의 통로 역할이 될 것이었다. 그때 사차가 뒤에 선 갑옷 차림의 젊은이를 손으로 가리키며 말했다.

"전하, 제 아들 마르단입니다. 올해 스무 살로 힘만 쓸 줄 알았지 머릿속이 빈 놈입니다. 부디 저놈을 종으로 부려 주시지요."

인질이다. 사차는 김산이 요구하지도 않은 인질을 내놓은 것이다. 김산의 시선이 마르단을 스치고 지나더니 곧 머리를 끄덕였다.

"토번 왕 전하의 우의를 진심으로 받아들이겠소. 마르단을 훌륭한 후계자로 단련시켜 왕 전하께 돌려보내 드리지요."

그러고는 김산이 머리를 돌려 뒤에선 제4대장군 주브르를 보았다. 주브르는 토번 왕 사차와 의형제 사이인 것이다.

"주브르, 네가 마르단을 부장(副將)으로 삼아 지도해 주어라."

"예, 전하."

주브르가 소리쳐 대답했다. 둘러선 장수들의 얼굴에도 웃음이 떠올랐다. 이로써 토번은 원정군과 혈맹이 된 것이나 같다.

토번은 10여 개의 대부족과 50여 개의 소부족으로 이뤄진 연합국이며 사차와 죽은 전(前)왕 마광은 대부족 중 하나인 가이만족 출신이다. 10만 원정군이 남진하는 길목에는 30여 개의 성이 있었는데 모두 부족이 다르다. 남진한 지 닷새째 되는 날 오후, 제1대장군 예케가 김산에게 다가왔다. 중군(中軍)의 기마군 2만을 이끄는 예케는 역전의 용장이며 서역 원정의 경험도 있다.

"전하, 앞쪽 가잔성이 매르쉬 부족의 영지인데 토번 왕의 부족인 가이만족과는 적대관계라고 합니다. 그래서 이번 사차왕의 즉위식에도 사신을 보내지 않았다고 합니다."

가잔성이 이틀 거리로 다가와 있는 상황이다. 그때 김산의 옆을 따르던 원정군 참모장 코르치가 말했다.

"전하, 선대 때부터 매르쉬족과 가이만족은 견원지간이라고 했습니다. 성을 우회하여 지나시는 것이 나을 것 같습니다."

"매르쉬 부족은 얼마나 되느냐?"

김산이 마상에서 묻자 뒤를 따르던 제5대장군 하상이 대답했다.

"1백만이 넘습니다. 가잔성이 보유한 전력은 5만 정도이나 전쟁이 나면 15만을 모을 수 있습니다."

"이번에 원정군에 전력을 보태주었느냐?"

"가잔성에는 군마(軍馬)를 내라는 지시도 하지 않았습니다. 지시를 듣지 않을 것이 뻔하기 때문이지요."

김산의 시선이 코르치에게로 옮겨졌다. 그러자 코르치가 가볍게 기침을 하고 대답했다.

"가잔성주 바솜은 55세, 토번의 선왕인 마광의 아비 구탄과 함께 토번의 영토를 늘린 공을 인정받아 가잔성과 부근 영지를 떼어 받았습니다."

"바솜이 왕 행세를 하는군."

김산이 말을 자르자 코르치는 입을 다물었다.

그날 밤 진중에서 대장군들만 모인 회의가 열렸다.

"먼저 바솜에게 사신을 보내겠다."

김산이 말하자 진막 안이 조용해졌다. 주위를 둘러본 김산이 말을 이었다.

"가잔의 병사 3만을 원정군으로 차출하겠다는 사신을 보내는 것이다. 군마(軍馬) 10만 필과 양곡 5천 량분을 닷새 안에 준비시키라는 내용이다."

그때 코르치가 말했다.

"바솜은 당장 전쟁은 하지 않겠지만 시간을 끌 것입니다. 그러고는 전력을 모아 항전을 하겠지요."

"바솜은 교활하고 전술에 강합니다."

하상이 말을 이었다.

"수족과 같은 군병을 내놓을 리가 없습니다. 원정군이 곧 지날 줄 예상하고 온갖 핑계를 댈 것입니다."

머리를 끄덕인 김산이 주위를 둘러보았다.

"사신으로 누가 가겠느냐?"

"제가 가지요."

하상이 당연히 제 몫이라는 얼굴로 김산을 보았다.

"바솜을 설득해 보겠습니다. 전하."

"하상, 네가 맡아라."

김산이 하상에게 술잔을 내렸다. 위사로부터 술잔을 받은 하상이 허리를 굽혔다.

다음날 오후, 가잔성의 청에서 성주 바솜이 원정군의 대장군이 되어 있는 하상을 맞는다.

"하상 아닌가?"

바솜이 무성한 턱수염을 손으로 훑으면서 웃었다.

"몽골군 대장군이 되었다는 말을 들었다. 제복이 잘 어울리는구나."

그때 쓴웃음을 지은 하상이 바솜을 보았다.

"원정군 사령관이며 몽골제국의 어사총감, 북부군총사령, 총독이신 쿠추 전하의 전갈이오."

바솜의 얼굴에서 웃음기가 사라졌다. 지금 바솜은 금장식이 된 의자에 앉아 있고 하상은 두 계단 아래의 청에 선 채다. 하상이 말을 이었다.

"사신인 나를 이렇게 하인 대접을 했다는 것을 전하께 보고 드리지요."

"이봐, 하상."

당황한 바솜이 자리에서 일어섰고 둘러선 가잔성의 신하, 무장들이 웅성거렸다.

"하상, 나는 옛 인연을 생각해서 그런 것이니 오해하지 말게."

"당신의 교활한 성품을 내가 잘 알지, 내 반응을 떠보려고 했겠지만 잘못했어. 바솜."

"이봐, 심하지 않으냐!"

옆에서 외침 소리가 일어났다. 주위가 소란해졌고 살기까지 일어났다. 하상을 수행한 무장들이 칼의 손잡이를 쥐었다. 그때 하상이 소리쳤다.

"원정군 사령관의 전갈을 전한다! 5일 이내에 가잔성의 병사 3만과 군마 10만 필, 군량 5천 량을 바쳐라! 5일이 지나면 가잔성 안의 군민은 물론이고 개 한 마리 살려두지 않는다!"

눈을 부릅뜬 하상이 바솜을 노려보았다.

"바솜, 분하거든 지금 나를 이 자리에서 죽이고 전쟁을 시작해라! 교활한 수작으로 떠보지 말고!"

그러고는 하상이 몸을 돌리자 둘러선 가잔성 신하들이 주춤거리며 길을 텄다. 바솜은 찌푸린 얼굴로 하상의 뒷모습만 응시하고 있다.

그날 저녁 가잔성 내성 안에서 심복들만 모인 회의가 열렸다. 바솜과 아들 아한, 장군 사르치와 네주, 네기푸, 크리마까지 여섯이다. 이제 바솜의 두 눈이 번들거렸고 입은 결의에 찬 듯이 굳게 다물려졌다. 바솜이 이 사이로 말했다.

"쿠추는 우리를 살려두지 않을 것 같다. 군사 3만에 군마 10만 필을 가져간다면 가잔성은 껍질만 남는 것이나 같다. 쿠추는 사차를 위해 내 힘을 빼려는 수작이야."

"3만을 보내지요."

사르치가 말했으므로 모두의 시선이 모여졌다. 바솜과 동년배인 사르치는 역전의 용장이다. 사르치가 말을 이었다.

"제가 3만을 끌고 가 쿠추를 안심시킨 후에 진중에서 난을 일으키겠습니다."

바솜은 시선만 주었고 사르치의 눈빛이 더 강해졌다.

"쿠추만 죽이면 원정군은 흩어집니다. 3만이 원정군 내부에서 일제히 봉기한다면 쿠추도 당해낼 수가 없을 것입니다."

"무모합니다."

그렇게 말한 장군은 말석에 앉아 있던 크리마다. 모두의 시선을 받은 크리마는 매르쉬 부족의 명문으로 휘하 가문의 병사가 1만 정도 된다. 크리마가 말을 이었다.

"요구하는 대로 군사를 떼어주고 매르쉬 부족의 혈통을 잇는 것이 낫습니다. 대세를 거스를 수는 없다고 생각합니다."

"대세라고 했소?"

되물은 사내는 바솜의 아들 아한, 30대 초반의 아한은 바솜의 후계자이며 근위군 1만을 지휘하고 있다. 눈을 치켜뜬 아한이 소리치듯 말했다.

"쿠추가 대세란 말이오? 하찮은 고려인 놈이 몽골제국에서 허명을 날린다는 이야기는 들었소. 그놈이 대세라구? 마광이 죽은 것은 사차의 반역에 대비하지 못했기 때문이야!"

원정군은 더 전진하여 가잔성과 하루 거리인 고원지대에 진을 쳤다. 10만 기마군의 위용은 고원 위에 펼쳐졌다. 5개 군단으로 편성된 기마군단이다. 보유한 마필은 45만 필, 기구와 식량이 실린 치중대의 마차가 8천 량이나 되었기 때문에 고원에 대도읍(大都邑)이 갑자기 세워진 것 같았다. 그날 오후, 중군의 진으로 가잔성에서 보낸 사신 일행이 도착했다. 사신은 장군 네주였는데 진막 안에서 기다린 지 한식경쯤 지났을 때 군관 하나가 들어와 네주에게 말했다.

"사신으로 성주의 아들 아한을 보내라는 전하의 지시오, 다른 사람은 사신으로 받지 않겠다고 하시오."

놀란 네주가 입을 열기도 전에 군관이 몸을 돌렸다. 사령관 쿠추도 만나지 못하고 돌아온 네주가 그대로 보고했을 때 바솜의 결심은 굳혀졌다.

"좋다. 일전을 불사하겠다."

어깨를 편 바솜이 즉시 명령했다.

"성문을 닫아라, 지금부터 전쟁이다!"

이미 성안에 5만 군사를 집결시킨 데다 성안의 10만 주민까지 반년 동안 먹일 만큼 식량도 비축되어 있는 것이다. 그리고 가잔성은 고원지대에 위치한 천혜의 요새였다. 반년은커녕 석 달만 막아내어도 원정군은 지쳐서 본래의 원정길로 돌아갈 것이었다. 바솜이 얼굴을 일그러뜨리며 김산을 비웃었다.

"가소로운 놈, 나는 공성전(攻城戰)을 수십 차례 겪은 사람이다. 어디, 당해보아라."

"이곳은 남방 문명이 많이 침투했구나."

김산이 시장을 걸어 나오면서 말했다.

"호레즘 문화가 뒤섞여 있다."

"서쪽으로 옆을 따르며 대답했다. 이곳은 가잔성 안 시장이다. 유

114

시(오후 6시) 무렵이어서 시장은 혼잡했다. 저녁 식사 시간이 되기 전의 시장은 어느 곳이나 마찬가지인 것이다. 시장은 넓었다. 손님은 절반이 병사들이었는데 활기가 넘쳤고 전쟁 분위기는 흔적도 보이지 않았다.

"성밖 출입이 통제가 되었는 데도 주민들이 불편을 느끼지 않는 것 같습니다."

비호수가 말을 이었다. 둘은 토번의 농군 차림이었는데 헐렁한 베옷과 햇볕을 가리는 모자를 썼고 등에는 제각기 대나무로 된 망태기를 매었다. 망태기 안에는 각각 채소와 산 닭을 넣었다. 둘은 바솜이 사신을 파견하기도 전에 성안에 들어와 있었던 것이다.

"이 성으로 석 달은 견딜 수가 있을 거야."

시장을 빠져나가면서 김산이 말했다.

"내가 토번 왕 사차의 등에 달린 혹을 떼어주고 원정군을 늘려야겠다."

이미 성의 주민으로 변장한 하상과 부하 5백여 명이 성안에 숨어 있는 것이다.

그 시간에 토번 왕 사차는 원정군의 전령을 맞았는데 바로 몽골군 장군 차림의 아들 마르단이다.

"아니, 네가 웬일이냐?"

놀란 사차가 눈을 크게 떴다. 얼굴도 굳어져 있다. 마르단은 하루 반나절을 쉬지 않고 달려왔기 때문에 온몸이 먼지와 땀으로 젖었다. 앞으로 다가선 마르단이 입을 열었다.

"아버님, 사령관 전하께서 가잔성주를 내려보내 달라고 하셨습니다."

"무엇이? 가잔성주를?"

사차가 되묻더니 어깨를 늘어뜨렸다. 둘러선 중신들이 수군거렸고 청안 분위기가 어수선해졌다. 그때 사차가 다시 물었다.

"가잔성주 바솜이 저항했느냐?"

"사령관께서는 아버님의 혹을 떼어드리고 가겠다고 하셨습니다."

"으음."

어깨를 부풀렸던 사차의 얼굴에 쓴웃음이 번졌다.

"내가 계속해서 은혜를 입는군."

가잔성의 매리쉬족만 진압하면 토번은 물밑처럼 조용해질 것이었다. 다른 부족들은 전혀 위협적이지가 않기 때문이다. 이윽고 사차가 입을 열었다.

"내가 곧 가잔성주를 골라 너와 함께 내려보낼 터이니 쉬어라."

사자로 보냈던 네주의 임무는 원정군 사령관 쿠추를 만나 시일을 닷새 더 연장을 받는 일이었다. 그리고 나서 그동안 3만 정병을 단련시킨 후에 원정군의 진중으로 보낼 예정이었던 것이다. 성안 저택에서 저녁을 먹은 네주가 경비를 맡은 서문에 도착했을 때는 술시(오후 8시) 무렵이다. 네주는 5천 군사를 지휘하여 서문을 맡고 있었는데 서문이 가장 견고하고 위치도 좋았다. 성벽 높이가 30자(9m)나 되는 데다 앞쪽이 경사진 오르막이어서 천혜의 요새다.

"장군, 초병이 돌아왔습니다."

부장이 초병으로 나간 부하 셋을 데려왔다. 농민 차림의 정탐병이다. 몽골군을 정탐하고 온 것이다. 네주 앞에 엎드린 초병 중 선임이 보고했다.

"몽골군은 고원 위에 진을 치고 움직이지 않습니다. 이쪽으로 오는 길은 텅 비었습니다."

"동문과 남문에서도 정찰병을 보냈을 것이다. 만났느냐?"

"예, 동문 정찰병과는 성으로 같이 돌아왔습니다. 그쪽도 이상한 동향을 느끼지 못했다고 합니다."

"알았다."

정찰병을 돌려보낸 네주가 부장에게 말했다.

"쿠추는 기습전술의 명인이야. 쿠르간성도 기습군을 침투시켜 일거에 함락시켰다. 결코 방심하면 안 된다."

"쿠르간성은 사차가 몽골군을 넣은 것이나 같습니다. 하지만 이곳은 다르지요."

부장의 말에 네주가 쓴웃음을 지었다.

"죽은 왕 마광도 사차가 배신을 하리라고는 예상하지 못했겠지."

자시(밤 12시)가 되었을 때 성안 지휘소에서 큰북이 세 번 울렸다. 성안 통행을 금지시킨다는 신호다. 대고(大鼓)의 울림이 멈추자 곧 16개의 검문소에서 다시 북소리가 울렸는데 장관이다. 밤하늘에 북소리가 웅장하게 퍼져나갔다. 16개 검문소 뒤에는 각각 16개 부대가 주둔하고 있는 것이다. 성안 요소를 막고 있어서 기습군이 있다고 해도 토막으로 잘려지게 된다. 가잔성주 바솜은 공성전의 달인인 것이다. 대고 소리에 이어서 소고(小鼓) 소리를 들으면서 바솜이 술잔을 들었다. 앞에는 왕자(王子) 소리를 듣는 아들 아한이 앉아 있었고 주위에 대장군 둘이 자리 잡았다. 사르치와 네기푸다.

"이번에 쿠추만 흘려보내고 나서 쿠르간성을 치겠다."

바솜이 선언하듯 말하자 아한은 빙긋 웃었다. 예상하고 있었다는 표정이다. 바솜이 넓은 어깨를 펴고 말을 이었다.

"토번을 몽골의 지배하에 둘 수는 없어. 토번의 모든 부족에 격문을 보내어 동참시키겠다. 몽골의 종이 된 가이만 부족을 몰아내고 매르쉬 부족이 통일을 할 때가 되었다."

바솜의 목소리는 열기에 떠 있었다.

"따르지요."

선임 대장군 사르치가 분연한 태도로 호응했다.

"두어 달만 버티면 원정군은 이곳에서 더 이상 머물지 못할 것입니다. 기다리면 됩니다."

네기푸도 동조했고 방 안 분위기가 뜨겁게 달아올랐다.

비호수는 본래 중원의 무림인(武林人)에 속한다. 그러다 김산에게 제압당한 후에 심복이 되었다. 김산에 의해 관직에 임명된 비호수가 몽골군 대장군까지 이르는 동안 함께 겪은 풍상은 셀 수조차 없다. 삼관필, 비호수, 둘이 김산의 좌우 팔 노릇을 하다가 삼관필이 죽고 나서 비호수가 혼자 남았다. 그러나 이제 비호수는 김산으로부터 진기(眞氣)를 받은 후에 불패의 무공을 갖추었다. 진기를 흡입하고 종적을 감추는 수법은 비호수에게 익숙해져 있는 것이다. 지금 비호수는 가잔성 내성 안 주연장 옆쪽 복도에 서 있다. 이곳은 주렴이 늘어져서 방문도 없다. 그래서 바솜의 말이 바로 들린다. 10여 보 밖에 떨어지지 않았기 때문이다. 방안의 네 사내가 뱉는 숨소리도 다 들린다. 비호수는 김산과 함께 내성으로 침투한 것이다. 지금 김산은 지붕 위에 앉아 있을 것이다. 이윽고 비호수가 주렴을 거쳐 방안으로 들어섰다. 진기를 뱉어냈기 때문에 몸의 형체가 뚜렷하게 드러났다.

"어엇!"

비호수가 안으로 들어서자 놀란 외침이 일어났다. 옆쪽에 앉아 있던 대장군 네기푸다. 이어서 사르치와 아한, 바솜까지 일제히 비호수를 보았다.

"누구냐!"

외침은 아한이 뱉었다. 젊어서 패기만 넘칠 뿐 아직 사리 분별을 못 한다는 표시다. 비호수는 이미 양손에 장검을 쥐고 있었기 때문이다. 그것은 도륙을 시작한다는 의미다. 한 손이 아니라 양손에 쥔 검은 여지도 없이 모두 몰살시키겠다는 뜻이다. 그 순간 비호수가 몸을 띄웠고 네기푸가 몸을 뒹굴며 옆에 놓인 반월도를 쥐었다.

"옛!"

외침은 네기푸가 뱉었지만 비호수의 장검이 빠르다. 내려친 검이 네기푸의 목을 쳤고 머리가 떨어진 네기푸가 반월도를 휘둘러 옆쪽 기둥을 쳤다.

"에잇!"

사르치는 50대 초반이지만 수많은 접전을 겪은 터라 백병전에 강했다. 몸을 틀어 허리에 찬 단도를 꺼내자마자 비호수를 향해 던졌는데 옷자락을 뚫고 들어가 걸렸다.

"억!"

두 번째로 사르치의 외침이 울린 것은 비호수의 장검이 허리를 두 동강으로 베었기 때문이다. 엄청난 검력(劒力)이다. 허리가 두 동강으로 잘리려면 목을 끊는 것보다 여섯 배의 검력이 필요하다. 사르치가 두 토막으로 잘려지면서 주저앉았는데 내장이 쏟아져 산을 이루었다. 두 손으로 방바닥을 짚은 사르치가 하얗게 굳어진 얼굴로 제 내장을 내려다보았다.

"이놈!"

바솜의 아들이며 후계자인 아한이 목청껏 고함을 쳤지만 기가 질려 옆에 놓인 제 장검도 아직 집어 들지 못했다. 그때서야 비호수가 두 다리로 반듯이 서서 아한과 바솜을 보았다.

"나는 몽골제국군의 대장군, 원정군의 제3대장군 비호수다."

비호수가 엄숙한 표정으로 말하더니 왼손을 휘둘렀다.

"억!"

외침이 가잔성주 바솜의 입에서 터졌다. 비호수가 던진 장검이 아한의 이마를 뚫고 들어가 뒷머리로 나왔기 때문이다. 그러고는 칼끝이 옆쪽 기둥에 박히는 바람에 아한은 머리가 장검에 뚫려 기둥에 박혀 앉은 꼴이 되었다.

"이, 이."

그것을 본 바솜이 치를 떨고 몸을 일으켰다.

"이, 이놈, 여, 여봐라!"

바솜이 위병을 불렀지만 올 리가 없다. 근처의 위사 10여 명은 모두 시체가 되어 있기 때문이다. 비호수가 오른손의 장검을 들고 바솜의 앞으로 다가가 섰다. 두 발짝 거리다.

"너에게 칼을 쓸 기회를 주마, 바솜."

비호수가 차분한 표정으로 말했다.

"자, 네 옆에 네 아들놈의 칼이 놓여 있다. 집어라."

"이, 이놈."

"덤비거라."

바솜이 손을 뻗어 아한의 장검을 집더니 칼집에서 빼내었다. 두 손이 부들부들 떨리고 있다.

"자, 쳐라."

비호수가 재촉하자 바솜이 반월도를 치켜들고 뛰어올랐다. 그러나 서툴다. 그 순간 옆으로 비켜선 비호수가 장검을 내려쳐 바솜의 목을 잘랐다. 머리통이 먼저 떨어졌고 몸뚱이는 술상 위에 엎어져 요란한 소리를 내었다. 비호수는 몸을 세우고는 길게 숨을 뱉었다. 끝났다.

성안의 대고(大鼓)가 또 울렸으므로 네주는 소스라쳐 일어섰다. 이런 일은 없다. 자시(밤 12시)에 울린 대고가 축시(오전 2시)도 안 되어 또 울리다니, 대고는 계속해서 울렸고 주변이 소란해졌다. 서문 옆 지휘소에 마련된 침소 안이다. 서둘러 옷을 차려입은 네주가 칼을 쥐었을 때 문 앞에서 위사가 소리쳐 보고했다.

"장군, 내성에서 전령이 왔습니다."

네주가 침실 밖으로 나갔더니 위사들에 둘러싸인 전령이 서 있었다. 네주가 낯이 익은 군관이다.

"장군, 내성에서 참극이 일어났소!"

전령이 소리쳤는데 얼굴이 하얗게 질려 있다.

"괴한의 습격으로 성주 부자와 사르치, 네기푸 장군이 한자리에서 참살을 당했습니다!"

"뭐?"

네주의 목소리가 갈라졌다. 눈동자의 초점이 멀어졌고 벌린 입이

121

닫히지 않았다. 대고 소리는 계속해서 울리고 있다. 문득 저놈의 북을 찢어버리고 싶다는 생각이 들었고 그때서야 네주의 입이 악물려졌다.

"누, 누가 그랬느냐?"

"모릅니다."

전령이 머리를 저었다. 내실 주위의 위사 10여 인까지 모두 도륙을 당해서 증인이 없었기 때문이다. 그래서 겨우 말했다.

"주위의 위사가 모두 죽었소."

"저놈의 북을!"

마침내 네주가 발을 굴렀다.

"누가 저 북을 그치게 해라!"

사시(오전 10시) 무렵, 원정군의 본진으로 가잔성에서 보낸 사신이 왔다. 사신은 장군 크리마, 10여 명의 부장(副將)급 장수들을 인솔하고 왔는데 이번에는 사령관 김산이 바로 크리마를 맞았다. 사령관의 진막 안이다. 김산이 10여 보 앞에 엎드린 크리마를 보았다.

"무슨 일이냐?"

진막 안의 모든 시선이 크리마에게 집중되었다. 원정군의 참모장 코르치를 비롯하여 대장군 예케, 홍복 등이 도열해 선 거대한 진막 안은 숨소리도 들리지 않는다. 그때 크리마가 숙였던 머리를 들고 김산을 보았다.

"항복하오니 군민(軍民)들의 목숨을 살려주시옵소서."

김산은 대답하지 않았고 크리마의 목소리가 진막을 울렸다.

"성안에 주민 5만, 병사 4만여 명, 군마가 12만 필, 식량으로 양곡

10만 석이 있습니다. 받아 주시옵소서."

크리마가 내역이 적힌 흰색 비단을 두 손으로 받들어 올렸다. 그 때 김산이 말했다.

"곧 가잔성의 성주가 쿠르간성에서 내려올 것이다."

크리마는 숨을 죽였고 김산의 말이 이어졌다.

"성문을 열어놓고 기다리되 성안에서 도망치는 자가 하나라도 있 다면 모두 몰살시킨다. 알았느냐?"

"예, 전하."

크리마의 얼굴에서 식은땀이 흘렀다. 김산이 머리를 돌려 옆에 선 위사들을 보았다.

"머리를 가져오너라."

그러자 곧 위사 하나가 머리통에 달린 머리칼을 움켜쥐고 가져왔 는데 그것을 본 크리마가 숨을 들이켰다. 그것은 어젯밤에 사라진 대 장군 네주의 머리였던 것이다. 네주의 머리가 크리마의 앞에 놓였을 때 김산의 말이 이어졌다.

"이놈은 어젯밤 성 밖으로 도망치다가 머리를 잃어버렸다. 네가 저 머리를 가져가 가잔성 성문 앞에 매달아 놓아라."

"예, 전하."

"가서 기다려라."

그러고는 김산이 물러가라는 손짓을 했다.

다음날 오후에 원정군이 가잔성에 입성했다. 대군(大軍)이어서 중 군(中軍) 3만여 명만 입성하고 나머지는 4개 성문 밖에 진을 쳤는데 가잔성이 서너 배로 늘어난 것 같았다. 내성으로 안내된 김산의 지휘부가 앉았을 때 크리마가 이끈 가잔성의 생존 장군과 관리들이 앞에 엎드렸다. 수백 명이다. 그때 김산이 말했다.

"너희들을 몰살시켜야 군율에 맞지만 가잔성 병사를 원정군에 편입시키는 것으로 사면하겠다."

김산의 목소리가 청을 울렸다.

"가잔성군 4만 중 정예 3만을 추리고 군마는 모두 징발한다. 양곡 5만 석도 함께 가져간다."

그러고는 김산이 참모장 코르치를 보았다.

"3만 기마군 편제를 만들도록 하라."

"예, 전하."

이미 상의를 했던 터라 코르치가 허리를 굽혀 보이더니 가잔성 관리들을 향해 돌아섰다. 점령군의 자세다.

그날 밤 김산이 앞에 선 여자들을 둘러보고 있다. 가잔성 내궁 안의 여자들이다. 바솜의 처첩에서부터 시녀, 바솜의 아들 아한의 처첩까지 무려 1백여 명의 여자가 겹겹이 늘어서 있는 것이다. 해시(오후 10시) 무렵이 되어 있었지만 바깥의 청은 떠들썩했다. 점령군 장수들의 주연이 벌어지고 있기 때문이다. 모처럼 갖는 주연이어서 장수들은 들떴고 웃음소리가 이어지고 있다. 바깥 외성에서도, 성 밖의 진지에서도 소와 말, 양을 수백 마리 잡고 술을 수천 통 내놓아서 산천이 떠들썩한 축제가 열리고 있다. 김산이 토번 정벌을 끝낸 포상을 해주는 것이다. 여자 사이로 발을 떼던 김산이 걸음을 멈췄다. 여자 앞이다. 30대쯤으로 보였는데 비단옷도 아니고 시녀도 입지 않는 무명치마저고리를 걸쳤다. 머리는 흐트러졌으며 볼에 검댕도 묻었다.

얼굴을 숙이고 있어서 시선도 마주치지 않는다. 그러나 키가 컸고 날씬한 몸매는 숨길 수가 없다. 비단옷에 단장을 한 여자들 사이에 숨듯이 서 있는 것이다.

"이년."

김산이 여자를 가리키자 뒤를 따르던 위사부장이 눈짓을 했다. 위사들이 여자를 좌우에서 끼고 열에서 끌어내었다. 다시 발을 뗀 김산의 발이 두 번째 멈춘 곳은 이쪽을 바라보고 선 여자 앞이다. 두 눈이 부었고 옷이 흐트러졌는데 숨결이 불안정했다. 그러나 절세의 미모다. 찡그린 얼굴이 더 요염했다.

"이년."

김산이 말하자 위사들이 다시 끌어내었다. 머리를 돌린 김산이 뒤에 선 위사부장에게 말했다.

"나머지는 모두 청으로 데려가 장수들의 시중을 들도록 해라."

방으로 들어선 여자는 안재빈이다. 안재빈은 여전히 남장 차림이었는데 이제는 김산의 시종장 역할을 했다. 원정군 사령관에게 내궁(內宮)은 없지만 식사 시중부터 침실관리를 모두 안재빈이 지휘하는 것이다. 위사장 겸 근위군 사령관 비호수도 김산의 내실로 들어오려면 안재빈의 눈치를 살피는 상황이 되었다. 이것은 김산이 은연중에 맡긴 점도 있지만 안재빈의 적극적인 성품 때문이다.

"나리, 여자 둘을 고르셨는데 오늘 밤은 누구를 부르시렵니까?"

안재빈이 고려 말로 묻자 김산이 우두커니 시선을 주었다. 김산의 시선을 받은 안재빈의 눈 밑이 붉어졌다. 이곳은 성주 바솜의 침실이어서 육중한 나무문이 닫히면 밖의 소음이 차단된다. 안재빈의 숨결이 불규칙하게 들렸다. 그때 김산이 물었다.

"네 생각은 어떠냐?"

그때 숨을 고른 안재빈이 대답했다.

"둘을 씻기고 옷을 갈아입혔는데 하나는 30대 후반으로 원숙한 몸이었습니다."

김산이 시선만 주었고 안재빈의 말이 이어졌다.

"신분을 알아보았더니 성주 바솜의 셋째 부인으로 바솜의 총애를 받았다고 합니다."

안재빈의 두 눈이 불빛을 받아 번들거렸다.

"또 하나는 20대 초반으로 바솜의 아들 아한의 부인입니다. 몸매가 고왔습니다."

머리를 끄덕인 김산이 입을 열었다.

"그년들은 놔두고 오늘 밤은 네가 여자 노릇을 해라."

안재빈이 불부터 껐지만 김산의 눈은 어둠 속에서도 눈썹을 센다. 칠흑 같은 밤에 수십 보 떨어진 물체의 움직임도 읽는 김산인 것이다. 안재빈이 옷을 벗는다. 남장 차림이어서 저고리를 벗고 바지 끈을 풀어 내린다. 안재빈의 호흡이 가빠졌다. 속바지를 벗으려다가 주춤거리고 있다. 그때 김산이 말했다.

"다 벗고 오너라."

고려 말이다. 놀란 안재빈이 몸을 구부리더니 속바지를 벗었다. 이제 윗도리 하나만 남았다. 몸을 웅크린 안재빈이 이쪽을 보았으므로 김산이 쓴웃음을 지었다. 다섯 발짝 거리여서 안재빈은 아무것도 보이지 않는 모양이지만 김산은 다 보인다.

"다 벗으라니까."

김산이 다시 말하자 안재빈이 속저고리를 벗었다. 이제는 알몸이
다. 두 손으로 젖가슴과 음부를 가린 안재빈이 이쪽을 보았으므로 김
산이 말했다.

"들어오너라."

안재빈이 발을 떼었다. 더듬거리면서 한 발짝씩 떼면서 다가왔다.
이윽고 침상 앞에 선 안재빈이 주춤거렸을 때 김산이 손을 뻗어 허
리를 당겨 안았다. 깜짝 놀란 안재빈의 몸이 굳어졌다가 곧 김산의
가슴 위로 허물어지듯 안겨왔다. 김산이 당겨 안았기 때문이다.

"처음이냐?"

안재빈을 눕히면서 물었더니 대답이 없다. 대신 가쁜 숨소리가 방
안을 울렸다. 김산은 안재빈의 몸 위에 올라 다리를 벌렸다. 안재빈
의 몸은 아직도 굳어져 있어서 마치 뜨거운 나무토막 같다.

"넌 아직 준비가 덜 되었구나."

위에 엎드린 김산이 움직임을 멈추고 말했더니 안재빈이 그때서
야 입을 열었다.

"압니다. 나리."

"뭘 안다는 거냐?"

다시 안재빈이 입을 다물었으므로 김산의 얼굴에 쓴웃음이 번졌다.

"안아주세요."

안재빈이 김산의 허리를 두 손으로 감싸 안았다. 다리 한쪽이 김
산의 몸을 감았다가 떨어졌다. 가쁜 숨소리가 뱉어졌고 치켜뜬 눈에
는 초점이 멀어졌다. 그러자 김산이 안재빈의 몸 위에 올랐다.

세르갈 대전(大戰)

이제 원정군은 13만 대군(大軍)이 되었다. 군마는 50여만 필, 압도적인 기마군단이 되었다. 13만 기마군단인 것이다. 이번에 가잔성에서 차출한 3만은 각 군단의 첨병으로 분산 배치시켰는데 화살받이용(用)이었다. 방패 역할이다. 그래서 군단의 무장은 더 든든해진 셈이다. 토번 국경을 넘으면 바로 세르갈 왕국이다. 세르갈은 무슬림 권역의 동남부로 지금까지 몽골원정군은 한 번도 발을 딛지 않았다. 토번 위쪽 지방까지만 스치고 지났을 뿐이다. 그러나 쿠추의 '남부원정군'은 계속해서 미지의 땅으로 들어가는 중이다. 이곳은 건조한 땅이다. 대지는 말랐고 가끔 낮은 바위산이 펼쳐졌다. 요즘은 김산의 옆을 따르는 제5대장군 하상이 보고를 한다. 하상이 세르갈에 여러 번 다녀왔기 때문이다.

"세르갈은 불교를 믿는 터라 서쪽 무슬림과 적대적입니다. 그래서 무슬림과 수없이 전쟁을 치렀지요."

하상이 말을 이었다.

"세르갈 왕 쿠지란은 다섯 아들이 있는데 모두 용장입니다. 제각기 신기(神技)를 지니고 있다는 소문이 났습니다."

"마술을 부린단 말이냐?"

"번개를 쏘고 불비를 내리며 폭풍을 몰아온다고 들었습니다."

"불교도들의 도술인가?"

"예, 구름을 타고 간다고도 합니다."

"전쟁에서 매번 이기겠구나."

"서쪽 무슬림 제국도 도술을 부리는 장수들이 많은지 막상막하인 것 같습니다."

마른 땅이 끝없이 이어지는 것 같더니 엿새째가 되는 날 원정군 앞에 성(城)이 드러났다. 바위산 중턱에 세워진 세르갈의 첫 성과 만난 것이다. 원정군은 성이 보이는 20리 앞 황무지에 진을 쳤다. 13만 대군이 멈춰선 황무지는 금방 대도읍이 되었다. 뒤쪽 치중대까지 도착하자 밤에는 벌판이 불야성으로 변했다. 군마가 50만 필이 넘는 터라 말굽 소리가 지진처럼 울리고 있다. 저녁 무렵, 김산이 진막 안에서 참모장 코르치를 중심으로 대장군 회의를 주재한다. 참모장 코르치는 먼저 보낸 밀정단의 보고를 받은 것이다.

"앞쪽 카리드성(城)은 국경을 지키는 소성(小城)이지만 기마군 3만, 보군 3만, 코끼리군 1천 두를 보유하고 있습니다."

코르치가 정색한 얼굴로 김산을 보았다.

"전하, 코끼리군은 잘 훈련된 코끼리를 앞세운 무적의 부대입니다. 코끼리 등에 탄 10인의 궁수가 화살을 쏘아대면 돌파되지 않는 진(陣)이 없습니다."

김산은 코끼리를 본 적은 있지만 코끼리 부대는 처음 맞는다. 코르치가 말을 이었다.

"그 코끼리 1천 두가 선두에 서서 공격을 해오면 우리 기마군의 말들부터 놀라 흩어질 것입니다."

"그렇군."

쓴웃음을 지은 김산이 장군들을 둘러보았다.

"앞으로 코끼리뿐만 아니라 뱀과 독수리 등에 탄 놈들과 부딪칠지도 모른다. 중원을 벗어난 실감이 나는구나."

모두 얼굴에 웃음을 띠었지만 소리 내어 웃는 장군은 없다.

카리드성 성주 합반은 40대 초반으로 몽골 남부원정군이 국경을 넘어온 순간부터 동태를 파악하고 있었다. 원정군이 무인지대를 오는 것 같았지만 카리드성의 정탐병이 놓치지 않고 주시하고 있었던 것이다. 그래서 이미 왕성에도 전령을 보냈고 주변의 성에도 빈틈없이 알려놓았다.

"쿠추가 용장이라지?"

합반이 검은 얼굴을 들고 묻자 장군 타타가 대답했다.

"몽골 제1의 용장이라고 들었습니다. 황제의 형제 중 쿠빌라이하고 특히 친하고 왕자 대접을 받는 고려인입니다."

"그놈이 이곳 세르갈에서 명줄을 놓겠군."

쓴웃음을 지은 합반이 주위를 둘러보았다.

"내일 정찰을 나가겠다. 코끼리군 1개 군만 이끌고 간다."

이미 준비하고 있었으므로 모두 머리만 숙였을 때 장군 무라비가 말했다.

"성주, 깊게 들어가지는 마시지요. 쿠추가 무공이 비범하다는 소

130

문이 났습니다."

"쿠추가 중원 무공을 익혔다는 말도 들었다."

자리에서 일어선 합반은 7척 장신에 어깨가 넓다. 상반신은 반쯤 드러났는데 검은 피부는 윤기가 흘렀고 팔목이 기둥 같다. 지금도 합반은 바위를 던지고 말을 들어 올리는 장사인 것이다.

"내일 몽골군의 기세를 시험해보겠다."

어깨를 편 합반이 소리치듯 말했다. 합반은 몽골군을 처음 겪는다.

자시(밤 12시)가 되어가고 있다. 카리드성 안도 이제 조용하다. 카리드성은 전형적인 세르갈식 석성으로 성벽의 높이는 무려 40자(12m), 성문은 더 높아서 50여 자(15m)나 된다. 그야말로 난공불락이다. 또한 면적도 넓다. 도로는 돌바닥으로 깔렸고 도로 가의 주택도 돌로 지었다. 몽골은 물론 중원과 토번의 건축양식과 전혀 다르다. 성 중앙에 거대한 사원이 세워졌는데 기둥 둘레가 10자가 넘고 높이는 2백여 자(60m)에 이르렀다. 도로 가의 순찰 막사는 경비가 삼엄하고 순찰병이 수시로 지난다. 엄격한 통제가 이루어진 성안이다. 도로 가의 저택 지붕 위에 선 김산이 비호수에게 말했다.

"내가 서역도 다녀왔지만 이렇게 부유한 도시는 처음이다."

"전하, 이곳은 세르갈 왕국의 변두리 성입니다."

비호수가 굳은 얼굴로 말을 이었다.

"변두리 성이 이 정도니 왕성은 어떤지 궁금합니다."

"강국이다. 군사들의 기율도 엄격하고 경계도 빈틈이 없구나."

그때 아래쪽으로 거대한 물체가 다가왔으므로 둘은 입을 다물었다. 코끼리다. 코끼리 등에 탄 순찰대가 순찰을 하고 있는 것이다. 코끼리는 머리와 가슴에 철갑을 대어서 상처가 나지 않게 무장시켰다. 잘 훈련된 코끼리가 천천히 걸었지만 사람이 달리는 속도나 같다. 코끼리 위의 바구니에 탄 병사는 8명, 모두 활을 쥐었고 사방을 경계하고 있다. 2명은 코끼리의 기수다.

"저것이 코끼리군(軍)이군."

코끼리를 내려다보던 김산이 감탄했다.

"한 마리가 기마군 50명의 위력을 발휘할 수 있겠다."

"철갑으로 감싸고 있어서 허점이 보이지 않습니다."

오늘 밤 둘이 정찰을 나온 것은 코끼리군의 상태를 보기 위해서인 것이다. 둘은 곧 몸을 띄워 안쪽으로 달려갔다. 지붕 위를 뛰어 달려가는 것이다. 둘 다 가벼운 바지저고리 차림이어서 어둠 속을 새처럼 뛰어 건너고 있다. 항상 적과의 전투 직전에 최고 지휘관이 직접 적진을 탐색하는 경우는 이들뿐일 것이다.

다음날 사시(오전 10시)가 되었을 때 카리드성의 동문이 천천히 열리기 시작했다. 성루에는 이미 수천 명의 군사들이 도열해 있다가 성문이 열리자 일제히 함성을 질렀다. 성문이 열리면서 뛰어나온 것은 코끼리 부대다. 5마리의 선봉대가 앞장을 서고 그 뒤를 1백 마리의 중군이 따랐는데 장관이다. 속보로 달려 나갔기 때문에 땅이 울렸는데 지진이 난 것처럼 땅이 흔들렸다. 엄청난 진동음이다. 이미 5리(2km) 앞에는 몽골군 선봉대가 나와 있었으므로 그들을 향해 달려가는 것이다.

"저놈들을 돌파해라!"

중군(中軍)의 코끼리군을 이끈 성주 합반이 거대한 전용 코끼리 루의 등에 타고 소리쳤다. 합반의 명을 들은 기수가 붉은 깃발을 흔들었다.

"와앗!"

1백여 마리의 코끼리 등에 탄 궁수는 1천 명 가깝게 된다. 일제히 함성을 지르자 잘 훈련된 코끼리 떼가 코를 치켜 올리면서 활짝 편 귀를 펄럭이며 달려간다.

"뿌우우우!"

코끼리의 성난 울부짖음이다. 그것도 1백여 마리가 일제히 울부짖자 첫째로 몽골군 말 떼가 동요했다. 땅이 거칠게 흔들렸고 궁수들의 함성이 더해졌다.

"우와아앗!"

이어서 코끼리 떼의 울부짖음.

"뿌우우우!"

그때 합반은 앞쪽 1리쯤(400m) 거리로 다가간 몽골 기마군 2천여 기가 흩어지는 것을 보았다. 말 떼들이 펄떡펄떡 뛰더니 기수들의 제지에도 불구하고 이리저리 내닫기 시작하는 것이다.

"저것 봐라!"

합반이 지휘봉으로 앞쪽을 가리키며 소리쳤다.

"전속 돌격!"

기수의 깃발이 검정색으로 바뀌면서 날카로운 나팔 소리가 울렸다. 고막이 터질 것 같은 고음이다.

"삐에에엑!"

돌격 신호인 것이다.

"우와아앗!"

궁수들의 함성이 더 크게 들린 것은 이제 4백 보쯤 앞으로 다가온 몽골 기마군이 일제히 좌우로 흩어져 달아나기 시작했기 때문이다.

"뿌우우우우."

전투에 익숙한 코끼리 떼도 그것을 보자 더 사납게 울부짖었다. 이 코끼리 떼는 사람과 말 떼를 밟아 죽이도록 조련된 무기인 것이다. 그때 사방으로 기마군이 흩어지고 자욱한 먼지가 가라앉기 시작했을 때 거리는 3백 보로 가까워졌다. 그 순간 합반이 눈을 치켜떴다. 먼지가 가라앉는 자리에 보병들이 정연하게 대기하고 있는 것이다. 모두 10여 줄, 수백 명씩 수천 명이다.

"앗."

합반의 입에서 낮은 외침이 터졌다. 보병들의 손에서 반짝이는 불꽃이 보였기 때문이다. 숨을 들이켠 합반이 막 입을 벌렸을 때 하늘이 불덩이로 뒤덮였다.

"쏘아라!"

하상이 연거푸 소리쳤다.

"쏘아라!"

2백 명씩 10줄의 궁수였으니 2천 명이다. 화살촉 뒤에 불을 붙인 기름 주머니를 붙이고 코끼리를 향해 쏘았으니 2천 궁수 중 단 한 명도 빗나가지 않았다. 표적이 커서 눈을 감고서도 맞출 수 있었기 때문이다. 첫 번째로 발사된 1천여 발의 불화살을 맞은 순간부터 코끼리 떼는 광란했다. 이쪽으로 뛰어오는 코끼리는 한 마리도 없었으며 서로 부딪쳐 넘어졌고 흩어졌다가 땅바닥으로 떨어진 궁수들을 밟아 죽였다. 성주 합반도 코끼리 루가 뒹구는 바람에 땅바닥으로 떨어졌지만 밟히지는 않았다. 그래서 궁수들은 코끼리와 불덩이를 피해 성으로 도망쳐오기 시작했다. 코끼리 군의 위용을 보려고 성벽에 올라 있던 수천 명의 군사들은 숨을 죽이고 구경만 했다. 처참해서 탄식도 제대로 뱉지 못했다. 불덩이가 된 코끼리들이 이제는 땅으로 떨어진 궁수들을 쫓아가며 밟아 죽였기 때문이다. 코끼리의 등에 단 바구니가 기름 불덩이를 받고 나서 불쏘시개가 되었다. 대번에 불이 붙더니 오래도 탄다. 그래서 광란하다가 저희들끼리 밟혀 죽은 코끼리도 쓰러진 채 계속 등에서 불이 났다.

"문을 열어라!"

누군가가 성 위에서 뒤늦게 소리쳤는데 목소리가 잠겨 있다. 성으로 도망쳐 들어오는 궁수는 몇 십 명뿐이었다. 모두 밟혀 죽고 화살에 맞아 죽고 도망친 것 같았던 몽골 기마군에게 사냥당하는 것처럼 도륙을 당하고 있는 것이다.

"저기 성주께서 온다!"

누군가 소리쳤지만 공허한 목소리다. 이제는 코끼리의 울부짖음도 뛰는 발소리도 들리지 않았다. 성벽 뒤도 조용해서 마치 묘지 같다.

"성주만 들어오면 문을 닫아라!"

정신을 차린 것처럼 소리친 사내는 장군 타타였다.

"몽골 기마군이 따라 들어오면 안 된다!"

눈을 치켜뜬 타타가 소리치고는 옆에 선 부장에게 말했다.

"화공에 약하다는 것을 알고 있다니, 이젠 코끼리대는 필요 없게 되었다."

참담한 패배다. 코끼리 105마리와 정예군 1천여 명을 잃었다.

"세르갈을 통과하려면 6개의 성을 거쳐야만 합니다."

참모장 코르치가 지도 위를 말채찍으로 죽 그었다. 세르갈 지도다. 세르갈은 동서 4천 리, 남북 3천 리의 대국, 인구는 1천만이 넘고 정병은 45만, 그중 왕성인 고다드성에 15만이 포진하고 있다. 거쳐 가는 6개의 성 병력은 각각 1만에서 3만까지 다양했지만 마치 모기 떼에게 피를 빨리며 지나는 것이나 같을 것이다. 거기에다 네 번째 성은 왕성과 2백여 리 거리다. 세르갈군(軍)과 전면전을 치를 가능성이 있는 것이다. 코르치가 말을 이었다.

"전하, 우회해서 남진하면 4개 성을 거치고 왕성과 멀어지게 됩니다. 거리가 7백 리 가량 길어지게 되겠지만 그것이 병력 소모를 줄이게 될 것이오."

김산이 지도를 보았다. 코르치가 제안한 제2안대로 하면 세르갈 왕국을 3,800여 리나 횡단해야 한다. 기마군이 늘어나면서 치중대도 많아져서 이제는 하루 이동 거리가 1백 리도 안 된다. 앞으로 30여 일을 더 가야 되는 것이다. 머리를 든 김산이 진막 안의 장수들을 둘러보았다. 술시(오후 8시) 무렵, 이곳은 카리드성 앞쪽의 황무지다.

"다른 복안이 있느냐?"

"전하."

기다렸다는 듯이 나선 장수는 토번의 항장(降將) 하상이다. 하상이 검은 얼굴로 김산을 보았다.

"이미 세르갈 왕은 대전 준비를 마치고 기다리고 있을 것입니다. 우회한다고 해도 대결을 피할 수 없습니다. 오히려 왕성으로 직진해서 거리도 줄이고 결전 때 힘을 비축시키는 것이 낫습니다."

"앞으로 6개 왕국을 거쳐야 되오."

코르치가 하상의 말을 막았다.

"원정군의 목적지는 마스라요, 마스라까지 닿는 동안 전력을 아껴야 되오."

"맞는 말씀이오."

제2대장군 홍복이 동의했을 때 제1대장군 예케가 나섰다.

"난 하상의 의견에 동조하오."

"나도 그렇소."

제4대장군 주브르가 끼어들었다.

"우회하는 것이 더 전력 소모가 될 것이오."

"됐다."

김산이 말하자 모두 입을 다물었다. 주위를 둘러본 김산이 말을 이었다.

"먼저 카리드성을 치고 나서 결정을 하겠다."

눈앞의 카리드성에는 아직도 코끼리군이 9백 마리나 남아 있는 것이다. 성주 합반도 겨우 도망쳐 들어갔지만 성안의 전력(戰力) 대부분은 건재하다.

"성을 굳게 닫고 방어하다가 놈들이 지쳐 성을 포기하고 지나가면 뒤를 친다."

합반이 이 사이로 말했다. 두 눈이 충혈되었고 코끼리에서 떨어졌을 때 손목뼈가 어긋나서 왼쪽 팔이 부자연스럽다.

"성벽 경비를 강화하고 앞으로 출입은 금한다."

합반의 성문 폐쇄 명령이다. 카리드성 안에는 병사가 1년 먹을 양식과 물이 있는 터라 농성전은 자신이 있다. 그때 장군 타타가 물었다.

"성주, 적은 10여만 대군입니다. 만일 일부만 이곳에 남겨놓고 나머지가 떠난다면 어떻게 합니까?"

"상황을 봐서 결정하겠다."

합반이 외면한 채 대답했다. 이미 수천 장졸 앞에서 참담한 패전 장면을 보인 터라 합반은 아직 제정신이 아니다. 데려갔던 105마리 코끼리는 한 마리도 돌아오지 못한 것이다. 모두 불에 타 죽고 부딪쳐 죽었다. 지금도 불에 탄 코끼리의 고기 굽는 냄새가 성안까지 흘러 들어오고 있다. 그때 장군 무라비가 말했다.

"성주, 왕성에 연락했으니 곧 대왕께서 사자를 보내시지 않겠습니까? 서둘지 말고 기다리시지요."

과연 그렇다. 쿠지란 왕에게 사신을 보낸 지 엿새가 되었다. 왕이 가만있을 리가 없다.

토번에 이어서 세르갈, 마칸디, 반투, 조르지, 하비드, 타르반을 거쳐야 마스라다. 토번까지 합하면 8개국, 이제 2개국째에 들었다. 그날 밤, 김산이 침소에 들어섰을 때 뒤를 따라온 안재빈이 말했다.

"나리, 오늘 밤은 하드리를 부르시지요."

머리를 돌린 김산이 안재빈을 보았다.

"하드리가 누구냐?"

그러자 안재빈이 외면한 채 김산의 가죽 조끼를 벗기면서 대답했다.

"가잔성주 바솜의 부인이었던 여자입니다."

김산이 입을 다물었다. 지금까지 밤에는 안재빈이 잠자리 시중을

138

들었다. 안재빈이 묻기도 전에 김산이 끌어당기는 바람에 침대에 오르곤 했기 때문이다. 이제 방사의 쾌락을 느끼게 된 안재빈은 김산의 시선만 받아도 오금이 저려오는 처지가 되었기도 했다. 그런데 오늘은 침실 시중을 다른 여자에게 넘기려는 것이다. 토번에서 데려온 두 여자는 지금까지 열흘 가깝게 침실로 들이지 않았다. 김산이 이름도 모르는 것이 그 때문이다. 그때 안재빈이 김산의 저고리를 뒤에서 벗기면서 말했다.

"한 여자에게만 침실 시중을 들게 하는 것은 좋지 않습니다. 나리."

"허어, 그것이 네 진심이냐?"

웃음 띤 목소리로 김산이 묻자 안재빈이 대답했다.

"제가 나누겠습니다. 저 혼자만 나리를 독차지할 수는 없습니다."

김산이 다시 안재빈을 보았지만 이번에도 시선을 주지 않는다.

잠시 후에 방으로 들어선 여인을 본 김산이 몸을 굳혔다. 지난번에 골랐던 여자와 다른 여자다. 물론 그때는 더러운 무명옷을 걸치고 얼굴에 검댕까지 묻히기는 했다. 그러나 얼굴에 흐르는 기품과 바탕의 미모, 그리고 몸매를 숨길 수가 없었던 것이다. 그런데 지금은 비단옷에 말끔한 얼굴이다. 김산을 놀라게 한 것은 여자가 시선을 똑바로 주고 있다는 사실이다. 30대 후반의 관능적인 몸이 얇은 비단옷에 감싸인 채 눈앞에 서 있다. 김산이 침상 옆을 눈으로 가리키며 말했다.

"벗고 여기 누워라."

여자가 잠자코 비단 겉옷의 끈을 풀더니 벗어 내렸다. 그 순간 여자의 알몸이 드러났다. 겉옷 밑은 아무것도 걸치지 않았던 것이다.

둥근 어깨, 풍만한 젖가슴과 엉덩이, 아랫배는 도톰했고 허벅지는 단단했다. 허벅지 위쪽 골짜기는 짙은 숲으로 싸였고 숲 사이의 붉은 골짜기는 뚜렷하게 드러났다. 이윽고 여자가 알몸으로 다가와 김산의 침상으로 올라왔다. 그러고는 옆자리에 반듯이 눕는다. 방안의 불은 환하게 켜져 있었는데 여자는 불을 끄려고도 하지 않는다. 김산이 겉옷을 벗어 던지고는 여자를 내려다보았다.

"그동안 기다렸느냐?"

"네."

여자가 바로 대답했다. 시선을 준 채 여자가 말을 이었다.

"시간이 지날수록 점점 더 기다렸습니다."

"남자가 그리웠느냐?"

"아닙니다."

"살고 싶었구나."

"그렇습니다."

머리를 끄덕인 김산이 여자의 젖가슴을 움켜쥐었다. 풍만했지만 탄력이 강한 젖가슴이다.

"나이가 몇이냐?"

"서른여덟입니다."

여자가 꿈틀거리면서 대답했다. 김산의 다른 손이 여자의 골짜기를 덮고는 거칠게 안으로 헤치고 들어갔다. 골짜기는 이미 젖어 있다.

"자식이 있느냐?"

"없습니다."

여자가 가쁜 숨을 몰아쉬면서 말을 이었다.

"둘 낳았지만 어릴 적에 죽었습니다."

140

"네가 바솜의 세 번째 부인이었다고?"

"죽을 바에는 고향에서 죽겠다고 따라왔지요. 세르갈이 제 고향입니다."

숨을 들이켠 김산이 여자의 몸 위에 올랐다.

"아아아악."

여자가 두 손으로 김산의 허리를 부둥켜안더니 커다랗게 비명을 질렀다. 이것은 탄성이다. 비명을 위장한 탄성인 것이다. 여자의 옥문이 기쁘게 받아들이는 것이 느껴졌기 때문이다.

반듯이 누운 김산의 가슴에 볼을 붙인 여자가 가쁜 숨을 고르고 있다. 방안은 끈적끈적한 습기로 덮여 있다. 여자의 냄새다. 여자의 이름은 하드리, 벌써 세 번째 절정에 오르더니 이제 숨만 뱉을 뿐 김산의 품에 안겨 늘어져 있다. 하드리의 몸은 땀으로 젖어 미끈거렸다. 그러나 만족한 정사를 나눈 터라 김산의 몸에서 떨어지지 않으려고 한다. 이윽고 하드리가 더운 숨을 뱉으면서 말했다.

"나리, 저는 오늘 처음 육욕이 어떤 것인지를 알았습니다."

"그런 것 같더구나."

김산의 얼굴에 쓴웃음이 번졌다.

"그런데 네 고향이 세르갈 어디냐?"

"고다드성이지요."

고다드성은 세르갈 왕성이다. 머리를 돌린 김산이 가슴에 얼굴을 붙이고 있는 하드리를 보았다. 그때 하드리가 말했다.

"세르갈 왕자 신트라의 유모가 제 어미입니다. 신트라는 제4왕자로 구름을 타고 다닌다는 소문이 난 왕자지요."

"그런가?"

"제1왕자 우손은 번개를 치고, 제2왕자 바하라는 불비를 내리게 하며 제3왕자 고찬은 폭풍을, 제5왕자 치크는 땅을 갈라지게 한다는 소문이 났지요."

"불교의 신인가?"

"다 꾸며낸 말입니다."

하드리가 다시 사지를 엉키면서 말했다.

"하지만 우매한 백성들은 믿지요."

다음날 오후, 카리드성 성주 합반에게 척후가 달려왔다. 성 밖의 원정군을 정탐하던 척후다.

"성주, 몽골군이 포위를 풀고 물러나고 있습니다."

놀란 합반이 자리에서 일어섰고 청 안이 술렁거렸다.

"어디로 물러간단 말이냐?"

"일부분만 남고 대오를 정비하는 것이 서쪽으로 나아갈 것 같습니다."

말이 끝나기도 전에 합반이 밖을 향해 서둘러 걸었고 수십 명의 장수들이 뒤를 따른다. 합반이 망루에 오른 것은 잠시 후였다. 높은 망루에서는 앞쪽 벌판의 몽골군이 다 드러난다. 과연 몽골군은 자욱한 먼지를 일으키며 대오를 정비하고 있다. 이미 앞쪽 서문 밖에 진을 쳤던 몽골의 기마군단도 일부만 남고 나머지는 뒤로 물러나는 중이다.

"성주, 예상했던 대로 일부만 남기고 서쪽으로 나아갈 것 같습니다."

옆으로 다가선 장군 무라비가 말했다.

"공성전으로 병력을 소모하지 않겠다는 뜻입니다."

"그렇다면 우리가 뒤를 쳐야지."

합반이 들뜬 목소리로 말했을 때 옆에 서 있던 장군 타타가 머리를 저었다.

"성주, 남아 있는 몽골군도 대군입니다. 코끼리군의 약점을 간파당한 터라 이제 아군은 불리합니다."

"닥쳐라!"

마침내 합반이 소리쳤다. 패전 후의 합반은 제대로 잠도 자지 못했다.

"코끼리군이 아니더라도 나에겐 기마군 2만5천이 있다. 기마군으로 상대하겠다."

그때 무라비가 나섰다.

"성주, 이제 왕성에서 사신이 올 때가 되었습니다. 기다리시지요."

또 왕성 사신 타령이다. 어제 싸움에서 이겼다면 이런 말을 하지 않았을 것이다.

전령의 급보를 들은 세르갈 왕 쿠지란이 내려보낸 지원군은 5만, 지휘관은 불비를 내린다는 제2왕자 바하라였다. 바하라는 성격이 급했고 용맹했다. 휘하의 5만 군사를 풍우처럼 몰아 하루에 2백 리를 진군했다. 진군 엿새째가 되는 날 저녁, 카리드성이 나흘 거리로 다가왔을 때 바하라가 진막으로 장수들을 불러놓고 말했다.

"자, 이쯤에서 대오를 정비하고 몽고군을 기다리기로 하자."

"지당하신 말씀이오."

참모장 아간이 대답했다. 아간이 말을 이었다.

"카리드성에 전령을 보내 상황을 알아보고 안팎에서 협공을 해야 합니다."

아간은 50대 중반의 무장으로 바하라의 스승이기도 하다. 바하라 는 코끼리 350마리, 기마군 3만을 이끌고 있었는데 보군 2만은 아직 5백여 리나 뒤쪽에 있다.

"쿠추는 몽골군 용장으로 지금까지 한 번도 패한 적이 없습니다."

아간이 말하자 바하라가 쓴웃음을 지었다.

"나도 들었어. 하지만 누구나 약점은 있는 법. 우리 세르갈 왕국은 토번처럼 당하지는 않을 것이다."

"그렇습니다."

아간이 주름진 얼굴을 펴고 웃었다. 지금까지 아간은 바하라와 맞 춰 주변의 마칸디 왕국과 10여 번 전투를 치렀지만 한 번도 패한 적 이 없었다.

합반이 기마군 2만을 이끌고 남문으로 뛰쳐나온 것은 그날 유시 (오후 6시) 무렵이다. 그때는 몽골군 본대가 50여 리(20km) 거리로 떨어 져 있는 데다 남문은 지형이 높아서 밀고 내려가기에 가장 유리했다.

"옳지! 쳐라!"

본진에서 아래로 밀고 내려가는 선봉을 바라보면서 합반이 소리 쳤다. 위에서 내려다보는 위치여서 남문 앞쪽에 진을 쳤던 몽골군 3 천여 기가 일제히 물러나는 것이 보였기 때문이다.

"좋아, 가자!"

말에 오른 합반이 중군을 이끌고 뒤를 따른다. 그야말로 질풍과 같은 돌격이다. 정예 기마군 2만이 함성과 함께 돌진하자 땅이 울렸다. 몽골군을 맞아 성에 갇혀만 있다가 그대로 보냈다는 질책을 받으니 한번 부딪쳐서 승부를 내겠다는 심산일 것이다.

몽골군이 세르갈군을 보자 지리멸렬 상태가 되어 흩어지고 있다. 기습에 놀란 것 같아 합반은 부쩍 기운이 났다. 몽골군은 함정을 파놓은 장소도 없는 것이다. 이 근처 지리는 눈을 감고도 어디에 여우굴이 있다는 것도 아는 합반이다.

"성주, 몽골군 치중대만 치고 돌아가십시다!"

뒤를 따르던 타타가 소리치자 합반이 빙그레 웃기만 했다. 몽골군 본대를 건드릴 만큼 무모한 합반이 아닌 것이다.

세르갈 왕 쿠지란은 당년 53세, 왕위에 오른 지 32년으로 산전수전 다 겪은 노회한 인물이다. 또한 몽골제국의 내막을 수시로 세작을 통해 듣고 있었던 터라 원정군 사령관 쿠추의 내력도 훤하게 안다.

"쿠추는 공격전에 꼭 기습을 해서 상대를 무력화시키는 놈이다."

쿠지란이 앞에 둘러선 신하들을 훑어보며 말했다.

"성안에 숨어 들어가 장수들을 암살하거나 미리 군사들을 매복시켜 성문을 여는 방법을 썼다."

"쿠추의 무공이 중원에서 무적이라는 소문이 있습니다."

재상 유크리가 말을 받았다. 세르갈의 왕성 고다드성 정청은 화려했다. 기둥은 두껍게 금을 입혔고 쿠지란은 순금 왕좌에 앉았다. 신하들의 옷도 금붙이나 보석으로 장식되었는데 관직이 높을수록 더 화려했다. 그만큼 국고가 풍성한 때문이기도 한 것이다. 유크리가 말을 잇는다.

"또한 원정군은 각지의 용병을 모았기 때문에 오히려 경쟁이 심해져서 병사들이 물불을 가리지 않습니다. 쿠추는 이것을 잘 이용하고 있습니다."

"1차 응원군으로 바하라를 보냈지만 2차로 신트라를 보내겠다."

쿠지란의 말에 신하들이 긴장했다. 옆쪽에 선 넷째 왕자 신트라도 놀란 표정이다. 쿠지란이 말을 이었다.

"2차로 신트라가 기마군 3만을 이끌고 바하라의 뒤를 받쳐라. 당장 내일 출발 하도록 해라."

"예, 전하."

신트라가 머리를 숙였을 때 쿠지란의 시선이 유크리에게로 옮겨졌다.

"유크리. 그대가 참모장으로 보좌하라."

유크리가 잠자코 머리만 숙였다. 쿠지란의 용인술은 뛰어났다. 또한 전략가이기도 해서 용병은 서부 왕국에서 당해낼 자가 없다고 소문이 났다.

"누구요?"

카이스가 묻자 다가선 사내가 빙그레 웃었다. 등불에 비친 사내의 웃음 띤 얼굴이 드러났다. 처음 보는 사내다.

"난 하드리가 보낸 밀사요."

사내가 말하자 카이스는 숨을 들이켰다.

"하드리가?"

하드리는 카이스의 누이다. 이맛살을 찌푸린 카이스가 주위부터 둘러보았다. 이곳은 카이스가 근무하는 고다드성 마장 관리소 앞이다. 관리소 책임자인 카이스가 친척이 찾아왔다는 말을 듣고 밖으로 나온 것이다.

"토번이 몽골군에게 점령당했다던데."

카이스가 가늘게 뜬 눈으로 사내를 보았다. 그리고 매형이 되는 가잔성주 바솜이 잡혀 죽고 처자는 모두 죽거나 포로가 되었다고 들은 것이다. 그때 사내가 한 걸음 다가와 섰다.

"누님은 지금 원정군 사령관과 함께 계시오."

그러고는 사내가 소매에서 접혀진 쪽지와 반지를 꺼내 내밀었다. 먼저 반지부터 받은 카이스가 숨을 들이켰다. 누이 하드리가 고다드성에 있을 때부터 끼고 있던 반지다. 카이스가 이제는 쪽지를 펴고 읽었다. 이윽고 머리를 든 카이스가 사내를 향해 쓴웃음을 지었다.

"누님 팔자도 기구하시군."

"고향에 돌아오셨다고 기뻐하셨소."

"원정군 사령관의 포로가 아니오?"

"포로라면 그런 편지를 쓰셨겠소?"

"내가 당신을 잡아가면 어쩔 테요?"

"그럴 리는 없다고 생각했소."

그러자 카이스가 길게 숨을 뱉었다.

"누님이 결국 우리 집안을 망치는군."

"그 반대가 될 것이오."

정색한 사내는 위사대 소속의 5백인장이다. 하드리의 밀서를 품고 고다드성에 잠입한 것이다. 사내가 말을 이었다.

"세르갈 왕이 전면전을 선포한 이상 이 왕국은 멸망당할 수밖에 없소."

"그 정도로 세르갈 왕국이 허약하지는 않소."

카이스가 반박했을 때 사내가 쓴웃음을 지었다.

"이번 원정군은 최강이오. 군세가 10여 만밖에 안 되지만 능히 5, 60만 대군을 깨트릴 위력이 있소."

그러고는 사내가 이를 드러내며 웃었다.

"당신은 곧 세르갈의 주요 인물이 될 것이오. 당신의 야망이 이루어질 것이오."

"치중대다!"

불을 밝힌 치중대 주둔지는 마을보다 더 넓고 환했다. 수천 량의 마차가 질서 있게 정렬되어 있는 것이 마을의 가옥처럼 보이는 것이다.

"공격!"

앞장선 선발대는 이미 치중대 안으로 진입하고 있다. 합반이 소리쳤다.

"치중대를 불태워라!"

그것으로 카리드성은 공적을 인정받게 될 것이다. 치중대를 잃은 원정군은 날개 떨어진 새 꼴이 된다. 사흘이 못 가서 지리멸렬의 상태가 될 것이다. 합반이 중군과 함께 치중대를 향해 달려 들어갔다. 그때였다.

"펑! 펑! 펑!"

고막이 터질 것 같은 폭음이 울리더니 사방에서 불덩이가 쏟아졌다. 밤하늘이 온통 불덩이로 뒤덮인 것 같다. 불화살이다. 놀란 합반이 말고삐를 채웠지만 이미 치중대 안으로 들어선 터라 말은 뒤에서 밀려오는 말 떼에 밀렸다. 그 순간 옆에서 마차 한 대가 폭발했다.

"꽝!"

불화살을 맞은 마차가 하늘로 치솟으면서 잔해가 사방으로 흩어졌다.

"아앗!"

놀란 근위군이 합반을 둘러쌌지만 폭발을 막지 못했다.

"펑! 펑! 펑!"

사방에서 폭발음이 울리면서 잔해가 하늘로 솟구쳤다. 말과 병사들이다. 카리드성 군사들인 것이다.

"함정입니다!"

뒤에서 달려온 타타가 소리쳤다.

"성주, 치중대 마차가 아니오! 마차로 위장시켜 놓고 폭약을 넣었소!"

이미 알고 있어서 합반은 대답하지 않았다. 나뭇가지와 풀로 마차 모양을 만들어 놓고 위장시킨 것이다.

"펑! 펑! 펑!"

사방에서 폭발음이 울리면서 이제 이곳은 지옥이 되었다. 서로 부딪쳐 떨어지고 서로 밀려 불구덩이 속으로 들어간다.

"뒤로! 뒤로! 돌아가라!"

장수들이 합반의 명령도 듣지 않고 제멋대로 고함을 지르고 있다. 그때 합반은 뒤쪽에서 울리는 말굽 소리를 들었다. 몽골군이다. 이제 본격적으로 살육이 시작되는 것이다.

"성주!"

다시 타타가 불렀을 때 합반이 허리에 찬 칼을 빼 들었다. 불똥이 날아와 머리칼을 태워서 탄 냄새가 난다.

"싸운다!"

이것이 합반이 폭발이 일어나고 나서 처음 뱉은 말이다.

"군사들이 돌아온다!"

해시(오후 10시) 무렵, 성루에 서 있던 군병이 소리쳤다. 과연 말굽 소리와 함께 한 떼의 기마군이 달려오고 있다.

"가만, 성문을 열지 마라!"

서문의 수문장 쿠린이 아래를 내려다보면서 말했다. 기마군은 모두 3백여 기, 깃발과 갑옷 모두 아군이다. 기마군이 성문 앞으로 다가오더니 앞에선 장수가 소리쳤다.

"쿠린! 이 개자식아! 문 열어!"

위사부장 구르트다. 놀란 쿠린이 주춤 물러서면서 부하들에게 지시했다.

"문을 열어라!"

그때 뒤쪽 어둠 속에서 말굽 소리가 울렸다. 본군이 돌아오는 것이다. 거대한 통나무 문이 요란한 소음을 내면서 열리기 시작했고 곧 기마군이 쏟아져 들어갔다. 뒤를 이어서 어둠 속에 나타난 기마군이 끊임없이 성안으로 들어간다.

카리드성이 함락된 것은 그로부터 한 시진(2시간)쯤이 지난 후였다. 성안으로 쏟아져 들어간 것은 위사부장 구르트를 앞세운 몽골군이다. 모두 세르갈군으로 위장하고 세르갈 군마를 타고 있던 터라 성루 위에서는 낮이었더라도 분간하지 못했을 것이다. 구르트는 포로가 된 후에 가족의 목숨을 살려주는 조건으로 몽골군이 시키는 대로 따른 것이다.

몽골군은 성안의 세르갈군의 항복을 받은 후에 날이 밝을 때까지 성안 질서를 확립했다. 요소요소에 경계를 세웠고 포로는 세 곳에 나눠 수용했으며 장교와 병사, 일반 신하, 고용인 등으로 분류했다. 성을 점령한 장수는 제1대장군 예케다. 이윽고 진시(오전 8시)가 되었을 때 예케가 명령했다.

"장교, 장군, 신하는 한 놈도 빼놓지 말고 다 죽여라."

명령을 받은 장수들이 두말하지 않고 청을 나갔다. 이것이 몽골원정군의 적에 대한 대응 방식이다. 반항하면 성안의 생물(生物)은 다 죽인다. 즉시 대살육이 시작되었고 광장에 끌려온 1만여 명의 카리드성 관리, 장교, 장군 등 지휘부는 전멸했다. 비명이 아침 대기를 흔들었고 피 냄새가 성 밖까지 진동했고 피가 개울을 만들었다.

"서둘 것 없다."

그날 미시(오후 2시) 무렵, 카리드성으로 입성한 김산이 한 말이다.

"놈들은 원정군인 우리가 서둘러 목적지로 가려는 줄 안다. 허나 우리는 이곳에 안주할 수도 있다는 것을 보여주도록 하자."

"그렇습니다."

참모장 코르치가 얼굴을 펴고 웃었다.

"놈들은 당황할 것입니다."

이제는 서진(西進)했던 원정군이 모두 성안으로 들어왔다. 그리고 그날 저녁부터 카리드성은 대약탈이 시작되었는데 여자는 아이만 빼고 모두 겁탈을 당했으며 집안의 재물은 강탈당했다. 몽골군에 반항한 대가를 치르는 것이다. 참살당한 카리드성 관민의 시체는 모두 성 밖 황무지로 싣고 가 묻었는데 부역은 살아남은 주민이 했다. 엄청난 구덩이가 수백 개 만들어졌고 수만 명의 시신이 묻혔다. 그 와중에 도망친 주민이 없을 리가 없다. 1차 지원군으로 카리드성에서 나흘 거리로 접근한 바하라가 그 소식을 들었다. 도망친 주민이 찾아온 것이다. 바하라가 핏발 선 눈으로 주민을 보았다.

"그놈들이 카리드성에 머문단 말이냐?"

"예, 전하."

주민이 울먹였다.

"그곳에 정착을 한다는 소문이 났습니다. 세르갈이 살기가 좋다고 합니다."

"내 이놈들을."

바하라가 어금니를 물었을 때 아간이 이맛살을 좁혔다.

"전하, 왕성에 전령을 보내시지요, 카리드성이 함락되었으니 전략을 바꿔야 될 것 같습니다."

용장 바하라의 성격이 불같았지만 어쩔 수가 없다. 5만 병력으로 10여만 대군이 들어가 있는 성을 공격할 수가 없는 것이다. 공성을 하려면 성안 병력보다 두 배 이상은 되어야만 한다.

"좋아, 이곳에서 기다리자."

바하라가 결정했다.

하드리는 이제 침실에서의 행동이 안재빈보다 능숙했다. 십여 년을 바솜의 후궁으로 살았던 터라 며칠밖에 안 되는 안재빈이 견줄수는 없다. 오늘로 세 번째 김산을 맞는 하드리가 뒤에서 겉옷을 벗

152

겨주면서 말했다.

"나리, 고다드성은 한 번도 외침을 받은 적이 없습니다. 그래서 겉만 화려하지 안은 썩었습니다."

"넌 고다드를 떠난 지 십여 년이 넘었다면서 어찌 그리 잘 아느냐?"

"자주 동생 카이스와 연락을 했습니다."

하드리의 집안도 명문(名門) 축에 들었지만 부모가 돌아가시고 나서 몰락했다. 하드리의 아버지는 장군으로 전왕(前王)의 근위대장까지 지냈지만 쿠지란이 왕이 되고 나서 변방의 성주로 떠돌다가 죽었다. 그리고 하나뿐인 동생 카이스는 부장(副將)급 장수도 되지 못하고 한직인 마장(馬場) 책임자로 연명하고 있는 것이다. 옷을 갈아입은 김산이 침상에 기대앉았다. 이곳은 카리드성주 합반의 침실이다. 합반은 치중대를 기습하다가 군사들과 함께 몰사했는데 목을 베지도 못했다. 시신이 불에 타서 숯덩이가 되어 있었기 때문이다. 자시(밤12시)가 되어가고 있어서 성안은 조용했다. 잠옷 차림의 하드리가 김산 옆에 앉더니 어깨를 주무르기 시작했다. 시키지 않았는데도 행동이 자연스럽다.

"나리, 세르갈 왕의 넷째 아들 신트라는 교활해서 잘 속입니다. 다섯 아들 중 가장 영리하다는 소문이 났지만……."

어깨를 주무르던 하드리가 몸을 돌려 김산의 다리를 주무르기 시작했다.

"제 어머니가 유모로 15살 때까지 키워서 그자를 가장 잘 압니다. 남색을 밝히고 시기심이 많아서 제 형제들하고도 사이가 좋지 않다고 합니다."

153

그때 김산이 하드리의 허리를 당겨 안았다. 하드리가 기다렸다는 듯이 안기면서 김산의 바지 끈을 풀었다. 벌써 얼굴이 달아올랐고 두 눈이 번들거렸다.

"나리께서 저한테 육욕의 쾌락을 알려주셨습니다."

가쁜 숨을 뱉으면서 하드리가 김산에게 안겼다.

"여자가 색에 미친다는 말을 이제야 실감합니다."

김산도 연상의 하드리가 풍기는 농염한 색기에 빠져들었다.

"네 색기가 강하다."

"나리께선 더 강하십니다."

가쁜 숨을 뱉으면서 하드리가 스스로 눕는다.

"제 전 남자의 흔적을 나리께서 다 지워주셨습니다."

제2지원군 신트라의 3만 기마군이 바하라의 군단과 합쳤을 때는 그로부터 닷새 후다. 이제 도지 평원에 세르갈군 8만여 명이 집결했다. 기마군 6만의 위력적인 기동군단이다. 자연스럽게 2개 군단의 총지휘관이 된 둘째 왕자 바하라가 신트라에게 말했다.

"몽골군이 세르갈에 안주한다는 소문이 떠돌고 있다. 아무래도 장기전이 될 것 같으니 대비를 해야겠다."

"저도 들었습니다. 형님."

같은 배에서 나왔지만 외모도 차이가 나는 신트라와 바하라다. 흰 피부에 가는 체격의 신트라가 붉은 얼굴의 바하라를 보았다.

"하지만 놈들이 더 이상 영역을 넓히지 못하도록 카리드성 근처로 바짝 접근해갈 필요가 있습니다."

몽골군은 카리드성을 중심으로 벌써 사방 1백여 리의 영역을 장악하고 있는 것이다. 그때 바하라의 참모장 아간이 머리를 저었다.

"왕자 전하, 가깝게 가면 위험합니다. 몽골군의 전술에 말려들 위험성이 있습니다. 그러니 대왕께서 오시기까지 기다리는 것이 낫습니다."

신트라가 자신의 참모장 유크리를 보았지만 눈만 껌벅이고 있었으므로 어깨를 늘어뜨렸다. 몽골군이 세르갈에 주저앉을 것이라는 소문이 그들의 어깨를 무겁게 누른 것이다.

타친성은 카리드성 서남방으로 80리(31km)거리에 위치한 산성(山城)이다. 규모는 카리드성 절반 정도였지만 성안 주민은 5만여 명이나 되었고 수비병은 1만 정도였다. 성주 마한드라는 카리드성이 함락되었다는 소식을 듣고 성문을 굳게 닫은 다음 결사항전의 의지를 보였는데 성안에는 주민과 군사가 1년을 먹고도 남을 양식이 쌓였고 식수도 충분했기 때문이다. 카리드성이 함락된 지 엿새 후에 성문 앞에 몽골 기마군 10여 명이 다가와 성에 대고 소리쳤다.

"항복하면 살려준다. 성문을 열고 항복하고 몽골제국의 신민이 되어라!"

1백인장이 소리쳤을 때 성주 마한드라는 코웃음을 쳤다. 40대 중반의 마한드라는 지방 토호 출신으로 대를 이어서 타친성 성주를 지내고 있다.

"저놈들을 화살로 쏴 죽여라!"

본래 사자(使者)를 그냥 돌려보내는 것이 동서양을 막론한 불문율이었지만 마한드라는 군민(軍民)에게 결의를 보일 작정을 했다.

"쏴라!"

마한드라의 지시에 화살 수백 대가 날아가 사자 일행 10여 명 중 절반 가량이 화살에 맞고 말에서 떨어졌다. 성안에서 함성이 일어났고 주민들이 웃으며 떠들었다. 산성이어서 다 내려다보였기 때문이다. 1백인장을 포함한 사자 7명이 살에 맞아 죽고 다섯 명이 살아 돌아오자 김산은 타친성 공격을 제5대장군 하상에게 맡겼다. 하상은 토번 출신의 합장으로 세르갈 문화에 익숙한 데다 휘하의 토번군을 조련시킬 필요가 있었기 때문이다. 하상이 2만 기마군을 이끌고 출정할 때 김산이 말했다.

"타친성에서 가까운 성이 6개나 된다. 네가 타친성을 함락시키면 그 6개 성도 함께 무너지게 될 것이다."

하상의 시선을 받은 김산이 입술 끝을 비틀며 웃었다.

"성안의 쥐새끼 한 마리 남기지 말고 다 죽여라. 생물(生物)은 풀과 나무만 남겨 놓아라. 물고기도, 짐승까지 다 죽여라."

고다드성에 파견된 5백인장 무르치는 부하 1백 명과 함께 잠입했는데 모두 무공이 뛰어난 위사대원이었다. 무르치가 오늘도 마장 관리인 카이스를 만나 밀담을 나누었다.

"성문 여는 것은 문제가 없소, 다만 고다드성이 넓어서 모두 장악하려면 1, 2만 군사로는 어렵다는 것이 문제요."

카이스가 말하자 무르치가 이를 드러내고 웃었다.

"대형께선 성을 공격해보지 않으셨군요. 아무리 대성(大城)이라고 해도 머리만 떼어 놓으면 허물어집니다. 성이 클수록 혼란이 더 커지지요."

"아니, 그렇다면……."

156

숨을 삼킨 카이스를 향해 무르치가 다시 웃었다.

"왕의 머리통을 떼어놓으면 어떻게 되겠소?"

"그, 그것이 쉽게."

"왕이 머리가 떨어진 후를 대비하고 움직이는 것이오."

둘은 마장의 사료 창고 옆에 서 있었는데 주위는 이미 짙은 어둠에 덮여 있다. 이제는 무르치가 데려온 상민 차림의 사내 10여 명이 주위를 경계하고 있었는데 모두 검객들이다. 무르치가 말을 이었다.

"왕궁에 들어가는 방법만 궁리를 하면 됩니다. 카이스 공."

자연스럽게 하드리는 제2부인 행세를 했는데 내실 생활에 익숙해서 그런지 안재빈과 금방 친해졌다. 나이가 한참이나 위였지만 안재빈에게는 깍듯했다. 저녁 무렵, 안재빈의 숙소로 들어선 하드리가 말했다.

"마님, 마나를 오늘 밤 나리 침실로 넣어 주시지요."

머리를 든 안재빈이 풀썩 웃었다.

"하드리, 당신이 내 대신을 하시는군."

"아닙니다, 마님."

정색한 하드리가 두 손을 저었다.

"제가 주제넘는 짓을 했습니다, 마님. 용서해 주십시오."

"왜 이래요? 하드리."

안재빈이 눈을 가늘게 뜨고 하드리를 보았다.

"마나를 침실로 넣자는 이유를 압시다."

"너무 오래 혼자 두었어요."

앞쪽에 무릎을 꿇고 앉은 하드리가 정색한 채 말을 이었다.

"이제 그 애도 잊어가고 있습니다. 밤마다 부르기를 기다리는 눈치입니다."

마나는 가잔성주 바솜의 아들 아한의 처다. 아한이 바솜과 함께 죽고 나서 둘의 후궁과 처가 포로로 끌려온 것이다. 이윽고 안재빈이 머리를 끄덕였다.

"그래요, 하드리, 마나를 준비시켜요."

이제 이곳은 카리드성의 내궁이다. 방도 많고 시녀도 수십 명이어서 그들은 손끝으로 부리기만 하면 되었다.

그 시간에 청 안쪽의 접견실에서 김산과 참모장 코르치, 하상을 뺀 대장군 넷이 둘러앉아 있다. 최고 수뇌부 회의인 것이다. 김산이 입을 열었다.

"이번 고다드에는 내가 근위군 5천만 이끌고 갈 터이다. 급속 전진을 할 테니 말 7필씩을 끌고 갈 것이다."

이미 김산의 결심이 확고한 터라 모두 말이 없었지만 제4대장군 주브르가 나섰다.

"제1대장군에서 3대장군까지는 전하께서 진즉부터 수족으로 부리셨으나 저와 하상은 외지에서 온 손님 같습니다."

"말이 길다."

말을 자른 것이 같은 구타이 휘하였던 참모장 코르치다. 김산까지 포함해서 모두 쓴웃음을 지었지만 주브르가 정색한 채 말했다.

"전하, 제가 모시고 가도록 해줍시오. 저는 구타이를 따라 먼 거리를 도망질한 경력이 많아 도움이 될 것입니다."

"말이 길다."

이번에는 김산이 나무랐다가 곧 말했다.

"그래, 그럼 네가 따르라."

하상이 타친성을 올려다보았다. 산성인 데다 성벽이 30자(9m)나 되어서 그야말로 난공불락의 성이다. 유시(오후 6시) 무렵, 해가 산성 뒤쪽으로 지는 중이라 성의 윤곽이 뚜렷하게 드러났다.

"성이 단단하군."

하상이 말하자 부장 유리진이 말을 받았다. 유리진은 토번인으로 이번에 하상을 따라 원정군에 투항했다.

"장군, 병력 손실이 꽤 클 것 같습니다."

"그런가?"

유심히 성을 올려다보면서 하상이 말을 이었다.

"뒤쪽은 가파른 절벽이어서 올라가지도 못하겠다."

"그렇습니다. 성문을 닫고 있으면 아래쪽 3백 보 거리까지 시야가 확 트일 테니 공격군은 화살에 맞아 기세가 꺾이겠지요."

과연 그렇다. 성문 하나, 그것도 마차 한 대가 겨우 지날 수 있는 가파른 길을 올라야 한다. 그 길 외에는 바위투성이의 깎아 세운 것 같은 암벽이어서 붙어 오르기도 어렵다. 그때 하상이 말했다.

"오늘 밤에 저 성을 함락 시키겠다."

"장군, 야습입니까?"

긴장한 유리진이 묻자 말고삐를 챈 하상이 말 머리를 돌렸다. 그들은 5백 보 거리에서 성을 올려다보고 있었던 것이다.

"포차를 몇 개 가져왔느냐?"

"8개 싣고 왔습니다."

"기름은?"

"기름 말씀이오?"

그때서야 내막을 짐작한 유리진이 바짝 말 머리를 붙여 걷는다.

"장군, 화공(火攻)을 하시렵니까?"

"내가 보기에는 '날 어서 구워주시오.' 하는 것 같았다."

유리진의 시선을 받은 하상이 말을 이었다.

"가장 쉬운 방법을 가장 늦게 찾아내는 건 너무 꾀를 부리는 버릇이 있기 때문이야. 내 눈에는 타친성이 꽉 막힌 불구덩이처럼 보였다."

유리진이 숨을 들이켰다. 과연 그렇다. 타친성의 성문은 하나뿐이다. 그것도 꽉 닫고 있으니 불을 지르면 불구덩이가 될 것이다.

"너는 누구냐?"

방으로 들어선 여자를 보고 김산이 물었다. 처음 보는 여자였기 때문이다.

그때 여자가 시선을 들고 말했다.

"가잔성주 바솜의 아들, 아한의 처였던 마나입니다."

"네가……."

놀란 김산이 여자를 유심히 보았다. 보기 드문 미색이다. 엷게 상기된 얼굴, 맑은 눈이 반짝였는데 색기를 풍기고 있다. 가녀린 몸매였지만 어깨의 선이 고왔으며 젖가슴과 엉덩이가 풍만했다.

가잔성에서 포로로 데려온 바솜의 후궁 하드리와는 다른 색기다.

이윽고 김산이 머리를 끄덕였다. 잊고 있었던 것이다.

"가까이 오라."

마나가 머리를 숙인 채 다가와 침상 옆에 섰다. 김산에게는 마나

의 가빠진 숨소리도 들린다. 색향이 맡아졌다. 맑고 부드러운 색향이
다. 김산이 물었다.

"네 나이가 몇이냐?"

"스물하나입니다."

마나가 또렷하게 대답했다.

"몸이 뜨겁구나. 그렇지 않느냐?"

그 순간 마나의 얼굴이 새빨개졌다.

그러나 대답은 한다.

"네, 전하."

"그동안 남자가 그리웠더냐?"

"얼마 전부터 전하께서 부르시기를 기다렸습니다."

"네 죽은 남편은 잊었느냐?"

"이제 생각나지 않습니다."

시선을 든 마나가 반짝이는 눈으로 김산을 보았다. 몸이 더 뜨거
워졌고 숨도 가빠져 있다. 김산이 머리를 끄덕였다.

"옷을 벗고 들어와라."

마나가 곧 겉옷을 벗어 내리자 흰 속옷이 드러났다. 김산의 시선
을 받은 채 마나는 속옷까지 발밑으로 떨어뜨렸다. 그 순간 마나의
흰 알몸이 드러났다. 풍만한 젖가슴과 둔부, 그리고 배꼽 밑의 짙은
숲까지 선명했다.

알몸이 된 마나가 침상 위로 오르더니 김산의 옆에 몸을 웅크리고
누웠다. 김산이 마나의 어깨를 당겨 안았다. 과연 마나의 몸은 뜨겁
게 달아올라 있다.

김산의 손이 닿는 순간 마나가 두 팔을 뻗어 바지를 끌어 내린다.

서두르는 바람에 손이 엇갈렸고 숨소리에 이미 쉿소리가 섞여 있다.

"네가 급했구나."

싫지 않고 오히려 귀여워 김산이 웃음 띤 목소리로 말하고는 곧 마나의 몸 위에 올랐다.

마나가 김산의 어깨를 움켜쥐었다. 기다리는 자세다.

어둠을 뚫고 불덩이가 날아간다.

해시(오후 10시) 무렵, 타친성 밖 5백 보 거리에 포진한 기마군단 중심부에서 첫 불덩이가 쏟아진 것이다.

2만 기마군은 산성의 주위를 빈틈없이 포진하고 있었는데 정적이 덮여 있다. 가끔 말이 코를 불거나 말굽으로 땅을 차는 소리만 들릴 뿐 군사들은 입을 꾹 다문 채 산성을 주시하고 있다.

다음 순간 또 하나의 불덩이가 발사되었다. 긴 궤적을 그으면서 불덩이는 산성으로 향하고 있다. 그때 첫 번째 불덩이가 안에서 폭발했다.

"꿍!"

폭음과 함께 불길이 솟아오른다. 그때 다시 불덩이가 이번에는 세 개가 한꺼번에 날아갔고 다시 성안에서 폭음과 함께 불길이 솟았다.

"꿍!"

"밤새도록 쏘아라."

하상이 뒤에 선 장수들에게 말했다.

"그리고 성 주위를 빈틈없이 감시해라. 쥐새끼 한 마리도 빠져나가면 안 된다."

"꿍! 꿍! 꿍!"

162

이번에는 폭음이 함께 울렸고 불길이 또 솟는다. 이제 성안에서 소동이 일어나기 시작했다. 고함과 비명이 함께 들린다. 성안은 그야 말로 불구덩이가 되어가고 있는 것이다.

"꿍! 꿍! 꿍!"

날아가는 불덩이는 기름과 화약을 섞은 화염탄이다. 어른 머리통 2개만 한 크기의 화염탄은 본래 서역에서 사용하던 것을 몽골군이 개량해서 화력과 폭발력 그리고 비거리를 늘린 것이다.

"꿍! 꿍! 꿍!"

화염탄은 밤하늘에 붉은 곡선을 그으면서 끊임없이 날아가고 있다. 단 한 발도 실수가 없다.

"아, 아, 아."

마나의 비명이 방을 메우고 있다. 그러나 그 비명은 탄성이다. 김 산의 몸을 받아들이면서 내지르는 탄성인 것이다. 이제 마나의 몸은 땀으로 젖어 번들거렸고 젖은 머리칼이 이마에 붙어 물에서 나온 것 같다.

이윽고 마나가 절정으로 치솟으면서 비명을 질렀다. 그러다 두 손 으로 김산의 엉덩이를 끌어안고는 사지로 빈틈없이 매달린다.

긴 절규가 터지면서 마나가 몸을 떨었다. 김산의 가슴에 얼굴을 묻으니 천천히 몸의 힘이 빠져나갔다.

마나는 온몸으로 김산을 받아들였고 기쁨에 넘쳐 환호했다. 그것 은 말로 표현하지 않아도 알 수 있는 것이다.

축시(오전 2시)가 되었을 때 타친성은 불구덩이가 되었다.

성이 아니다. 횃불 덩어리 같다. 성 전체가 불구덩이가 되어 있어서 거대한 화로 같다. 5백여 보 떨어진 하상 쪽 몽골군에게도 열기가 뻗쳐올 정도였다.

성안의 외침과 비명도 절정에 올랐고 한두 명씩 성벽 위에서 뛰어내리는 군사와 주민이 보였다. 그러나 대부분 떨어지면서 바위에 부딪쳐 죽었고 이곳까지 내려오는 사람은 없다. 그때 앞쪽에서 누군가 소리쳤다.

"성문이 열립니다."

과연 거대한 목제 성문이 열리려고 빈틈이 드러났다. 그때 하상이 명령했다.

"성문에 화염탄을 쏘아라!"

명령이 떨어지자 숨 두 번 내쉬고 난 후에 화염탄이 일제히 날아갔다.

"꿍! 꿍! 꿍!"

성문 앞에 화염탄이 폭발했고 이제 성문이 불길에 휩싸였다.

"계속해서 성문에 대고 쏘아라!"

하상이 소리치자 화염탄이 계속해서 날아간다.

"꿍! 꿍! 꿍!"

화염탄이 성문에서 계속해서 폭발하자 성문은 불덩이가 되었다.

성문이 반쯤 열리다가 멈췄는데 불길에 싸인 밖이 보였기 때문일 것이다. 성문 밖으로 나와도 불에 타죽게 되는 것이다.

"모두 태워 죽인다. 단 한 명도 살아 나갈 수 없다."

하상이 이 사이로 말했지만 못 들은 이는 없다.

마한드라가 내성 마당에 서서 소리쳤다. 두 눈을 치켜뜨고 있었는데 처절한 표정이다.

"불타게 놔둬라! 이젠 불을 끌 필요가 없다!"

이미 성안의 모든 건물에 불이 붙었다.

"성주, 성문을 열고 도망치려던 놈들이 불에 타서……."

부장 하나가 소리쳐 보고 했다가 옆쪽 건물이 부서지는 바람에 혼비백산하며 비켜났다.

"이놈들, 화공을 하다니."

이를 악문 마한드라가 주위를 둘러보았다. 군사 태반이 불에 타 죽고 다쳤으며 주민 피해는 더하다. 지금도 계속해서 화염탄이 떨어지는 터라 모두 불탄 건물 처마 밑이나 우물가에 모여 앉아 공포에 질려 있다.

몽골군은 다 태워 죽일 모양이다.

"성주, 이제 끝났습니다."

부장 하나가 다가와 소리쳤다. 부장의 수염은 불에 타 그슬렸고 팔다리에 숯검정이 잔뜩 묻어 있다.

"남은 백성이라도 살려야 하오!"

"닥쳐라!"

마한드라가 발을 굴렀을 때 화염탄 한 개가 10보쯤 옆에서 폭발했다.

"꽝! 폭발하면서 기름이 사방으로 튀었고 마한드라의 등에도 불길이 옮겨 붙었다.

"으앗! 뜨거!"

뒷머리에도 불이 붙자 마한드라가 저도 모르게 비명을 질렀고 옆에 서 있던 부장과 군사들이 달려들어 옷을 덮어 불을 껐다. 그러나 마한드라는 등에 화상을 입은 데다 머리칼이 절반이나 탔다.

"성주! 치고 나갑시다! 이러다가 모두 불고기가 되겠소!"

부장 하나가 달려와 소리쳤다.

"이제 군사는 3천여 명밖에 남지 않았소! 싸우다가 죽읍시다!"

그때 다른 부장이 소리쳤다.

"항복합시다! 3천 병력으로 뭘 한단 말이오!"

그때 다시 날아온 화염탄이 폭발했다. 이번에는 군사들 사이에 정통으로 떨어졌다.

"으아악!"

불이 붙은 군사들이 사방으로 뛰었고 마한드라는 기둥 옆으로 몸을 피했다.

"이미 늦었어!"

부장 하나가 절규했다.

"놈들 사자를 활로 쏴 죽였으니 놈들은 개 한 마리 살려두지 않을 거요!"

마한드라는 어금니를 물었다. 이제 얼굴의 패기는 사라졌고 두려움과 절망만이 덮여 있다. 생각도 정리가 되지 않는다.

정복자

김산에게 하상이 보낸 전령이 달려왔을 때는 다음날 오시(낮 12시) 무렵이다. 80리 길을 단숨에 달려온 전령이 카리드성 청에 앉아 있는 김산에게 소리쳐 보고했다.

"타친성을 함락시켰습니다, 전하."

김산은 시선만 주었고 전령의 목소리가 청을 울렸다.

"성주 이하 군민(軍民) 모두를 죽였습니다. 전리품으로 군마(軍馬)를 제외한 모든 생물을 몰살시켰습니다, 전하."

머리만 끄덕인 김산에게 전령의 보고가 이어졌다.

"시체는 모두 불에 태웠으며 주민 30명 가량만을 살려서 성 밖으로 내보냈습니다."

"잘했다."

그때서야 김산이 입을 열었다.

"하상에게 그 성을 허물어 버린 다음에 귀대하라고 일러라. 원정군에 저항하는 성은 성 흔적까지 없애버릴 터이다."

하상이 주민 30명을 살려 보낸 것은 타친성의 처참한 종말을 세상에 알리려는 것이다. 제 눈으로 참상을 목격한 주민이 퍼뜨려야 한다. 전령을 보낸 김산이 대장군들을 따로 모았다.

"그럼 나는 오늘 저녁에 떠나겠다."

김산이 참모장 코르치 이하 대장군들을 둘러보며 말했다. 김산이 대동할 대장군은 둘, 제3대장군 비호수와 제4대장군 주브르다. 김산이 근위군 5천을 이끄는 터라 근위군 사령관을 겸하고 있는 비호수가 따라야만 했고 주브르는 이번 작전에 자원했기 때문이다.

"고다드성까지는 2천 리, 도중에 바하라와 신트라의 지원군이 모여 있는 곳을 우회하여 가려면 2천2백 리가 된다. 나는 하루에 4백 리를 달려 엿새 후에는 고다드성에 들어갈 예정이다."

모두 숨을 삼켰다. 엄청난 속도다. 옛적 칭기즈 칸의 선봉대 타무가가 하루 450리를 진군한 적이 있지만 그것도 이틀간뿐이었다. 타무가는 이틀간의 강행군 끝에 병을 얻었고 3천 선봉군 중 3할이 낙오했다. 김산이 말을 이었다.

"따라서 이번에 기마군 1명이 끌고 갈 말은 7필, 하루에 한 필씩 말을 버리지만 그 말은 회수하도록 한다."

기마군단이 급속 전진을 할 때 쓰는 전술이다. 뒤를 따르는 본대가 지친 말을 회수하도록 군사 몇 명이 남아 말 떼를 지키는 것이다. 기마군 5천이 출동할 때 3만5천 필의 말이 따르게 된다. 그리고 엿새 후에는 말이 5천 필밖에 남지 않는 것이다.

"전하, 준비를 하고 기다리겠습니다."

코르치가 주름진 얼굴로 김산을 보았다. 이미 작전은 수립되어 있는 것이다.

"없어졌어?"

마그나성의 성주 우르간이 숨을 들이켰다. 앞에는 장교가 서 있었는데 몸이 땀으로 젖었고 아직도 가쁜 숨을 몰아쉬는 중이다. 장교가 거친 숨을 뱉으면서 말했다.

"예, 성이 없어졌습니다. 불에 탄 잔해는 쌓였지만 살아 있는 생물은 하나도 없습니다."

우르간이 눈만 껌벅였다. 어젯밤 타친성에서 살아 도망쳤다는 두 사내로부터 끔찍한 이야기를 듣기는 했다. 불벼락을 맞아 태반이 타 죽고 나서 불탄 성안으로 진입해온 몽골원정군은 살아있는 생물은 개까지 다 죽였다는 것이다. 그것을 장교를 시켜 확인시켰더니 성까지 없어졌다고 한다. 우르간의 시선이 옆쪽에 서 있는 부장, 관리들에게로 옮겨졌다.

"어떻게 하지?"

타친성에서 이곳까지는 40여 리, 몽골 기마군이 한 시진이면 덮쳐올 거리다. 타친성을 태운 기마군이 철수했다고는 하지만 이곳 마그나성도 병력이 5천도 안 되는 소성(小城)이다. 더구나 평지에 세워진 데다 성벽 높이도 15자(4.5m)밖에 되지 않는 것이다. 그때 부장 하나가 말했다.

"성주, 타친성은 몽골군 사자를 활로 쏘아 죽였기 때문에 그 꼴을 당한 것입니다. 우리는……."

"항복하잔 말이냐?"

우르간이 소리쳐 묻자 부장이 결심한 표정으로 말했다.

"지원군이 나흘 거리에서 망설이고 있는 사이에 타친성도 전멸했습니다. 우리는 불을 지를 필요도 없이 서문 쪽에서는 기마군이 뛰어

넘어 올 수 있습니다."

"……."

"원정군은 기마군 10여만입니다. 성주."

부장의 목소리가 계속해서 울렸지만 아무도 이의를 제기하지 않는다. 우르간이 둘러선 장교, 관리들의 얼굴을 본 순간 가슴이 내려앉았다. 모두 겁을 먹은 표정이었기 때문이다.

쿠지란이 황금으로 만든 옥좌에 앉아 백관들을 둘러보았다. 고다드성의 청에는 2백여 명의 장군, 귀족들이 모여 있었는데 오늘이 각 부대 명명식을 하는 날이다. 쿠지란은 카리드성에 박혀 있는 몽골 동방원정군을 격멸시키기 위해서 전국에 동원령을 내렸고 이제 3개 부대를 편성했다. 제1대는 자신이 주장을 맡는 본군이며 제2대는 첫째 아들 우손이, 제3대는 셋째 아들 고찬, 그리고 막내아들 치크는 고다드성을 지키기로 했다. 편성한 병력은 20만, 제1대가 10만이며 2대, 3대는 각각 5만씩이고 고다드성에는 7만의 병력을 남겨놓았다. 따라서 3개 부대와 바하라와 신트라의 지원군까지 합하면 28만의 대군이 된다.

"군사가 다 모이는 닷새 후에 제2대부터 출정하기로 한다."

쿠지란이 엄숙한 표정으로 말했다. 아직 군사가 다 모이지 않은 것이다.

"그 뒤를 제3대가 따르고 본대는 맨 나중이다."

"늦어도 열흘 후에는 모두 출정할 수 있을 것입니다."

대장군 겸 본군의 책사를 맡고 있는 하자트가 말했다. 하자트는 60세로 수십 번 전쟁을 치른 백전노장이다.

"기마군이 먼저 두 왕자가 계신 치상계곡에 닿아야 합니다. 대왕."

"바하라에게 경거망동하지 말고 기다리라고 전하도록."

"즉시 전령을 보내지요."

"자, 오늘은 군단 편성을 끝냈으니 신께 술을 올리기로 하자."

주연을 좋아하는 쿠지란이 소리쳐 말했다.

"세르갈 왕국의 위용을 세상에 알릴 때가 왔다."

청 밖에 서 있던 카이스는 안에서 울리는 소음을 들었지만 내용을 알 수는 없다. 카이스는 마장 관리인으로 군수품 담당 장군을 보좌하는 역할이다. 그래서 청 안으로 들어가지는 못하고 밖에서 대기하는 중이다. 이윽고 왕이 주재한 회의가 끝나고 대신과 장군, 귀족들이 밖으로 쏟아져 나왔다.

"카이스, 거기 있느냐?"

군수담당 장군 요키리는 장군 중의 말석이지만 재작년에 지방의 조세 담당 관리에서 벼락출세를 했다. 그것은 누이동생이 왕의 욕실 담당 시녀로 있다가 왕의 은혜를 입었기 때문이다. 잠자리에서 지방에 있는 오라버니가 보고 싶다고 했더니 다음날 요키리는 군수담당 장군으로 발탁되었던 것이다.

"예, 장군."

카이스가 다가가자 요키리가 거드름을 피우며 말했다.

"말은 성에 1만 필만 남겨두면 돼, 나머지는 모두 출정군에 주기로 했다."

"그렇습니까?"

카이스가 건성으로 대답했다. 그렇다면 성에 남는 기마군 3만이 말 1만 필만 보유하게 되는 것이다. 카이스가 요키리에게 다가붙어 걸으면서 말했다.

"장군, 대왕께선 언제 출정하십니까?"

"열흘 후다."

요키리가 말을 잇는다.

"제2대가 닷새 후에 출정하고 그다음이 제3대, 본대는 맨 나중인 열흘 후다."

"그렇군요."

카이스가 건성으로 끄덕여 보인다.

사흘째 되는 날 술시(오후 8시)경에 기마군이 멈춘 곳은 대평원 복판이다. 사흘 동안 1천2백 리를 주파했으니 계획했던 대로다. 오늘도 지친 5천 필의 말 떼를 이곳에 풀어놓고 가야만 한다. 오늘까지 1만5천 필의 말이 세 군데에 놓이는 셈이다.

"말몰이 군사로 오늘은 70명 정도가 남을 것 같습니다."

주브르가 김산에게 보고했다. 지친 군사를 중심으로 풀린 말을 모아두는 말몰이 군사를 남겼는데 시간이 지날수록 많아진다. 정예군이라고 해도 지치거나 탈이 난 군사는 있는 법이다. 머리를 끄덕인 김산이 주브르를 보았다.

"이번에 세르갈을 정복하면 당분간은 머물겠다."

"예, 세르갈이 기후도 좋고 부(富)가 쌓인 곳입니다. 말과 군사가 살찌기에 적당한 곳이지요."

주브르가 금방 동의했다.

"군사들도 넉 달 가까운 원정길에 지치기 시작했습니다. 한 달쯤 쉬게 하는 것이 낫겠습니다."

"석 달쯤 쉬겠다."

정색한 김산이 말을 이었다.

"그동안에 마칸디와 반투, 조르지까지 정탐대를 보내 지형과 민심, 군세와 왕국의 실정까지 탐색을 시킬 작정이야, 무작정하고 들어간다면 아군의 피해가 클 것이다."

"지당하신 말씀입니다."

그때 진막 안으로 비호수가 척후와 함께 들어섰다. 척후는 1백인장으로 본대의 앞을 달려 길을 트는 역할이다.

"전하, 척후가 앞쪽에서 세르갈군을 발견했다고 합니다."

비호수가 말하더니 척후를 돌아보았다.

"네가 직접 말씀드려라."

무릎을 꿇은 척후가 김산을 보았다.

"2백 리쯤 전방에 세르갈군 1만 기 정도가 있습니다. 말 머리를 남쪽으로 향하고 있었는데 세르갈 지원군 바하라의 부대 쪽입니다."

"말은?"

김산이 묻자 척후가 바로 대답했다.

"약 3만 필입니다. 근처의 성에서 바하라군에 합류하려는 것 같습니다."

머리를 끄덕인 김산이 비호수를 보았다.

"이곳에서 바하라군(軍)이 증강되면 나중에 우리 본대가 고다드성으로 진군할 때 방해가 될 것 같구나."

"그렇습니다."

비호수가 김산에게 말했다.

"전하, 저에게 1백 기만 주시면 제가 바하라와 신트라를 암살하고 본대와 합류하겠습니다."

이심전심이다. 김산으로부터 진기를 얻은 비호수는 생각도 비슷해졌다.

"먼저 철저히 정탐을 하고 나서 처리하라."

김산이 마침내 비호수에게 대업을 맡겼다.

닷새째 밤이 되었을 때 진중에 말이 1만여 필밖에 남지 않았다. 기마군은 4천여 명, 1천 명 가까운 병사가 말 떼 2만5천 필과 함께 남겨진 것이다. 오늘밤이 지나면 다시 이곳에 지친 말 5천여 필과 2백 명 가까운 병사가 남는다. 그리고 내일 출정에는 4천 명이 4천여 필의 말과 함께 떠나는 것이다. 이제 고다드성은 1백여 리 앞으로 다가왔다. 닷새에 2천여 리를 주파했으니 전무후무한 일이다. 급속전령이 하루에 3백5십 리를 달린 기록이 있는데 급속전령보다도 빠르게 달린 것이다. 그날 밤 자시(밤 12시)가 되었을 때 김산이 주브르에게 말했다.

"주브르, 이제 네가 기습군을 맡으라."

"예, 전하."

주브르도 닷새 동안 여위었지만 눈빛은 더 강해졌다. 군사들은 물론이고 닷새간 달려온 말들도 몸무게가 1할은 빠졌다. 미리 계획을 세워놓은 터라 두말없이 명을 받은 주브르가 허리를 굽혀 김산을 배웅했다.

"전하, 옥체 보중하십시오."

"내일 하루는 군사들을 푹 쉬게 해서 기력을 돋우도록 해라."

"예, 내일 밤에 뵙겠습니다."

김산이 말에 오르더니 어둠 속으로 순식간에 사라졌다. 단기로 떠난 것이다. 위사 한 명도 따르게 하지 않았다. 모두 쉬게 하려는 배려다.

"전하."

무릎을 꿇은 무조비가 김산을 올려다보았다. 두 눈에 금방 눈물이 고였다. 인시(오전 4시) 무렵, 아직도 사방은 짙은 어둠에 묻힌 고다드성 안, 잠이 들었던 무조비가 갑자기 집으로 찾아온 김산을 만난 것이다. 이곳은 고다드성에 잠입한 무조비 일행이 묵고 있는 민가다. 5백인장 무조비는 한 달쯤 전부터 이곳에 머물고 있었던 터라 성 내 사정에 익숙해졌다. 방안으로 들어와 앉은 김산이 무조비에게 물었다.

"카이스는 회유시켰느냐?"

"예, 거사일만 기다리고 있습니다."

호흡을 고른 무조비가 똑바로 김산을 보았다. 무조비의 잠입 목적은 카이스를 만나 내성의 실태를 정탐하는 것이었다.

"카이스는 적극적으로 가담하고 있습니다, 전하."

"성 안이 군사로 가득 차 있다. 출진 준비를 갖춘 모양이다."

"예, 군단 편성이 끝났고 사흘 후부터 제2군단부터 출정할 것입니다."

김산이 머리를 끄덕였다.

"내가 성 밖에 말을 매어놓고 단신으로 성벽을 넘었다. 내일 밤에 기마군 4천 기가 성안으로 진입하게 될 것이다."

무조비가 숨을 들이켰다. 성안에는 10만 가까운 군사가 집결되고 있고 성 밖에도 10여 만이 모여 있다. 내일이면 더 몰려올 것이다. 김산이 무조비의 표정을 보더니 빙그레 웃었다.

"내가 서역을 공략할 때도 먼저 성에 잠입해서 적장을 죽였다. 그러면 어김없이 적성(敵城)은 머리 잃은 뱀 꼴이 되었다."

토번을 정복했을 때도 마찬가지다. 그것이 군사의 피해를 최소화시키면서 적에게 치명상을 입혔던 것이다.

"전하."

무조비가 두 손으로 방바닥을 짚고 김산을 보았다. 40대 중반의 무조비는 몽골인이나 떠돌이 양털 행상을 하던 가문이어서 출세가 늦었다. 칸 가문에 속한 몽골족 대부분이 벼락출세를 한 것과는 대조적이다.

"내성은 넓어서 위사만 1만여 명인 데다 성안이 미로 같아서 카이스는 어렸을 때 한 번 가본 터라 다 잊었다고 합니다."

"내가 알고 있다."

김산이 웃음 띤 얼굴로 무조비를 보았다.

"내 머릿속에 다 들어 있다."

하드리에게서 들은 것이다. 하드리는 신트라의 유모인 어머니를 따라 여러 번 대왕의 침전 구경도 했다.

세르갈 왕국은 서역으로 통하는 관문역할을 했기 때문에 교역이 활발했고 동서양대륙의 재화가 모여 상업이 발달했다. 특히 고다드 성 안팎은 수백 동의 창고와 수십 개의 시장이 형성되어 있어서 수십만의 동서양 상인들이 거주했다. 이곳은 일명 '재화의 성'이라고 불릴 만큼 재물이 모였는데 지리적으로 북쪽에 거대한 산맥이 동서로 가로막혔고 동쪽은 토번이 방패 역할을 해서 수백 년간 외침을 받지 않았다. 재물이 쌓인 이유가 그것이다. 상인은 전화(戰火)가 빈번한 지역은 피하기 때문이다. 부(富)가 쌓이면 부패하게 되는 것이 고금의 법칙이다. 세르갈은 부(富)를 이용하여 군(軍)을 양성했지만 큰 전쟁이 없다 보니 말이 살쪄서 뛰지 못했고 훈련을 게을리한 군사는 장식만 늘어났다. 북방의 비적들을 상대로 소규모 전투만 치른 장군, 대장군들은 '백전노장', '불패의 명장' 칭호를 받았으나 수십 년간 전쟁으로 밤낮을 보낸 몽골군의 소문만 들었지 이번에 처음 접해보는 것이다.

"카리드성이 떨어졌으면 지금쯤은 그 주변의 성이 모두 함락되었을 겁니다."

첫째 왕자 우손의 책사 역할인 대장군 하리간이 말했다. 사시(오전 10시) 무렵이다. 우손의 왕자궁에서 제2대의 전략회의가 열리고 있다. 청의 상석에 앉은 우손은 33세 장년으로 이미 10살짜리 아들을 둔 세르갈 제국의 황태자다. 짙은 턱수염을 기른 우손의 자태는 늠름하다. 머리를 끄덕인 우손이 입을 열었다.

"원정군 대장 쿠추가 고려인이라지? 몽골에 노예로 끌려온 놈이라던데, 맞나?"

"예, 왕자 전하."

하리간이 말을 이었다.

"부모 형제가 모두 몽골군에게 참살당하고 혼자 남았다고 합니다."

"그런 놈이 몽골군 대장이 되었어?"

"대장이 아닙니다. 전하."

하리간이 조심스런 표정으로 말을 이었다.

"몽케 황제의 동생인 쿠빌라이, 훌라구, 아리카부케와 같이 왕자 대우를 받고 현직 총독이며, 어사총감직을 갖고 있습니다."

"그렇게 고관이란 말이냐?"

놀란 우손이 이맛살을 찌푸렸다.

"그놈 나이가 몇이야?"

"30대 초반일 것입니다."

"젊은 놈이 출세했군, 아부를 잘한 모양이다."

"쿠추는……."

심호흡을 한 하리간이 말을 이었다.

"무공이 뛰어납니다. 그래서 그 무공으로 인정을 받아 1백인장에서부터 총독까지 된 것입니다."

"그대는 어떻게 그렇게 잘 아나?"

우손이 하리간을 노려보았다. 하리간은 55세, 대상을 호위하고 서역에도 여러 번 다녀온 경험이 있다. 다른 대장군들과 마찬가지로 작은 전투는 겪었지만 큰 전쟁은 이번이 처음이다.

"예, 쿠추의 소문을 서역에서 들었습니다. 쿠추가 폴란드 총독이었을 때 주변 왕국을 점령한 이야기가 떠돌고 있었습니다."

둘러앉은 장군들의 분위기가 무거워졌다. 아직 타친성의 함락 소식은 이곳까지 전해지지 않은 것이다. 2천여 리나 떨어져 있어서 소문이 빠르다고 해도 앞으로 열흘이나 지나야 알려질 것이었다.

"쿠추의 명이 이곳에서 끝날 것이다."

우손이 분위기를 바꾸려는 듯 소리쳐 말했다.

"이곳은 폴란드가 아냐, 서역도 아니란 말이다. 대(大) 세르갈이다."

"대왕, 쿠추가 만만한 놈이 아닙니다."

다가선 요르타가 말하자 쿠지란이 쓴웃음을 지었다. 이곳은 내성 중심부, 왕의 접견실이다. 접견실 안에는 쿠지란과 왕의 사촌 동생이며 위사장인 요르타 둘이 앉아 있다. 요르타는 48세, 쿠지란보다 5살 연하로 30여 년을 함께 보낸 심복이며 사촌이다. 아들보다도 더 의지하는 심복인 것이다. 요르타가 말을 이었다.

"출정하실 때 호위를 평소의 3배로 늘렸습니다. 쿠추는 성주나 대장을 기습해서 전열을 흩트려 놓습니다. 카리드성도 그렇게 무너졌고 토번도 그렇게 왕조가 망했습니다."

요르타의 부친인 마투반은 쿠지란의 부친이며 선왕(先王)인 고트리의 형이다. 그러나 젊었을 때 죽었기 때문에 고트리가 세르갈 왕이 된 것이다. 쿠지란이 머리를 끄덕이며 웃었다.

"알고 있어, 요르타. 사기를 올리려고 약간의 허세는 필요한 법이다. 난 방심한 적이 없다."

과연 그렇다. 왕의 내실 주변은 철갑군 1백여 명으로 철통처럼 호위되었다. 그 철갑군 주위를 다시 위사대가 몇 겹으로 에워싸고 있어서 가히 철통같다. 더구나 철갑군은 모두 비장의 무기를 지니고 있는데 바로 화약총이다. 근래에 서역에서 가져온 화약총을 개량해서 왕실의 철갑군에만 지급한 것이다. 쿠지란이 말을 이었다.

"그동안 왕국의 기강이 해이해졌어. 관리는 부패했고 장군은 살이 쪄서 말에도 오르지 못한다. 이 기회에 왕국을 혁신하겠다."

"과연."

요르타가 커다랗게 머리를 끄덕였다.

"위대한 대왕이십니다."

김산이 내성 앞에 서서 성벽을 올려다보았다. 유시(오후 6시) 무렵,
고다드성은 내성의 크기가 카리드성만 했다. 따라서 외성까지 포함
하면 엄청난 규모다. 외성 안의 주민은 20여만, 군사가 10만 명 가깝
게 들어와 있는 터라 30만이 넘는 인파가 들끓고 있다. 또한 산 아래
쪽의 마장에는 10만 필 정도의 말 떼를 보유하고 있다. 북쪽의 산을
성벽으로 삼아 직경이 20리(8km) 정도나 되는 거대한 성이다. 내성의
성문은 세 곳, 남, 동, 서에 나 있는데 경비군이 1만여 명, 왕가(王家)와
대신, 장군들의 저택도 내성 안에 있는 것이다.

"카이스가 내성 출입증이 있습니다. 전하."

옆에 선 무조비가 말했다.

"소인도 카이스를 따라 두 번이나 들어가 보았습니다만 왕궁은 또
성벽으로 가로막혀 있습니다."

"그렇겠지."

쓴웃음을 지은 김산이 발을 떼었고 무조비가 옆을 따른다. 둘은
토번인 차림으로 가죽 모자를 썼고 허리에 반월도를 찼다. 내성 밖
시장 거리에는 온갖 피부색의 상인들이 뒤섞여 있어서 둘은 자연스
럽게 어울렸다. 서역 상인 둘이서 이야기를 하면서 지나쳤는데 폴란
드인이다. 그래서 김산의 시선이 옮겨졌다가 돌아왔다.

"오늘 밤 자시에 남문만 열어놓으면 된다."

김산이 다짐하듯 말하자 무조비가 긴장했다.

"예, 전하. 그것은."

"내 걱정은 할 필요가 없다."

무조비의 시선을 받은 김산이 빙그레 웃었다.

"잊었느냐? 난 중원에서 무공을 닦았다."

"압니다. 전하."

"김산이 시장을 둘러보며 말을 이었다."

"세르갈이 오늘 밤 전화(戰火)를 겪겠구나."

셋째 왕자 고찬의 별명은 폭풍, 27살로 재작년 마칸디국과의 국경 분쟁 시에 1천 명의 군사를 이끌고 폭풍처럼 진격했다고 해서 얻은 별명이다. 그때 국경 마을을 침범해서 양 떼를 탈취했던 마칸디국 병사 1천 명은 모두 잡아 죽였다고 소문이 났다. 그런데 그건 모두 꾸민 말이다. 마칸디국 병사 50여 명이 물을 마시려고 세르갈 마을에 왔다가 마침 근처에 사냥을 나가 있던 고찬이 군사 1천 명을 이끌고 공격했던 것이다. 마칸디 병사는 단 한 명도 손실을 입지 않고 도망쳤는데 쿠지란은 그렇게 소문을 만들어 퍼뜨렸다. 오늘 고찬은 제3군단 점검을 부장(副將) 스베론에게 맡기고 매 사냥을 다녀왔는데 여우를 네 마리나 잡았다. 고찬은 사냥을 밥 먹는 것보다 좋아해서 형제들 중 가장 말을 잘 탔다.

"여우 한 마리는 대왕께 바쳐라."

청으로 들어서면서 고찬이 소리쳐 지시했다.

"그렇지, 머리에 흰 점이 박힌 여우를 보내라."

"예, 전하."

집사가 나갔을 때 고찬의 앞으로 부관이 다가왔다.

"전하, 쿤단성에서 아직 군사가 도착하지 않았습니다."

"어, 그래?"

건성으로 대답한 고찬이 청의 의자에 앉더니 입맛을 다셨다.

"놔둬라, 오겠지. 까짓, 늦게 오면 며칠 늦으면 된다."

제3군단에 편입할 군사 2만5천이 아직 도착하지 않은 것이다. 쿤단성의 성주 베리오트가 꾸물거리는 모양이다. 고찬은 이번 원정에 회의적이었다. 왕이 직접 왕자들을 이끌고 시위하듯 출정하는 것이 못마땅했다. 장군들을 보내면 될 것을 모두 끌고 나간다고 부장들에게 대놓고 불평도 했다.

"전하, 이틀 후면 황태자께서 먼저 출정하십니다. 떠나시기 전에 황태자께 인사를 드리시는 것이 낫지 않겠습니까?"

"내가 배탈이 났다고 그러고 네가 다녀오도록."

"예, 전하."

"아주 심하게 났다고 해."

"알겠습니다."

고찬은 황태자인 우손과 사이가 좋지 않았다. 게으르다고 자주 꾸중을 듣기 때문일 것이다. 부관이 나갔을 때 고찬이 투덜거렸다.

"이게 무슨 일이야? 몽골 놈들이 왔다고 이 난리를 치다니, 10만 명이라니 여기서 대장군 몇 명만 보내면 될 것을 갖고 말이야."

고찬의 왕자관저도 내성 안으로 이곳도 또 하나의 성이다. 왕자비와 후궁, 시녀에 경비병까지 2백여 명이 상주하고 있는 것이다. 채찍으로 다리를 치면서 내실 안으로 들어선 고찬을 왕자비가 맞는다. 그 뒤로 후궁들이 늘어서 있다. 이것만으로도 소국(小國)의 왕 노릇이다.

밤바람에 말린 고기와 빵 냄새가 맡아졌다. 세르갈군(軍)의 치중대에서 흘러나온 냄새다. 외성 먼 쪽에 있었지만 원체 물량이 많은 터라 바람을 타고 이곳까지 흘러왔다. 이곳은 내성 왼쪽의 왕자궁(宮)이라고 불리는 다섯 개의 소궁(小宮)이 늘어선 맨 끝 쪽이다. 맨 끝은 당연히 다섯째 왕자 치크의 궁이다. 김산은 본채의 지붕 위에 앉아 있었는데 형체는 대기에 섞여서 보이지 않았다. 해시(오후 10시) 무렵, 이윽고 형체를 만든 김산의 몸이 마당으로 떨어져 내렸다. 발을 디딘 바로 앞이 본관의 문이다. 문은 열려 있었으므로 김산은 소리 없이 안으로 들어섰다. 불을 환하게 켜놓은 청 안쪽 문에 위사 둘이 서 있다가 이쪽으로 머리를 돌렸지만 이미 김산은 옆쪽 기둥 뒤로 몸을 숨긴 후였다. 흔들리는 대기까지 막을 수는 없다. 세르갈 출신의 위사 둘은 콧수염을 똑같이 길렀고 매부리코에 피부가 검다. 그때 위사 하나가 이쪽으로 다가왔다. 동서양의 무공 기초는 비슷하다. 예민한 감각, 빠른 반응, 강한 힘과 기교다. 위사는 그것을 다 갖췄다. 감각으로 위기를 느낀 것이다. 김산의 허리에 찬 검에서 피 냄새를 맡았을지도 모른다. 그때 위사가 기둥 옆으로 왔지만 김산을 보지 못했다. 김산이 옆쪽 기둥으로 옮겼기 때문이다. 필요 없는 살생은 하지 않겠다고 지붕 위에서 다짐한 김산이다. 오늘 밤, 내궁의 살육은 다섯 왕자의 맨 끝, 치크의 소궁(小宮)에서 시작된다.

"뭐야?"

문 옆에 서 있던 위사가 그때서야 물었을 때 기둥 옆으로 다가온 위사가 머리를 기울였다.

"피 냄새가 났어."

그때 문 옆 위사가 다가와 냄새를 맡는 시늉을 했다.

"기둥에 바른 칠 냄새 아닌가?"

그때 김산이 소리 없이 문을 열고 안으로 들어섰다.

치크는 다섯 왕자 중 가장 차분한 성품에 학문 성취가 뛰어났다. 막내로 올해 스물셋이었지만 10살 차이가 나는 큰 형 우손보다 쿠지란의 아낌을 받았다. 이번 출정에도 치크에게 도성을 맡기고 가는 것도 그 때문이다. 서재에 앉아 있던 치크가 머리를 들었다. 인기척을 들었기 때문이다. 그 순간 치크가 숨을 들이켰다. 괴한이다.

"누구냐?"

어깨를 편 치크가 위엄 있게 묻자 괴한이 머리를 끄덕였다.

"네 운(運)이 끝났다."

다음 순간 괴한의 손이 번쩍였고 어느새 손에 쥐어진 장검이 검광을 일으키며 날아 치크의 목을 쳤다. 몸통에서 떨어진 머리가 책상 위에 놓였고 머리 없는 목에서 피가 두 자나 솟구쳤다가 곧 그쳤다. 그러나 머리 없는 몸은 그대로 앉아 있다.

김산이 셋째 왕자 고찬의 침실로 들어섰을 때 낮은 외침이 울렸다. 벌거숭이 두 몸이 엉켜 있었는데 밑에 깔린 여자가 놀라 소리를 친 것이다. 얼굴을 이쪽으로 향하고 있었기 때문이다. 고찬이 그 자세 그대로 머리만 돌렸을 때 칼이 날았다.

"아악!"

피를 뒤집어쓴 후궁이 비명을 질렀고 고찬의 머리통이 옆으로 떨어졌다. 김산은 몸을 돌렸다.

우손이 하리간에게 술잔을 내밀며 말했다.

"이번에 내가 아버님께 진면목을 보여드릴 작정이야."

"예, 전하."

하리간이 얼굴을 펴고 웃었다.

"좋은 기회지요, 왕자분들 중에 전하만큼 용장은 없으십니다."

"아부하지 마라."

쓴웃음을 지은 우손이 둘러앉은 장군들을 훑어보았다. 모두 여덟 명, 모레 출정할 장군들이다.

"다섯 왕자 중 넷이 전장에 나가는 셈이군."

"예, 대출정입니다. 전하."

하리간이 말을 받는다. 세르갈 역사상 이런 대군(大軍)이 출정한 적이 없는 것이다.

"고찬이 배가 아프다고?"

문득 저녁에 다녀간 고찬의 집사를 떠올린 우손이 쓴웃음을 짓고 말했다.

"그놈은 아프다는 핑계를 수없이 대었지. 아마 전쟁을 할 때도 적장한테 아프다면서 다음에 싸우자고 할 놈이야."

장군 두어 명이 짧게 웃었지만 곧 그쳤다. 다시 술잔을 든 우손이 말을 이었다.

"내가 아버님의 대를 이으면 왕국을 새롭게 개조할 테다."

어깨를 편 우손이 장군들을 둘러보았다.

"너희들도 나를 위해 헌신하면 자손 대대로 영화를 누리게 될 것이다."

"목숨을 바쳐 충성하지요."

나이 든 하리간이 먼저 충성을 맹세했고 장군들이 일제히 따른다. 그때 우손이 앞쪽을 바라보며 물었다.

"누구냐?"

모습을 보이고, 빠른 검법으로 목숨을 빨리 끊어서 고통을 줄인다.

"으악!"

비명을 끝으로 의식이 끊긴다.

"으으악!"

숨통보다도 뇌를 정지시키는 것이 고통을 줄여주는 것이다. 김산의 검이 혈풍을 일으켰다. 9명 중에서 일어난 장군이 셋 있었지만 먼저 칼을 맞았다. 셋 중 하나만 칼을 반쯤 뺐다가 머리통이 쪼개져서 절명했다. 이번에는 목을 베는 효수가 아니다. 숨이 끊어져도 고통이 남는 법이라 머리통을 잘라 신경세포를 끊어 죽였다.

"으아악!"

앉아 있던 대장군 하리간이 목 뒤가 잘려져서 절명했다. 나머지 셋을 칼질 세 번에 피바다 속에 눕힌 김산이 한 걸음 다가갔다. 지금까지 일곱을 죽였다. 둘이 남았는데 장군 하나는 벽에 붙어선 채 지린내를 풍기고 있는 중이며 우손은 자리에 앉은 채로 몸을 굳히고 있다. 위엄을 차리려는 것이 아니다. 몸이 굳어 있는 것이다. 그러나 오줌을 지리고 선 장군보다는 낫다. 이것이 처참한 전장을 치러보지 않은 책상물림 장군들의 행태다.

"누, 누구……."

우손이 기를 쓰고 입을 달싹였을 때 김산은 더 이상 공포심을 심어주지 않는 것이 낫다고 생각했다.

"악!"

우손의 입에서 짧은 신음이 울리더니 머리통이 반으로 갈라졌다. 끔찍한 모습이었지만 본인은 번쩍이는 순간의 짧은 느낌만 받고 이승을 떠나게 되었다. 김산이 몸을 돌렸을 때 서 있던 비대한 체격의 장군이 눈을 까뒤집었다. 기절을 한 것이다. 그래서 김산은 칼을 휘둘러 목을 쳤다. 방안에서 가장 깨끗한 시체가 되어서 머리 없는 장군이 주저앉았다.

"탕, 탕, 탕, 탕, 탕, 탕!"

벼락이 치는 것 같은 소음이 밤하늘을 울렸으므로 침상에 누워 있던 위사장 요르타가 대경실색을 했다. 철갑군의 화약총이다. 이것이 무슨 일인가? 사시가 되어갈 무렵이다. 몸을 뒹굴며 일어서는 바람에 옆에 누워 있던 무희가 깔려 비명을 질렀다.

"탕탕탕탕탕탕!"

다시 소음이 울렸고 겉옷에 장검을 모아 쥔 요르타가 밖으로 뛰어나왔다. 그때는 이미 위사 대여섯 명이 달려오는 중이었다.

"대왕전으로!"

요르타가 소리쳤을 때 다시 소음이 울렸다. 화약총이다.

"탕탕탕탕탕!"

도대체 무슨 일인가? 요르타의 관저에서 왕의 침전까지는 3백 보 거리다. 요르타는 바람을 일으키며 달려갔다.

"놈을 잡았느냐?"

다시 소리친 쿠지란에게 위사부장 로젠이 가쁜 숨을 몰아쉬며 대답했다.

"지금 쫓고 있습니다."

쿠지란이 눈을 치켜떴다. 침전 안에는 방금 불을 켜놓아서 구석에 쪼그리고 앉은 후궁 아리나의 모습이 보였다.

"탕탕탕탕!"

그때 다시 총성이 울렸으므로 쿠지란이 버럭 역정을 내었다.

"그만 쏘아라! 시끄럽다!"

귀가 먹먹할 지경이었던 것이다. 위사 하나가 밖으로 내달려갔을 때 엇갈려서 부장 하나가 들어왔다.

"대왕, 놈이 보이지 않습니다!"

부장의 눈이 충혈되어 있다.

"놈이 바로 눈앞에 서 있었는데 홀연히 없어졌습니다."

"이놈아, 귀신이었단 말이냐!"

쿠지란이 발을 구르며 소리쳤을 때 총성이 그쳤다. 그러나 귀신이 아니다. 귀신이 어떻게 칼을 쓴단 말인가? 홀연히 나타난 사내는 대왕 침전 경비를 서던 철갑군 다섯을 베어 죽였다. 그래서 화약총을 쏘아댄 것이다. 그런데 이상했다. 분명히 10보쯤 앞에 서 있는 괴인을 향해 쏘았는데도 맞지 않는 것이다. 그러고는 어느새 뒤로 다가와 칼질을 한다. 그래서 철갑군은 다 모였고 총질은 더 요란해졌던 것이다.

"찾아라!"

쿠지란이 소리치자 침전에 몰려와 있던 철갑군이 부장 두 명만 남고 빠져나갔다.

"요르타를 부르라!"

다시 부장 하나가 달려 나갔을 때 쿠지란이 긴 숨을 뱉었다.

"도대체 이게 무슨 일인고?"

쿠지란의 얼굴에 두려움이 덮여 있다.

김산이 침상 위쪽의 서까래 위에 앉아서 쿠지란을 내려다보았다. 이제는 침전 안에 쿠지란과 위사부장, 그리고 후궁까지 셋이 남았다. 밖은 소란하다. 총성은 그쳤지만 달리는 소리, 부르는 소리로 어수선했다. 철갑군 여섯을 죽인 것은 철갑군의 화약총을 발사하도록 하려는 의도다. 그것을 신호로 남문 안으로 주브르가 이끄는 기마군 4천이 들어올 것이었다. 물론 성안에서 무조비가 이끄는 군사가 성문을 열어줄 것이다. 이윽고 김산이 몸을 날려 바닥으로 떨어졌다.

"아앗!"

먼저 김산을 발견한 위사부장이 외침을 뱉더니 칼을 뽑았다. 그러나 겨누기도 전에 김산이 후려친 칼을 맞고 몸통이 쪼개져 쓰러졌다.

"네, 이놈!"

쿠지란은 그래도 세르갈 왕이다. 대왕으로 불린 관록이 남아 있다. 눈을 부릅뜬 쿠지란이 김산을 노려보았다.

"네놈은 누구냐?"

"원정군 사령관 쿠추."

김산이 한마디씩 또렷하게 말했다. 쿠지란이 숨을 들이켰고 김산의 말이 이어졌다.

"몽골제국의 어사총감, 북부총독, 폴란드 총독이며……."

숨을 길게 뱉은 김산이 마무리를 했다.

"고려인이다."

그 순간 김산이 한 걸음 다가섰고 상황을 짐작한 쿠지란의 눈빛이 가라앉았다.

"그렇군."

"가거라."

김산이 팔을 뿌리자 장검이 따라 흘러갔다. 촛불에 섬광이 번쩍였고 쿠지란의 목이 베어지면서 머리통이 방바닥으로 떨어졌다. 목에서 피가 뿜어져 나오는데도 쿠지란의 머리 없는 몸뚱이가 잠깐 서있다가 방바닥에 엎어졌다. 김산이 머리를 돌려 후궁을 보았다. 후궁은 기둥에 붙어 선 채 눈은 깜박이지 않는다. 그렇다고 기절한 것 같지도 않다. 시선을 돌린 김산이 몸을 날려 방문을 열고 사라졌다. 그때 함성이 먼 곳에서 울렸다.

"불!"

사방에서 '불!' 소리밖에 들리지 않는다. 남문 안에서부터 시작된 불길이 성안 전체로 옮겨 붙기 시작했다. 불이다. 남문 안으로 밀려들어 온 기마군이 불을 지른 것이다. 기마군은 모두 기름이 든 가죽주머니를 수십 개씩 매달고 내달리면서 불덩이를 던진다.

"불!"

군사들은 물론이고 주민들도 불길에 휩싸여 '불!'을 외친다. 세르갈의 도성인 거대한 고다드성의 외성과 내성이 모두 불길에 휩싸이기 시작했다. 지휘자가 나서지 않는 터라 군사들은 극심한 혼란에 빠졌고 불길은 더 거세어졌다.

요르타는 몸을 굳힌 채 한동안 쿠지란의 머리를 내려다보았다. 눈을 뜨고 있었지만 쿠지란의 표정은 차분했다. 마치 살아있는 것 같다. 그동안 위사들이 머리를 침상 옆 탁자에 올려놓은 것이다. 밖의

190

소음은 더 거칠어졌다. 둘러선 위사들이 웅성거렸다가 곧 입을 다물었다. 요르타가 입을 꾹 다물고 있었기 때문이다. 이윽고 요르타가 머리를 들고 위사들을 보았다.

"머리를 잘 모셔라."

"예, 장군."

대답을 뒤로 들으며 쿠지란의 침전을 나온 요르타에게 위사들이 달려왔다. 세 명이나 된다.

"장군, 소궁(小宮)이 습격당해 왕자들이 다 살해되었습니다."

눈이 뒤집힌다는 것을 위사의 눈을 보고 알 수 있었다. 위사의 눈동자가 위쪽으로 치켜 올라가 있었기 때문이다. 입 끝에 거품까지 뭉쳐 있다. 숨을 들이켠 요르타에게 위사가 악을 쓰듯 소리쳤다.

"방금 소궁 집사들이 달려왔습니다. 황태자 우손, 셋째 고찬, 다섯째 치크 왕자가 모두 살해되었습니다."

"……."

"우손 왕자는 장군 여덟과 함께 모조리 몰사되었다고 합니다!"

그때 다른 위사가 소리쳤다.

"적의 습격이오!"

모두 경악했고 위사가 다시 외쳤다.

"남문에서 적 기마군이 쏟아져 들어와 불을 지르고 있습니다!"

고다드성은 넓다. 아직 내성 안쪽인 이곳까지 불 냄새는 맡아지지 않았고 기마군의 발굽 소리도 들리지 않는다. 아연한 채 입만 벌리고 서 있던 요르타가 밖에서 뛰어 들어오는 전령을 보았다.

"대왕!"

전령은 죽은 왕 쿠지란을 찾는다.

"적 기마군이 사방으로 흩어져 불을 지릅니다! 성안이 혼란에 휩싸였소! 어서 지시를!"

전령의 외침이 청을 울렸다.

"돌아가자!"

주브르가 소리치면서 손에 쥐고 있던 기름 주머니를 힘껏 던졌다. 기름 주머니가 날아가 길가 저택 벽에 맞더니 터졌다.

"펑!"

짧은 폭음과 함께 주머니에 붙여진 불씨가 기름에 옮겨 붙으면서 불길이 일어났다. 금방 저택의 벽은 불길에 싸였다. 말을 달리는 주브르의 뒤를 2백여 기의 기마대가 따른다. 주브르는 4천 기의 기마군을 20여 대로 나눠 고다드성 전역을 훑게 한 것이다. 이제 고다드성은 내성을 제외하고 외성 안 전체가 화염에 싸였다.

"적이다!"

앞을 달리던 척후가 소리치더니 말 머리를 돌려 옆길로 빠진다. 접전을 피하라는 주브르의 지시를 따른 것이다.

"남문으로!"

다시 주브르가 소리치자 기름 주머니를 다 던진 기마대는 속력을 내었다. 다른 20여 대의 기마대도 맡은 지역에 불을 다 지르고 나면 철수해올 것이다. 4천 기의 기마군으로 성안의 10여만 군사와 접전할 수는 없는 것이다. 불을 지르고 퇴각하라. 이것이 사령관 쿠추한테서 받은 명이다.

"성문을 다 닫아라!"

이것이 요르타의 첫 명령이다.

"불을 꺼라!"

두 번째 명을 받고 위사들이 뛰어나갔다. 대왕 쿠지란이 암살을 당해 머리만 탁자 위에 놓여 있다. 후계자인 황태자 우손은 물론 성 안에 있던 셋째, 다섯째 왕자까지 몰살을 당한 것이다. 그러니 요르타가 고다드성 안의 최고위직 지휘자가 되었다. 이제 내성에 있어도 불길이 뻗쳐 뜨겁다. 외성 전체가 화염에 싸여 있는 것이다. 축시(오전 2시)가 지날 무렵이었지만 하늘은 붉게 물들었고 요르타는 물론 둘러선 장군, 위사들의 얼굴도 불기운이 미쳐 붉다. 불이다.

"침입군은 남문으로 물러났습니다!"

뒤쪽에서 달려온 위사 하나가 소리쳐 보고했다. 세 번째다. 한식경쯤 전에 2번대의 선봉대장이 보고했고 그 조금 후에 3번대 소속 장군이 달려와 보고하더니 지금은 위사가 보고한다. 그만큼 혼란에 싸여 있는 것이다. 왕께 보고하려면 전령이 달려와야 한다.

"적이 외성 밖에 주둔한 것 같습니다."

본군 소속 장군 하나가 요르타에게 말했다.

"성안 군사를 집결시켜서……."

"그만."

손을 들어 말을 막은 요르타가 세 번째 지시를 했다.

"성안의 군사를 재편성한다. 모두 내 지휘를 받으라. 밖에 나가 있는 바하라, 신트라 왕자가 돌아올 때까지 내가 지휘한다!"

당연한 일이었으므로 장군들이 머리를 숙였다.

청에 남은 요르타 앞으로 본군의 책사를 맡았던 대장군 하자트가 다가와 섰다. 나이 든 하자트는 군(軍)의 원로다. 수백 번 대소접전(戰)을 치른 터라 쿠지란이 본군의 책사를 맡긴 것이다. 하자트의 흰 수염이 절반쯤 불에 그슬려 있다. 어젯밤 불을 끄다가 집이 무너지는 바람에 죽을 뻔 한 것이다.

"위사장, 치상계곡으로 전령을 보내 두 왕자를 회군시키는 것이 낫겠소."

하자트가 주름진 얼굴로 요르타를 보았다.

"아직 적의 동향을 알 수 없지만 소식을 전해야 되지 않겠소?"

진시(오전 8시) 무렵, 네 시진(8시간)이 지났지만 불길은 아직도 잡히지 않았다. 대화재다. 성문을 꽉 닫고 있었기 때문에 30여만 군민(軍民) 중 벌써 5만여 명이 불에 타 죽었다. 성 밖에 주둔한 10만여 명의 군사가 어떻게 되었는지 아직 상황을 알 수도 없다. 적군이 몽골동방 원정군임은 분명해졌지만 그 숫자나 위치가 아직 불분명한 것이다. 장군 일부는 수만 명이라고 하고 일부는 1만이라고도 해서 혼란을 더 증폭시켰다. 요르타가 머리를 끄덕였다. 맞는 말이다. 성문을 열고 전령을 보내야 한다.

"책사의 말씀이 맞소, 결사대를 보내 적을 돌파해서 왕자들께 사실을 알려야겠소."

"위사장."

하자트가 한 걸음 다가와 섰다. 청 안에는 위사 대여섯 명만 남아 있다. 모두 명을 받고 나갔기 때문이다. 목소리를 낮춘 하자트가 말을 이었다.

"암살자는 귀신같은 고수(高手)요, 필요 없는 인명은 해치지 않고 목표만 제거했소."

194

"……."

"대왕을 살해할 때 둔갑술을 보였다고 들었소, 철갑군의 눈앞에서 사라졌다는 것이오. 들으셨소?"

요르타가 머리만 끄덕였다. 무수한 총탄을 맞고도 끄떡없었다고 했다. 그때 하자트가 지그시 요르타를 보았다.

"몽골군 사령관 쿠추가 직접 나선 것 같소, 그래서 선별해서 제거한 것이오."

"노인장."

입맛을 다시던 요르타가 하자트를 보았다. 이맛살이 찌푸려져 있다.

"그런 유언비어는 군(軍)의 사기를 저하시키게 되오, 그러니 입을 다물고 계시오."

하자트의 시선을 받은 요르타가 긴 숨을 뱉었다.

"나는 왕자들이 돌아오면 고다드성을 떠날 작정이오."

그날 밤 요르타가 저녁을 먹는 둥 마는 둥 하고 자리에서 일어섰을 때 뒤에서 부르는 소리가 났다.

"요르타."

대경실색한 요르타가 몸을 돌렸다. 내성 안, 위사장 관저는 청에서 이백 보밖에 떨어지지 않았다. 순간 요르타의 몸이 굳어졌다. 괴인 하나가 서 있는 것이다. 문은 앞쪽뿐인데 언제 들어와 뒤에 서 있게 되었단 말인가? 곧 요르타의 심장박동이 거칠어졌다. 왕과 왕자들을 살해한 괴인이다. 그때 괴인이 빙그레 웃었다. 장신에 몽골인, 허리에는 칼을 찼다.

"내가 누군지 아느냐?"

"넌, 너는……."

"내가 몽골군 사령관 쿠추다."

"설, 설마……."

예상이 맞았지만 요르타의 얼굴이 하얗게 굳어졌다. 머릿속이 하얗게 된 것은 공포감 때문이다. 저항할 의욕도 사라져버렸다.

"앉아라."

먼 곳에서 들리는 것 같은 목소리에 요르타는 홀린 듯이 제 자리에 앉았다.

"저기 전령이 옵니다."

부장이 말했으므로 코르치가 눈을 가늘게 뜨고 앞쪽 평원을 보았다. 옆에 서 있던 제1대장군 예케도 앞을 보았다.

"오는군."

눈은 예케가 더 밝았다. 안장에 엉덩이를 붙이면서 예케가 코르치를 보았다.

"영감, 보이지 않으시오?"

"보이는군."

"그쪽이 아니오, 왼쪽이오."

핀잔을 준 예케가 쓴웃음을 지었다.

"영감도 늙었소."

"그대도 5년 후면 나처럼 되네."

그때 제2대장군 홍복이 나섰다.

"근위군 5백인장이군."

홍복은 5백인장의 푸른색 허리띠까지 구분한 것이다. 1천 보 가까운 거리였으니 대단한 시력이다. 몽골 부족은 시력이 좋지만 여진족 또한 광활한 평원에서 살기 때문에 매의 눈을 가졌다. 바로 홍복이 그렇다. 달려온 전령은 과연 근위군의 5백인장이다.

"보고 드리오."

5백인장이 말에서 뛰어 내리더니 소리쳐 보고했다.

"말하라."

선임인 코르치가 지시하자 전령이 숨을 고르고 나서 말했다.

"제3대장군께서 치상계곡에 주둔하고 있던 세르갈의 제2왕자 바하라와 제4왕자 신트라의 목을 베어 오셨습니다. 대장군께서는 그렇게만 전하라고 하셨소."

"과연."

감동한 홍복이 커다랗게 머리를 끄덕였다.

"제3대장군답다. 내가 그분의 무공을 알지."

"수고했다."

코르치의 얼굴에도 웃음이 떠올랐다.

"이제 세르갈군 8만은 머리 잃은 뱀 꼴이 되었겠구나."

"대장군께서는 머리를 들고 전하께 가셨습니다."

오시(낮 12시) 무렵이다. 황무지에는 10만 가까운 대군이 전진하고 있었는데 바로 동방원정군이다. 대장군 하상에게 2만 군사를 맡겨 카리드성에 주둔하게 해놓고 대군은 고다드성을 향해 서진하는 중이다.

"자, 갑시다."

코르치가 말하자 다시 대열이 움직이기 시작했다. 기마군이 황무지에 끝없이 이어졌다.

왕자 바하라와 신트라의 머리가 소금통에 넣어진 채 고다드성으로 배달된 것은 그로부터 사흘 후였다. 고다드성의 화재는 진압되었지만 양곡 창고가 불탄 데다 주민 대부분이 화재로 집을 잃고 길에 나앉은 상태여서 민심이 폭발 직전이었다. 굶어본 적이 없는 주민들이라 더욱 참지를 못한 것이다. 군(軍)의 사기도 바닥에 떨어져서 벌써 1할이 탈영을 했다. 화재로 죽은 사상자가 군민(軍民) 합쳐서 5만여 명이나 된 것이다. 매장하지 못한 시체가 많아 악취가 진동을 했고 벌써부터 전염병이 발생했다. 그 와중에 포로로 잡혔던 세르갈군 군관들이 두 왕자의 머리를 들고 온 것이다. 그날 밤에만 세르갈군 1할이 성벽을 넘어 탈주했고 도망친 장군의 숫자도 30명이 넘었다. 거기에다 함락된 타친성의 대학살 소식이 알려지면서 성안에는 전염병보다 무서운 공포와 좌절감이 뒤덮였다. 다음 날 아침에 성안의 임시 지휘부에서 요르타가 보고를 받는다.

"성 밖에 주둔했던 군사들이 모두 사라졌습니다."

위사부장이 외면한 채 보고했다. 청 안은 숨소리도 들리지 않는다.

"도망친 것 같습니다."

요르타는 눈만 껌벅였고 둘러선 장군, 관리들도 말이 없다. 10만이 넘는 군사들이 모두 흩어졌다. 제 고향이나 원래의 성으로 갔을 것이다.

"항복하겠다."

요르타가 말했을 때 청 안은 조용해졌다. 모두 입을 다문 채 시선만 주거나 아예 외면하고 있다. 청에 모인 장군, 귀족은 이제 70여명, 쿠지란이 죽기 전에는 이백여 명에 부인까지 합하면 3백 명이 넘

198

는 군상이 모였다. 요르타의 시선이 그들을 훑고 지나갔다. 위쪽의 왕좌는 비어 있다. 왕자 세 명은 대왕과 함께 죽었으며 남았던 두 왕자마저 어제 머리만 배달되었다. 이제 세르갈 왕국은 무주공산(無主空山)이 되었다.

"세르갈 왕국은 끝났다. 누가 저 자리에 앉아 왕국을 이끌어 가겠는가?"

몸을 돌린 요르타가 위쪽의 빈 왕좌를 가리켰다. 얼굴에 일그러진 웃음이 떠올라 있다.

"말하라, 그리고 가서 앉으라."

요르타의 목소리가 청을 울린 것은 모두 숨을 죽이고 있기 때문이다.

"앉아서 우리를 지휘해 달라, 나는 그럴 능력이 없으니 항복을 제의하는 것이다."

"사자를 보냅시다."

입을 연 사내는 하자트다. 하자트가 주름진 얼굴을 들고 말을 잇는다.

"타친성이 어떻게 되었는지 모두 들었을 것이오."

그리고 그 주변의 성들이 모두 항복했다는 것도 들은 것이다. 그때 장군 서너 명이 일제히 말했다.

"명을 따르겠소."

"항복하십시다."

이의를 제기하는 사람은 아무도 없다.

동방원정군이 고다드성에 입성한 것은 그로부터 8일이 지난 후다.

성문을 활짝 열어놓은 고다드성의 성주 대리 요르타가 성 밖까지 나가 원정군 사령관 쿠추를 맞는다. 쿠추가 다가오자 요르타가 땅바닥에 무릎을 꿇었고 따라 나온 3백여 명의 장수 귀족들이 일제히 엎드렸다. 마상에 앉아 그들을 내려다보던 쿠추가 말에서 내려 위사가 가져온 나무 걸상에 앉았다. 요르타와의 거리는 10보, 주위에 원정군 장수들이 늘어섰고 깃발이 펄럭였다. 뒤쪽의 수만 기마군도 일제히 멈춰 섰으므로 고다드성 안팎은 순식간에 정적에 덮였다. 오직 사령관 쿠추의 일성(一聲)을 기다리고 있다. 그때 쿠추가 말했다.

"진심으로 항복하느냐?"

"예, 전하."

땅바닥에 이마를 붙였다가 뗀 요르타가 소리쳤다.

"세르갈 왕국을 전하께 바칩니다. 뜻대로 하소서."

그러자 뒤쪽에 엎드린 세르갈 장수, 귀족들이 일제히 따라 소리쳤다.

"뜻대로 하소서!"

머리를 끄덕인 쿠추가 자리에서 일어섰다.

"성으로."

다시 말에 오른 쿠추가 성을 향해 나아갔고 항복한 요르타 이하 세르갈 고관들은 도보로 뒤를 따른다. 깃발이 펄럭였고 행진의 북소리만 쿵쿵 울렸다. 이미 성문 안으로는 몽골 기마군이 들어가는 중이다. 항복한 고다드성의 성벽에는 그 많던 깃발이 흔적도 없이 사라졌다. 까마귀 몇 마리만 성문 근처에서 날고 있을 뿐이다.

세르갈을 정복한 후의 전리품은 엄청났다. 항복한 군사만 20여만,

고다드성 주변의 성주까지 모두 항복했기 때문에 그들이 보유한 군사도 10만 가깝게 된다. 바하라와 신트라 두 왕자가 이끌던 8만 기동군이 아직 치상계곡에 머물고 있었지만 이미 머리 없는 뱀이다.

"요르타, 네가 사람을 보내 치상계곡의 군사들을 데려오도록 해라."

그날 저녁, 고다드성의 정청에서 김산이 지시했다. 정청에는 정복군 장수들이 둘러섰고 세르갈 측은 요르타와 하자트 둘뿐이다. 나머지 귀족과 장군들은 모두 별궁에 모아 놓았고 군사들은 무장 해제를 시킨 후에 병영에 가둬놓았다. 고다드성 안에는 이미 몽골군 10만이 들어차 있었으므로 질서는 다 잡혔다. 불탄 성안도 정리는 다 되었지만 분위기는 무겁다. 주민들은 두려워서 바깥출입을 삼가고 있는 것이다. 그러나 점령군은 전혀 주민에게 해를 끼치지 않았다. 부녀자 겁탈이나 약탈은 한 번도 발생하지 않았는데 사령관의 엄명이 있었기 때문이다. 고다드성은 항복을 했기 때문에 보복을 면한 것이다. 그때 요르타가 말했다.

"유크리의 아들 아도트를 보내는 것이 좋을 것 같습니다."

김산의 시선을 받은 요르타가 말을 이었다.

"아도트가 원정군에 지원한 터이니 제 아비를 만나 데려올 수 있을 것입니다."

유크리는 세르갈의 재상으로 신트라의 참모장으로 출전했던 것이다. 김산이 머리를 끄덕였다.

"그것이 좋겠다."

원정군은 세르갈 장수들부터 지원자를 받고 있었는데 벌써 10여 명이 모였고 그중 하나가 유크리의 아들 아도트인 것이다. 세르갈은 대국이다. 물자도 풍족해서 원정군 장수들이 놀랄 정도였다. 불에 타서 황폐해진 고다드성은 양곡만 부족했지 온갖 재물이 산더미처럼 쌓여 있다. 김산이 이제는 하자트를 보았다.

"하자트, 너는 권부에서 오래 겪었으니 잘 알 것이다. 세르갈이 허무하게 망한 이유가 무엇이라고 생각하느냐?"

"예, 왕가(王家)에 대한 충성심이 거의 없었던 것이 가장 큰 요인이었소이다."

늙은 대장군이 바로 대답했으므로 모두의 시선이 모였다. 어깨를 편 하자트가 긴 숨부터 뱉었다.

"왕과 다섯 아들이 왕국을 덮듯이 군림하다가 갑자기 모두 사라진 셈이 되었습니다. 이것은 마치 어미 개가 새끼강아지를 두고 죽은 꼴이나 같습니다."

"그렇군."

쓴웃음을 지은 김산이 다시 물었다.

"세르갈은 대국(大國)이다. 토번의 두 배가 넘는다. 앞으로 어떻게 되겠느냐?"

그때 하자트가 눈썹을 모으고 김산을 보았다.

"전하, 무슨 말씀이십니까? 전하께서 세르갈을 통치하셔야 됩니다."

그러자 코르치가 빙그레 웃었고 대장군들도 서로의 얼굴을 보았다.

"내가 말이냐?"

김산이 묻자 하자트의 목소리에 열기가 띠어졌다.

"전하, 그렇지 않으면 세르갈은 대란(大亂)에 휩싸일 것입니다. 강아지 새끼들이 서로 물어 다 죽을 것입니다. 세르갈 주민을 살피시어 이곳을 통치하여 주시옵소서."

하자트의 목이 메었고 곧 눈이 흐려졌다. 그것을 본 원정군 장수들의 표정도 숙연해졌다. 그때 김산이 장수들을 둘러보았다.

"세르갈에서 당분간 머물겠다. 그대들 생각은 어떠냐?"

"반대할 사람이 없습니다. 전하."

나이 든 코르치가 가장 먼저 대답하자 웃음소리가 일어났다. 선임 대장군 예케가 점잔을 빼면서 말했다.

"이곳부터 영지를 삼으시지요."

"옳습니다."

제2대장군 홍복이 동의했고 이어서 비호수와 주브르까지 반겼다. 제5대장군 하상은 이미 세르갈의 동방지역 영주 노릇을 하고 있어서 왕성에 오지 못했다.

다음 날 저녁에 식사를 마친 김산에게 안재빈이 다가왔다. 안재빈은 바지저고리 차림에 가죽신을 신었다. 머리만 여자처럼 뒤로 묶어 올렸을 뿐이다.

"나리, 오늘 밤은 누구를 보내드릴까요?"

안재빈이 거침없이 물었으므로 김산은 쓴웃음을 지었다.

"네 순서는 없느냐?"

"저는 나리께서 피곤하시거나 적적하실 때 옆에서 말동무나 해드리겠습니다."

안재빈이 정색하고 말을 이었다.

"제가 내궁의 중심입니다. 모범을 보여야 따릅니다."

"과연."

김산이 머리를 끄덕였다. 둘은 고려 말을 한다.

"고려인의 피는 다르다."

"몽골제국에 계신 정실부인께서도 그러셨겠지요."

"그렇다. 네 언니뻘이 된다."

"같이 모시고 살고 싶습니다."

"그런 날이 오겠지."

김산의 눈앞에 아들 원의 얼굴이 떠올랐다. 이제 여덟 살이 되어 있을 것이다. 안재빈이 김산을 보았다.

"나리, 쿠지란의 후궁이 30명이나 됩니다. 오늘은 그중 하나를 보내 드리지요."

김산의 대답도 듣지 않고 안재빈이 몸을 돌렸다. 잠시 후에 방문 앞에 발이 젖혀지면서 여자 하나가 들어섰는데 한쪽 어깨를 드러낸 세르갈 전통 예복에 맨발이다. 전통 예복은 한 가닥의 천으로 되어 있어서 어깨 부분만 당기면 벗겨지는 것이다. 그러면 바로 알몸이 된다. 보료 위에 앉아 있던 김산이 여자를 보았다. 주춤거리며 앞에 선 여자가 시선을 내리고 있었지만 숨이 막힐 것 같은 미모다. 세르갈의 인구는 1천만이 넘는다. 여자를 밝혔던 쿠지란은 매년 지방에서 뽑아 온 여자를 고르는 것을 가장 즐겼다고 했다. 윤기가 흐르는 갈색 피부, 오뚝 선 콧날과 단정한 입술, 눈썹은 가지런했고 몸매는 가늘었지만 젖가슴과 엉덩이는 둥글게 부풀었다. 선홍색 비단 옷자락 밑으로 빠져나온 두 발이 가지런했고 발톱도 둥글게 다듬어졌다. 김산이 손짓으로 부르자 여자가 한 걸음 거리로 다가와 섰다.

"네 이름이 무엇이냐?"

한어로 물었더니 여자가 한어로 대답했다.

"카리나입니다."

"쿠지란의 후궁이었느냐?"

"예, 전하."

머리를 든 여자와 시선이 마주쳤다. 검은 눈동자가 반짝이고 있다. 두려움을 느끼는 것 같지가 않다.

"몇 살이냐?"

"스물넷입니다."

목소리가 낭랑했고 끝이 메아리처럼 울린다. 김산의 얼굴에 웃음이 떠올랐다. 여자의 몸에서 흐르는 색기를 느꼈기 때문이다. 몸매와 목소리, 눈빛과 발산되는 기운을 보면 사내를 녹일 만하다. 아마 안재빈도 그 음기에 끌려 보냈을 것이다. 김산이 시선을 준 채 말했다.

"벗고 이리 오너라."

과연 카리나는 명기였다. 명기는 명장을 만나면 기가 막힌 조화를 부린다. 자신이 불타 죽는지도 모르고 불을 향해 달려드는 불나방이 되기도 한다.

"아아아아."

카리나의 비명이 방안을 울렸다. 비명이 김산에게는 노랫소리로 들린다. 카리나가 달아올라 있는 것이다. 알몸의 카리나는 이제 김산의 움직임에 맞춰 울리는 악기다. 악기의 아름다운 소리에 악사도 홀린 듯 연주를 한다. 이윽고 악기와 악사가 함께 떠오르고 있다. 함께 터진 것이다.

"전하, 세르갈군은 저항 의지가 없습니다. 모두 고향으로 돌려보내는 것이 낫겠습니다."

다음날 코르치가 김산에게 말했다.

"반란을 일으킬 장수도 없고 성주도 없습니다."

코르치의 얼굴에 쓴웃음이 떠올랐다.

"왕가(王家)가 몰사했다고 하지만 이런 왕조는 처음 보았습니다."

"한 번도 외세에 정복당한 경험이 없기 때문인 것 같습니다."

옆에 있던 주브르가 거들었을 때 비호수가 머리를 기울였다.

"아니, 그것보다 왕가에 대한 충성심이 없기 때문인 것 같소."

김산은 머리만 끄덕였는데 문득 고려가 떠올랐던 것이다. 고려는 지금도 왕과 조정이 강화도에 들어가 있지만 몽골군은 고려 땅을 평정하지 못했다. 조정의 명을 받지 않았어도 백성들이 끊임없이 몽골군에게 저항했기 때문이다. 주민들이 왕실과 최씨 정권에 충성하고 있기 때문인가? 아니다. 머리를 든 김산이 대장군들을 둘러보았다.

"민족의 성품이다."

청 안이 조용해졌고 김산의 말이 이어졌다.

"이곳은 여러 민족이 섞여 세르갈 왕국을 만들었다. 그러다 보니 제각기 흩어져서 결집력이 약해졌다. 그것이 원인이다."

고려는 단일 민족이다. 그래서 뭉치면 거대한 힘이 생성된다.

암살단

세르갈 서쪽 국경은 2개의 왕국과 접경하고 있다. 위쪽이 마칸디 왕국이며 아래쪽은 반투다. 반투는 동방원정군이 향하는 주 통로를 가로막는 위치여서 꼭 통과해야 될 왕국인 반면 마칸디는 세르갈과 접경하고 있을 뿐이다. 원정군이 세르갈을 정복한 지 한 달 반쯤이 지났을 때 마칸디 왕국의 도성 구탄성에 반투의 사신 일행이 들어섰다. 사신은 반투 국왕의 재상 아칙 일행으로 수십 명의 장군과 마차 12대 분량의 선물을 싣고 왔다. 수백 명의 사절단이다. 마칸디와 반투는 수백 년간 이어져 온 왕국이었지만 세르갈에 비교하면 국세가 약했다. 그래서 자주 일어나는 국경 충돌에서 세르갈에 대항하여 연합하는 경우가 많았다. 마칸디왕 포르타가 아칙의 방문 목적을 짐작하고 있는 것도 당연한 일이다. 인사를 마친 아칙에게 포르타가 대뜸 물었다.

"몽골군에 대비한 동맹인가? 난 그럴 생각이 없다고 전해주게."

"전하."

60대 후반의 아칙 또한 포르타의 반응을 예상한 듯 태연한 표정으로 말했다.

"동맹은 몽골군을 끌어들이는 구실이 될 뿐입니다. 저는 다른 목적으로 왔습니다."

"아칙, 수작 부리지 마라."

포르타가 혀를 찼다.

"몽골군의 진격 통로는 반투다. 우리 마칸디가 아냐, 네가 혀를 아무리 굴려도 난 넘어가지 않아."

포르타 또한 60대로 왕국을 통치한 지 40년이 된다. 세르갈의 쿠지란도 가볍게 보지 못했던 교활한 성품이다. 그때 아칙이 말했다.

"전하, 몽골군이 세르갈에 정착한다는 소문은 들으셨습니까?"

"오래전부터 말은 들었다."

"이번에 휘하 장수들을 각 지방 영주와 성주로 보낸다는 소문도 들으셨겠지요?"

그건 듣지 못했지만 포르타가 헛기침을 했다. 둘러선 신하들이 숨을 죽인 것도 모두 놀랐기 때문일 것이다.

"들었다. 그것이 어쨌다고 그러는가?"

"정착하기 전에 내쫓아야 하지 않겠습니까?"

"그건 내가 상관할 일이 아니지."

"몽골군이 세르갈군을 앞세우면 30만이 넘습니다. 아니, 40만도 될 수 있지요."

아칙의 목소리에 여유가 풍겼고 포르타의 눈썹이 찌푸려졌다.

"그 40만을 반투에다만 쏟아 붓겠습니까?"

"봐야 알지."

"몽골군이 대륙의 서남부에 대제국을 건설한다는 소문이 났습니다. 킵차크 제국 아래쪽으로 말입니다. 그 아래쪽에 우리 반투만 포함이 되겠습니까?"

"난 곧 세르갈의 새 군주 쿠추에게 축하사절을 보낼 예정이야."

포르타가 보료에 등을 기대면서 웃음 띤 얼굴로 아칙을 보았다.

"네 왕께 그렇게 전해라."

아칙이 웃음 띤 얼굴로 물러갔지만 곧 포르타는 중신들을 모았다. 이제는 얼굴이 찌푸려져 있다.

"그 소문이 사실이라면 우리는 목 밑에 칼끝이 놓인 셈이다."

포르타가 길게 숨까지 뽑었다.

"세르갈군을 화살받이로 내세운다면 우리는 열흘이 안 돼 망한다."

모두 대답이 없다. 맞는 말이다. 마칸디는 총동원령을 내린다고 해도 15만 정도의 군사력이 될 뿐이다. 반투는 20만 정도, 양국이 연합해도 세르갈군을 앞세운 몽골군에게 대항이 될까 말까 한 상황이다. 그때 대장군 로기스가 입을 열었다.

"전하, 말씀하신 대로 중립을 지키겠다는 약속을 하시는 것도 좋겠습니다."

"그렇습니다."

재상 자톤이 나섰다.

"제가 고다드성으로 가겠습니다."

"그렇게 해주겠느냐?"

포르타의 얼굴에 웃음이 떠올랐다. 자톤은 40대 중반의 명문가 집안으로 머리가 명석했고 학문에 통달했다. 한어는 물론 몽골어, 아랍어, 서역의 세 가지 말에도 능숙해서 포르타의 총애를 받고 있다. 어깨를 늘어뜨린 포르타가 자톤을 보았다.

"그렇지, 반투에서 사신이 와서 반(反)몽골군 동맹을 제의했지만 거부했다고도 말해라."

그 시간에 반투 왕국의 왕 바이만은 왕성(王城)인 오가논성 근처의 숲에서 신하들과 사냥 중이었다.

"포르타가 내 제의를 호락호락 받아들일 리는 없어."

금방 잡은 노루의 목에서 화살을 뽑으면서 바이만이 쓴웃음을 지었다.

"아마 아칙의 말을 비웃고는 오히려 세르갈에 사신을 보낼 거다."

"무슨 사신 말씀입니까?"

위사장 마리오크가 수건을 내밀면서 물었다. 마리오크는 바이만이 어렸을 때 서역 상인으로부터 사온 노예다. 지금은 어른으로 성장해서 바이만의 심복이 되었다.

"반투의 동맹 제의 사신이 왔다는 것을 알리고 마칸디는 원정군과 동맹을 맺고 싶다고 할지도 모른다."

허리를 편 바이만이 피에 젖은 손을 닦고 수건을 마리오크에게 넘겨주었다.

"전하, 전쟁준비를 해야 됩니까?"

마리오크가 묻자 바이만이 머리를 저었다.

"아니, 아직 아니다."

"몽골군이 세르갈에 정착한다고 합니다. 그럼 전쟁은 아직 멀었습니까?"

"내가 쿠추의 전술을 안다."

걸음을 뗀 바이만의 얼굴이 굳어졌다. 바이만은 45세, 10년간 서역의 콘스탄티노플에 왕자 유학을 다녀온 후에, 부친의 뒤를 이어 왕위에 올랐다. 동서양의 역사에 박식했고, 콘스탄티노플에 머물 때 서쪽 끝까지 여행해서 견문을 넓히기도 했다. 마리오크의 시선을 받은 바이만이 말을 이었다.

"병력의 손실을 최대한 줄이고 자신이 직접 적진의 심장부에 들어가 수뇌를 제거하는 방법을 쓴다. 한족 중원 무림의 고수 출신다운 수단이지, 아주 독특한 전법이야."

다시 쓴웃음을 지은 바이만이 매어놓은 말 등에 올랐다. 바이만이 말고삐를 당겨 걸음을 떼었고 옆에 붙은 마리오크를 보았다.

"마리오크, 네가 타르산에 다녀오도록 해라."

"타르산에 말씀입니까?"

눈을 크게 떴던 마리오크가 곧 어깨를 늘어뜨리더니 목소리를 낮췄다.

"예, 가지요. 전하."

"사힐리스를 만나 암살단 정예 요원들이 필요하다고 전해라."

"예, 전하."

"히사치가 이끄는 정예가 필요하다."

"예, 전하."

"가격은 부르는 대로 다 주겠다고 해라."

"목표는 누구입니까?"

그러자 바이만이 이 사이로 말했다.

"쿠추와 그 측근."

바이만의 얼굴에 웃음이 떠올랐다.

"내가 쿠추의 수법을 역이용하려는 것이다."

타르산은 무슬림 제국의 이단자들인 암살자들이 모여 사는 곳이다. 암살자로 태어나서 암살자로 죽는 자들이며 개개인이 아이였을 때부터 암살 훈련을 받는다. 따라서 온갖 암기에 통달하고 체력이 출중해야만 한다. 어렸을 때 유약한 아이는 미리 죽여서 강한 유전자를 남겼기 때문에 타르산의 암살자들은 공포의 대상이다. 수장(首將)은 사힐리스, 휘하에 1천여 명의 암살자를 보유하고 있었는데 그들은 서역 각 지역에 용병으로 타르산 암살대의 명성을 높였다. 사힐리스의 암살대는 제 목숨을 버리면서 상대를 제거하는 것으로 유명했다. 지금까지 목표를 놓쳐본 적도 없다는 것이다.

세르갈은 언제 왕조가 뒤집혔느냐 하는 것처럼 예전의 평온을 되찾았다. 아니, 전보다 더 주민들은 여유가 생겼다. 조세가 절반 이상 탕감되었을 뿐만 아니라 흔한 부역도 일어나지 않았다. 각 지방 영주로 부임한 몽골군 장수들이 전(前) 영주처럼 주민 위에 군림하지 않았기 때문이다. 따라서 두 달이 지났을 때 세르갈 백성들은 정복자 몽골군이 계속해서 세르갈을 지배해주기를 바랐다. 벌써부터 서너 곳에서 주민들이 집단으로 진정서를 작성하고 있다는 것이다.

"전하, 이곳에서 1,2년 묵으시면서 가족을 부르시는 것이 어떻겠습니까?"

코르치가 그렇게 물었을 때는 집단 진정서를 받은 후였다. 청에 모인 장군, 관리들도 웃음 띤 얼굴로 김산을 보았다.

"네 생각은 어떠냐?"

김산이 불쑥 물은 상대는 유크리의 아들 아도트다. 아도트는 치상 계곡에서 8만 군사를 수습한 채 어쩔 줄 모르고 있던 유크리를 설득하여 귀성한 공로가 있다. 아도트가 김산을 보았다.

"전하, 세르갈은 서쪽으로 마칸디와 반투에 막혀 마치 우물 안 같았습니다."

아도트는 25세, 건장한 체구에 용모도 수려한 청년 장군이다. 김산은 시선만 주었고 아도트의 말이 이어졌다.

"이제 전하께서 동쪽 토번을 정벌하시어 숨통이 트였으니 세르갈을 기반으로 마칸디와 반투를 정복하시면 이제 대국의 기초가 될 것입니다."

김산의 얼굴에 웃음이 떠올랐다. 그렇다. 4개국만 병합한다고 해도 고려 땅의 열 배는 될 것이다. 그때 아도트가 다시 말했다.

"소신이 선봉을 서겠습니다. 마칸디와 반투를 장악하면 조르지 토후국은 저절로 무너지게 될 것입니다."

"그만해라."

머리를 끄덕인 김산이 의자에 등을 붙였다.

"네 기개에 내가 눌렸다."

청 안에 낮은 웃음소리가 덮였다. 김산은 세르갈의 관리, 장군 대부분을 수용했는데 정복군에 대해 반감을 가진 자가 드물었기도 했지만 투항자는 그대로 임용한다는 몽골 정복군의 전통을 따른 것이다. 그때 여전히 대장군직을 갖고 있는 하자트가 입을 열었다.

"전하, 마칸디에 반투의 사신이 다녀갔다는 정보가 있습니다."

"나도 들었다."

213

"양국이 동맹을 맺을지도 모릅니다."

"쳐들어오지는 못 할 것이다."

"하지만……."

"기다리고 있으면 상황이 변할 것이야."

김산이 웃음 띤 얼굴로 장수, 관리들을 보았다.

"이제 그들도 내 전략을 모두 외우고 있을 터, 대책을 세울 것이다."

내실로 돌아온 김산 앞으로 하드리가 다가왔다. 고다드성에 입성한 후에 가장 기세를 부리는 여자가 있다면 하드리일 것이다. 본래 쿠지란의 넷째 왕자 신트라의 유모 딸이었던 하드리는 토번 국경의 가잔성주 바솜의 셋째 부인이 되었다가 김산을 만나 금의환향을 한 셈이 되었다. 고다드성을 점령하는데 하드리의 동생 카이스의 공도 있었기 때문이다.

"전하, 드릴 말씀이 있습니다."

이제 세르갈 예복을 입은 하드리의 몸은 터지기 직전의 복숭아 같다. 교태를 부리며 다가온 하드리가 앞에 무릎을 꿇었다. 한쪽 무릎을 일부러 세우고 앉아서 안쪽 치부가 보일락 말락 했다. 서른여덟의 원숙한 몸이다.

"무슨 일이냐?"

"제 동생을 장군으로 올려주시지요."

하드리가 번들거리는 눈으로 김산을 보았다.

"군수부장 요키리가 아직도 위세를 부리고 있다고 합니다. 그 요키리의 누이동생이 지금 이곳에 있기 때문입니다."

"이곳이라니?"

"예, 쿠지란의 후궁이었기 때문에 이곳에 남아 있습니다."

그때 김산이 소리 내어 웃었다. 이제 하드리가 김산의 후궁이 되었기 때문에 카이스가 중용되어야 할 순서인 것이다. 하드리가 웃는 뜻을 알아차린 듯 얼굴을 붉히고는 시선을 내렸으므로 김산이 부드럽게 말했다.

"카이스는 우리 선봉대를 안내해준 공이 있다. 그래, 무슨 장군이 되고 싶다더냐?"

"요키리 자리에 앉고 싶답니다."

"요키리 윗자리를 주지, 카이스는 군수담당 대장군이다."

하드리가 숨을 들이켜더니 주르르 눈물을 쏟았다.

"감사합니다, 전하."

"코르치에게 내일 지시하겠다."

하드리의 공도 컸으니 그만하면 적당하다.

마칸디의 재상 자톤이 사신으로 왔을 때는 김산이 지방 순시를 하는 중이었다. 그래서 자톤은 고다드성에서 사흘을 기다리다가 김산 앞으로 불려갔다. 청에는 몽골군과 세르갈군의 장군, 관리들이 가득 차 있었는데 정복자 쿠추는 앞쪽 단 위의 왕좌에 앉아 자톤을 맞았다. 10보 앞에 멈춰선 자톤이 무릎을 꿇고 말했다.

"마칸디의 재상 자톤이 위대하신 정복왕 쿠추 전하께 인사드립니다."

김산은 시선만 주었고 자톤의 말이 이어졌다.

"전하, 마칸디왕 포르타는 전하의 원정군께 적극 협조할 의향이 있다고 말씀하셨습니다. 원정군이 필요한 군마와 인력까지 제공해드릴 것입니다."

파격적이다. 이것은 복속한다는 뜻이나 같다. 그때 김산이 물었다.

"마칸디에 반투의 사신이 왔더냐?"

"예, 전하."

자톤이 바로 대답했다.

"동맹을 제의했지만 마칸디왕 포르타는 거부하고 저를 사신으로 전하께 보낸 것입니다."

"그렇다면 내가 반투를 정벌할 시에 마칸디가 선봉을 맡을 수 있는가?"

"아직 대답을 드릴 수는 없으나 거부할 리는 없을 것입니다."

"내가 세르갈에 정착한다는 소문은 들었을 터, 그렇게 되면 마칸디도 위험하지 않겠느냐?"

자톤의 이마에 땀이 배어 나왔다. 자신이 답변할 한계를 넘어서고 있다.

"전하, 마칸디는 약소국으로 전쟁은 원하지 않사옵니다. 왕조를 지키려면 가능한 한 최선을 다할 것입니다."

"잘 왔다."

마침내 김산이 부드러운 표정으로 말했다.

"너는 머리가 명석하고 언어에 능통하다고 들었다. 며칠 묵으면서 네 이야기를 듣자."

자톤은 숨을 들이켰다. 자신의 신상을 파악하고 있는 것이다.

사힐리스는 55세로 타르산 암살대로 불리는 무슬림 전사단 수장

216

이 된 지 22년째다. 짙은 수염으로 뒤덮인 얼굴에 검은 눈동자가 항상 번들거리고 있어서 섬뜩한 인상을 주었고 목소리에도 쇳소리가 섞여 있다. 그래서 별명이 '까마귀 귀신'이다. 까마귀는 시체를 찾아오는 흉조인 것이다. 사힐리스가 앞에 앉은 마리오크를 보았다. 무표정한 얼굴에 두 눈만 번들거리고 있다.

"원정군 이야기는 들었소. 사령관이 고려인 쿠추라고 했지?"

"그렇습니다."

마리오크는 서역인으로 체격이 컸다. 30대의 건장한 체격으로 검투사 10여 명을 호위병으로 인솔하고 왔다. 사힐리스가 말을 이었다.

"왕께서 나한테 고려인 쿠추를 없애기 위한 암살대를 원하시는군요, 그렇지요?"

"그렇습니다."

먼저 상대방이 집어내는 터라 마리오크는 대답만 했다. 사힐리스가 수염 속에 감춰진 입술을 벌리면서 웃었다.

"난 좀 비싼데, 알고 있소?"

"압니다."

"쿠추를 없애면 원정대는 움직이지 못 할 거요. 그럼 세르갈에 머물고 있는 장졸들 사이에 분란이 일어날 것이고 곧 떠나게 되겠지."

사힐리스가 지그시 마리오크를 보았다.

"장군, 나에게 전사 몇을 빌리려고 왔습니까?"

"히사치가 이끄는 정예 10명이오."

"히사치가 적격이지. 가장 능력을 발휘할 수 있는 시기요."

머리를 끄덕인 사힐리스가 말을 이었다.

"하지만 쿠추는 무공의 대가요. 지금까지 한 번도 패한 적이 없는

217

전설적인 무림인이기도 하오."

"패한 적도 두어 번 있다고 들었습니다."

"허나 그때마다 강해져서 나타났소, 수만 리 떨어져 있었어도 나는 다 듣고 있습니다."

사힐리스가 말을 이었다.

"정예 50명을 데려가시오. 그리고 그 대가는 세르갈 왕성인 고다드성과 그 주변의 6성을 주시오."

마리오크가 한동안 사힐리스를 보았다. 엄청난 대가다. 그러나 이것은 내가 쥐고 있는 자산이 아닌 것이다. 이윽고 마리오크가 대답했다.

"전하의 승낙을 받으면 바로 전령을 보내지요."

"아마, 승낙하실 것이오."

다시 수염 속의 입안을 드러내며 웃으면서 사힐리스가 말을 이었다.

"남의 돈을 준다는 계약이니 말이오."

"그렇다면 쿠추가 죽으면 세르갈을 우리 반투국이 점령하게 된다는 말입니까?"

"그때는 내가 길 안내를 할 테니까요."

웃음 띤 얼굴로 사힐리스가 마리오크를 보았다.

"무주공산이 된 세르갈에 반투가 먼저 진입해야 되지 않겠소? 마칸디의 포르타가 약삭빠르게 선수를 치기 전에 말이오."

타르산은 분지 위에 솟아난 석산으로 규모가 사방 1백여 리에 이르렀고 높이는 1만 자(3,000미터)에 달한다. 수백 개의 골짜기가 바로

218

요새 역할을 해서 능히 군사 한 명으로 공격군 1백 명을 맞을 만했다.

무슬림 전사들은 극단적인 금욕주의자들이기도 했지만 종파의 번 영을 위한 세력 확장에는 적극적이다. 용병 사업도 그 일환이다. 무 슬림 전사들의 꿈은 자신들의 제국을 세워 종파의 교리를 만방에 펼 치는 것이다.

히사치가 사힐리스의 동굴 안으로 들어섰을 때는 저녁 무렵이다.

"교주, 반투의 사신은 돌아갔습니까?"

히사치가 묻자 사힐리스가 머리를 끄덕였다. 앞쪽에 앉은 히사치 가 다시 묻는다.

"이번 몽골원정군에 대한 일이지요?"

"그렇다. 너를 고용하고 싶다고 했다."

히사치가 빙긋 웃었다. 히사치는 콧수염만 기른 잘생긴 용모다. 검 게 탄 피부는 윤기가 났고 넓은 어깨에 7척 장신의 체격이다. 석궁을 쏘면 2백 보 거리의 새도 맞췄고 검술과 창술, 기마술의 달인이다. 암 기에도 능통해서 1백여 가지의 독극물을 자유자재로 응용했으며 특 히 암습의 귀재다.

히사치가 살해한 요인 대부분은 암습과 암기에 의해 당한 것이다. 히사치의 명성이 서역을 뒤덮은 이유가 바로 암습과 암기 때문이다.

"내 값어치는 비싸다고 하셨겠지요?"

"대가로 세르갈의 왕성과 주변 6개 성을 내라고 했다."

"그렇다면 우리도 왕국을 세울 수 있습니다, 교주."

"네가 몽골 사령관 쿠추를 없애면 그렇게 된다."

사힐리스가 웃음 띤 얼굴로 말을 이었다.

"모두 네 손끝에 달려 있다, 히사치!"

"어려운 일이지요, 교주."

"너는 내 후계자 아니냐? 우리는 새로운 무슬림 왕국을 세워야 한다."

사힐리스의 두 눈이 다시 번들거렸다.

"그것이 마호메트의 계시다."

"자톤, 이 세상이 얼마나 넓은지 아느냐?"

말고삐를 놓은 김산이 앞쪽 지평선을 바라보며 물었다. 이곳은 고다드성 서부 쪽 60여 리 떨어진 초원, 사냥을 나온 김산이 자톤을 데려온 것이다.

"예, 수천 리 떨어진 서북방에도 가본 적이 있습니다."

자톤이 대답하자 김산의 눈이 가늘어졌다.

"나는 콘스탄티노플에서 예루살렘까지 배로 남하한 적이 있다."

자톤은 소리죽여 숨을 삼켰다. 서역 땅에서 사는 자신도 가본 적이 없는 곳이다. 김산이 말을 이었다.

"왕들은 서로 영토를 늘리려고 전쟁을 했지. 성지를 되찾겠다는 명분을 내세웠지만 모두 왕과 귀족, 종교 지도자들의 욕심 때문에 병사와 주민이 희생되었다."

김산이 머리를 돌려 자톤을 보았다.

"나는 지금까지 거의 병사들의 전면전을 치르지 않고 왕국을 정복했다. 그런데 이번에는 그렇게 되지 않을 것 같다."

감히 입을 열지 못하고 눈만 크게 뜬 자톤에게 김산이 물었다.

"반투왕 바이만은 누구를 의지할 것 같으냐?"

"저희들 마칸디 왕국은 아닙니다, 전하."

"그럼 주변의 토후국일까?"

"토후국들과는 거의 왕래가 없습니다."

"그럼 혼자 싸운단 말이냐?"

그때 자톤이 머리를 들고 김산을 보았다.

"전하, 타르산 암살대를 들어보셨습니까? 무슬림 용병국이라고도 합니다만."

"들어 보았다."

"반투국 서방에 위치한 무슬림 극단주의분파 전사들인데, 서역에까지 용병단을 보내는 무리들입니다."

"······."

"그자들은 요인 암살, 왕가 전복의 용역까지 받아서 세력을 넓혀 왔는데 150년이 넘는 역사를 지닌 집단입니다."

"······."

"반투왕 바이만이 그들에게 용역을 주었을 수도 있습니다, 전하."

"나도 그동안 반투와 마칸디, 주변국들의 내성에까지 밀정을 침투시켜 놓았다. 내가 세르갈에서 이처럼 사냥만 하고 있었던 것이 아니다."

자톤에게 머리를 돌린 김산이 빙그레 웃었다.

"네 말대로 바이만이 사힐리스에게 위사장 마리오크를 파견했다. 아마 지금쯤 마리오크가 타르산을 떠났을 것이다."

그 시각에 세르갈과 반투의 국경 지대인 스취강 줄기를 따라 5백 여 기의 기마군이 지나고 있다. 반투의 기마군이 국경 순찰을 하고 있는 중이다. 1백여 보 폭의 강 건너편이 세르갈 영토였고 그곳의 세르갈군은 한 달쯤 전부터 보이지 않는다. 몽골군에 의해 점령당했기 때문이다. 그러나 반투의 국경 수비군은 오히려 더 긴장하고 있다. 나흘에 한 번씩의 순찰을 하루에 한 번으로 늘렸고 병력도 배로 증강시킨 상태다.

"몽골군은 달리면서 활을 쏜다지만 그건 집단으로 공격할 때야."

앞장선 기마 순찰대장 하이든이 말했다. 하이든은 21세, 귀족 가문으로 두 달 전에 동부 국경의 제2기마군단 소속 부장으로 첫 보직을 받았기 때문에 공명심에 부풀어 있다. 하이든이 옆에서 속보로 걷는 부관에게 말을 이었다.

"내가 서역에서 몽골 기마군을 만난 상인한테서 들었어. 몽골 활은 짧아서 사정거리도 200보가 안 된다는 거야. 우리들의 석궁보다 약하지."

그때 뒤쪽에서 웅성거리는 소리가 들리더니 곧 장교 하나가 외쳤다.

"대장, 몽골군이오!"

놀란 하이든이 옆을 보았다. 세르갈군이 아니라 몽골군이라고 외친 것이다. 과연 강 건너편 줄기를 따라 10여 기의 기마군이 달리고 있다. 1백여 보 거리여서 말과 기마인이 뚜렷하게 드러났다. 머리에는 둥근 모자를 썼고 가슴 갑옷은 가슴만 가렸다. 그리고 말도 작아서 망아지 같다. 몽골군을 처음 보는 하이든의 얼굴에 저절로 웃음이 떠올랐다.

"저건 어린애가 조랑말을 타는 것 같다."

하이든이 소리치듯 말하자 뒤에서 달리던 기마군에서 웃음소리가 일어났다. 더구나 10여 기 뿐인 것이다. 이제 몽골 기마대는 강을 사

222

이에 두고 이쪽과 나란히 달리고 있다. 조랑말도 잘 달린다. 그때 하이든이 소리쳤다.

"어이, 우리 반투 기마군의 속도를 보여주자!"

그리고는 하이든이 말에 박차를 넣자 다리가 긴 서역말이 내달리기 시작했다. 뒤를 따라 5백 기마군이 질풍처럼 달리고 있다. 그때 옆으로 다가온 부관이 소리쳤다.

"대장! 저놈들이 활을 겨눕니다!"

그때였다. 부관의 얼굴에 화살이 박히더니 반대편으로 나왔고 눈에 살이 박힌 하이드은 말에서 떨어졌다. 몽골군의 장난감 화살에 맞은 것이다.

"와앗!"

강 건너편의 몽골군이 함성을 질렀다. 갑자기 대장과 부관이 동시에 살을 맞아 떨어진 바람에 기마군의 선두가 멈춰 섰지만 뒤쪽 기마군은 그대로 밀려왔다. 순식간에 강가는 뒤죽박죽이 되었다. 말 떼가 울부짖고 밟혀 넘어졌으며 부상자도 속출했다. 건너편 몽골 기마군이 멈춰 서서 그 꼴을 보더니 곧 말 머리를 돌려 동쪽으로 사라졌다.

제2기마군단장이 그 소식을 들은 것은 한식경쯤이 지난 후였다. 기마군단장 사이론은 52세, 신중한 성품으로 반투왕 바이만의 신임을 받는 인물이다. 휘하에 기마군 2만5천을 거느리고 있는 터라 동부 국경 방어의 최전선 사령관 역할이다.

"몽골 기마군이 몇 명이었다고?"

사이론이 소리쳐 묻자 장교가 어깨를 늘어뜨렸다.

"예, 1백 기 정도였습니다."

10기가 10배로 늘어났다. 자고로 패한 쪽은 상대방 전력을 늘리는 것이 진리나 같다. 그래야 진 쪽 체면이 서기 때문이다. 그러나 사이론이 눈을 부릅떴다.

"병신들, 5백 기로 1백 기의 몽골군에게 당했단 말이냐!"

10배를 늘렸어도 이런다. 호흡을 가는 사이론이 곧 머리를 돌려 휘하 장수들을 보았다.

"몽골군의 동태를 파악해야겠다. 정찰대를 보내라!"

사이론의 명령이 이어졌다.

"왕성에도 전령을 보내겠다. 전령을 부르라!"

비록 한바탕의 화살로 순찰대장까지 포함한 셋이 죽고 이십여 명이 부상을 입었지만 몽골군과의 싸움에서 첫 희생자가 난 것이다. 보고 안 할 수가 없다.

마리오크가 돌아간 지 엿새 만에 전령이 달려와 사힐리스의 제안을 승낙한다는 반투왕 바이만의 친서를 전달했다. 이로써 사힐리스는 타르산 암살대 역사상 가장 큰 계약을 하게 되었다.

"이번 일은 예전과 다르다."

히사치가 골라 뽑은 정예 55인을 모아놓고 말했다. 타르산 안쪽의 큰 동굴 안이다. 한낮이었지만 동굴 안은 횃불을 밝혀놓아서 사내들의 모습이 기괴하게 드러났다. 모두 평범한 인상이었지만 암살과 무공의 고수다. 걸음을 걷기 시작했을 때부터 살인 기술을 습득한 살인 병기다. 히사치가 말을 이었다.

"목표는 몽골군 사령관 쿠추와 지휘관급의 암살이다. 이번 작전

224

으로 우리는 타르산 동굴을 떠나 거대한 성을 가진 왕국의 장수들이 될 수가 있다."

히사치가 암살대를 둘러보았다. 얼굴에 웃음이 떠올라 있다.

"150년 만에 이 음습한 동굴을 떠나는 거야. 그곳에서 새 역사를 쓰게 된다. 그것이 모두 너희들의 업적이다."

타르산에는 1만여 명의 남녀가 거주하고 있는 것이다. 모두 교주 사힐리스의 지배하에 철저한 금욕 생활로 바깥세상과 단절되어 있다. 암살대의 표정을 본 히사치가 얼굴을 펴고 웃었다.

"내 생각도 너희들과 같다. 우리는 새 세상에서는 다르게 살아야 한다."

"아도트, 군사를 아껴라."

김산이 말하자 아도트가 머리를 숙였지만 대답하지는 않았다. 말 뜻을 이해하지 못한 표정이다. 김산이 말을 이었다.

"가능한 한 접전을 피하되 꼭 필요한 싸움에서는 먼저 기선을 제압하도록 해라."

"예, 전하."

그때서야 아도트가 굳어진 얼굴을 펴고 대답했다. 아도트는 세르갈 기마군 2만을 이끌고 반투 국경을 돌파하려는 것이다. 반투의 제2 기마군단이 방어하는 지역이다. 아도트는 몽골원정군의 선봉 역할이다. 고다드성의 정청에는 수백 명의 장군, 신하들이 모여 있었는데 오늘 아도트의 출정을 보려는 것이다. 다시 김산이 말을 이었다.

"반투 국경 안으로 진입하되 술란성을 탈취하면 그곳을 기점으로 주변을 굳히도록. 그것이 네 역할이다."

"예, 전하."

머리를 숙여 보인 아도트가 몸을 돌렸다. 출정이다. 세르갈의 재상 유크리의 아들 아도트가 이제는 몽골원정군의 장군이 되어서 반투국을 공략하는 것이다. 아도트가 축하의 말을 던지는 장군, 귀족들의 사이로 걸어 청을 나가고 있다. 그때 아도트의 뒷모습을 보고 있던 김산의 옆으로 참모장 코르치가 다가와 섰다.

"전하, 이번 반투 공략은 전(前) 왕국과는 다르게 될 것 같습니다."

"그렇군."

김산이 머리를 끄덕였다.

"마칸디가 자톤을 보내 협력을 자원했지만 믿을 수는 없어."

"그렇습니다."

코르치가 목소리를 낮췄다.

"자톤이 이곳에 머물면서 탐색한 정보를 모두 보고했을 것입니다."

자톤은 열흘이나 머물렀는데 김산이 그렇게 만들었기 때문이다. 출입도 자유롭게 해주어서 자톤은 고다드성 안을 마음대로 오갈 수도 있었다. 머리를 든 김산이 코르치를 보았다.

"코르치, 이번 반투, 마칸디 돌파는 격전이 될 것 같소."

"타르산 암살대 때문입니까?"

코르치만큼 수많은 역전을 치른 노장도 드물 것이다. 말년에는 구타이의 참모장이 되어 변방으로 쫓겨 다녔으니 그만큼 경험도 축적되었다. 김산이 머리를 끄덕였다.

"반투왕 바이만이 사힐리스에게 제의를 했을 것이고, 사힐리스 또한 기꺼이 승낙했을 거야."

"타르산 암살대는 기습, 암살이 전문입니다. 군사로 막을 수가 없습니다.

코르치가 정색하고 김산을 보았다.

"암살대를 막아낼 절정 무공을 갖춘 장수는 전하와 대장군 비호수뿐입니다."

"놈들이 성에 닿기 전에 잡아야 돼."

"아도트의 진출이 그 첫 순서가 되겠지요."

심호흡을 했던 코르치가 어깨를 폈다. 어느덧 장군, 대사들이 이쪽을 향하고 있었기 때문이다. 김산이 그들을 향해 말했다.

"모두 물러가라."

"고다드성까지는 1천4백 리, 모두 열흘 후에 성 안에서 모이기로 한다."

히사치가 대원들을 둘러보며 말했다.

"각 조장은 차질 없이 임무를 수행하도록. 자, 출발하라."

이른 아침, 인시(오전 4시) 무렵이어서 아직 해도 뜨지 않았다. 히사치의 말이 끝나자 각 조는 제각기 동굴을 나갔는데 모두 11개 조(組)가 된다. 히사치 또한 5명의 수하를 이끌고 있었는데 지휘부다. 각 조는 조장까지 포함해서 5명인 것이다. 맨 나중에 동굴을 나온 히사치가 말에 올랐을 때 부장(副將)역할을 맡은 유바트가 말했다.

"대장, 가는 도중에 비를 만날 것 같소."

"그렇군, 마코도 지역에 비가 내리는 계절이다."

말고삐를 채면서 히사치가 말을 이었다.

"가탄강의 수위가 높아지면 강을 건너기가 힘들겠다."

227

여섯 필의 말이 속력을 내어 골짜기를 달려 내려갔다. 먼저 달려 간 5인조 무리 하나가 앞쪽에 꽁무니를 보이고 있다. 히사치가 옆을 따르는 유바트를 보았다.

"내가 지금까지 수백 명을 죽였지만 가장 상대하고 싶었던 놈이 쿠추였다."

말을 달리면서 히사치가 이를 드러내고 웃었다.

"동방, 서방을 막론하고 쿠추의 명성이 진동을 했다. 콘스탄티노플, 폴란드에도 쿠추의 이름을 모르는 자가 없었고……."

어느덧 히사치의 눈빛이 강해졌다.

"절정 무공의 보유자, 불사신, 괴물, 도살자, 이제는 천하무적 정복자로 이어지는 그놈의 명성을 내가 깨뜨린다면……."

히사치가 말을 멈추자 유바트가 대신 말을 이었다.

"대장이 그 명성을 옮겨 받으시는 것이오. 아니, 그 이상의 영예가 올 것이오."

"세르갈군이?"

버럭 소리친 바이만이 전령을 노려보았다. 제2기마군단에서 보내온 전령이다.

"예, 주장(主將)은 세르갈 장군 아도트, 기마군 2만입니다."

전령이 소리쳐 보고했으므로 오가논성의 정청은 숨소리도 들리지 않았다. 드디어 전쟁이다. 그런데 예외다. 몽골군이 아니라 세르갈군이 침입한 것이다. 그래서 바이만이 이 사이로 물었다.

"후속 부대는 없느냐?"

"없습니다, 전하."

숨을 가눈 전령이 말을 이었다.

"사령관께서는 후속군은 따르지 않았다고 하셨습니다. 다만……."

"다만 무엇이냐?"

"세르갈군 2만이 술란성을 향해 진군하고 있는 것이 괴이하다고 하셨습니다."

"술란성으로?"

"예, 제2기마군단과 대결을 피하려는지 북방의 술란성으로 향하고 있습니다."

바이만의 시선이 마리오크와 마주쳤다. 청 안이 조용해졌다. 술란성은 반투국 동북방의 외진 성이다. 반투국 왕성인 오가논성과는 반대 방향이 된다. 왜 변두리로 옮겨가는가? 바이만이 숨을 들이켰다. 술란성 서북쪽은 타르산으로 통하는 길인 것이다. 타르산에서 세르갈로 가려면 술란성 영역을 통해야만 한다. 그때 바이만이 어금니를 물었다가 풀었다.

"사이론에게 전해라, 당장 북상해서 놈들을 격파하라고."

"예, 전하."

바이만의 시선이 아래쪽에 서 있는 대장군 부르크스에게로 옮겨졌다.

"제1기마군단에게 전령을 보내 제2군단의 빈자리를 메우도록 해라."

"예, 전하."

"그리고 중부군에게 제1기마군단의 자리를 맡으라고 해라."

바이만의 명령이 일사불란하게 내려졌다. 예상하고 있었던 대비책이다. 다만 몽골군대신 세르갈군 2만이었고 후속부대가 없는 것이다를 뿐이다. 다시 바이만과 마리오크의 시선이 마주쳤다. 쿠추가 타르산 암살대의 움직임을 눈치채고 있단 말인가? 둘의 시선은 그것을 나타내고 있다.

아도트가 눈 앞에 펼쳐진 술란성을 지그시 보며 서 있다. 신시(오후 4시) 무렵, 술란성은 평지에 세워진 석성으로 성벽높이는 20자(6m), 둘레가 7리(275m) 정도이며 성문은 2개, 성안의 병력은 기마군 3천, 보군 3천 정도로 예상되었다.

"장군, 성벽에 궁수늘을 배치시켜 놓았습니다. 수성할 섯 같습니다."

부장(副將) 코리진이 옆으로 다가와 말했다. 코리진은 40대 중반의 몽골장수로 5천인장이다. 이번 선봉군에 아도트의 부장으로 따라왔지만 참모장 역할이다.

"부장, 놈들을 끌어내는 수가 없겠소?"

문득 젊은 아도트가 솔직하게 묻자 코리진이 빙그레 웃었다.

"포차를 두 대 싣고 왔지요. 포차 두 대면 성문을 부술 수가 있습니다."

"난 포차를 보지 못했소."

"포차로 성문을 부수면 기마군을 진입시키시지요."

말 머리를 돌리면서 코리진이 말을 잇는다.

"대장께서는 선두에 서지 마십시오. 그래야 군사들이 끝까지 싸웁니다."

술란성주 가얀이 성루에 서서 다가온 기마군을 노려보았다. 거리

230

는 3백 보 정도, 기마군이 횡대로 늘어서 있었는데 아직 어떤 기척도 없다. 5백여 보 거리에서 조금씩 다가왔는데 동정을 살피려는 것인지 무력시위를 하는지 알 수가 없다.

"성주, 투석기 준비가 되었습니다."

옆에 선 부장이 말했으므로 가얀은 머리를 저었다. 아직 어둡지 않아서 날아오는 돌덩이를 모두 피할 것이다.

"저놈들이 도대체 뭘 하고 있는 거야?"

가얀이 혼잣소리로 투덜거렸을 때 그것을 듣기라도 했는지 기마군이 좌우로 벌려졌다. 그때 가얀은 이쪽으로 향해져 있는 두 개의 포신을 보았다. 저것이 무엇인가? 그때였다.

"꿍! 꿍!"

검은 구멍에서 풀썩 연기가 퍼졌다.

"쾅! 쾅!"

다음 순간 아래쪽 성문이 폭발했다. 성루는 위쪽으로 30보나 떨어져 있었지만 파편이 그곳까지 날아왔으므로 성주 가얀도 황급히 몸을 숙였다.

"아니, 이것이!"

엎드린 것이 무안한 가얀은 벌떡 일어서면서 화를 내듯 소리쳤을 때였다.

"꿍! 꿍! 쾅! 쾅!"

발사음과 폭음이 거의 동시에 들리면서 성문이 산산조각이 났다. 다시 엎드린 가얀이 이제는 가쁜 숨만 헐떡였을 때다.

"와앗!"

함성과 기마군의 말굽 소리가 함께 들렸다. 머리를 든 가얀은 몽골 기마군이 이쪽으로 달려오는 것을 보았다.

"아니, 저……."

"꿍! 꿍! 쾅! 쾅!"

다시 폭음이 울리면서 이번에는 가얀 일행이 서 있던 누각이 대폭발을 일으켰다. 폭발과 함께 몸이 찢겨져 허공으로 떠오른 가얀은 이미 이 세상 사람이 아니다.

히사치가 손에 쥔 검을 기름 헝겊으로 닦고 있다. 끝 부분이 초승달 끝처럼 휘어진 이 검의 이름은 '야광(夜光)', 칼날이 밤에 번쩍이기 때문이다. 이곳은 타르산에서 8백여 리 떨어진 카르카스 산맥의 골짜기 안, 히사치는 지휘조 5명과 함께 동굴 안에서 밤을 보내는 중이다. 자시(밤 12시)쯤 되었다. 동굴 밖에서는 비가 내리고 있다. 70여 리쯤 앞에 마코도 지역이다. 일 년의 절반이 우기여서 사방이 진창이 되고 폭이 넓어진 가탄강이 범람하여 물바다로 만들지만 나머지 반년 동안의 2모작 농사로 가장 윤택한 지방이기도 하다.

"대장, 중원의 무공 고수를 상대해 보셨습니까?"

옆에서 단검을 손질하던 부장 유바트가 묻자 히사치는 빙긋 웃었다. 모닥불에 드러난 눈이 번들거렸다.

"여러 명 상대했지, 각양각색이었다."

장검을 가죽 칼집에 넣은 히사치가 두 다리를 모닥불 쪽으로 뻗었다.

"권법, 검법, 창술이 제각각이었고 암기도 모두 달랐지만 허세가 많았다. 격식과 순서에 얽매여서 임기응변이 부족했지, 그러나 무시

232

하면 큰일 난다."

"쿠추가 둔갑술을 한다고 들었습니다."

"나도 들었다."

"어떻게 대하실 것입니까?"

"허세는 허세로, 진기(眞技)는 진기로."

히사치가 가슴에 손을 넣더니 어느덧 비수 세 자루를 꺼내 쥐었다. 한 뼘 길이의 비수가 손바닥 위에서 반짝였다.

"인간인 이상 허점이 있기 마련이야. 아마 쿠추는 바이만이 우리에게 요청을 한 사실도 짐작하고 있을 것이다."

"알고 있단 말입니까?"

"대비하고 있겠지."

"그, 그렇다면……."

긴장한 유바트를 본 히사치가 정색했다.

"그래서 내가 10개 조 조장들에게 각각 다른 지시를 내렸다."

"……."

"다른 조(組)의 이동로와 목표를 모르게 한 것이야."

"과연."

"나만 10개 조의 이동로를 파악하고 있다."

"쿠추하고 정면 대결은 피하시는 것이 낫지 않겠습니까?"

"당연하지."

히사치의 눈이 가늘어졌다.

"쿠추의 공력이 허명의 반만 되더라도 나는 당하지 못 할 테니까."

모닥불을 응시하며 히사치가 말을 이었다.

"뒤에서 죽이나 앞에서 죽이나 죽이는 건 같다. 죽는 놈이 뒤에서 찔려 죽었다고 원망하겠느냐?"

모닥불이 크게 일렁거렸다가 낮아졌다.

"비가 많구나."

김산이 밖을 내다보며 말했다. 깊은 밤, 이곳은 가탄강 동쪽 기슭에 위치한 민가 안이다. 강물이 불어나고 있어서 물소리가 들렸고 위쪽에서는 뭔가 무너지는 듯 땅이 흔들렸다.

"예, 곧 이곳까지 물이 차오를 것 같습니다."

비호수가 마당에 서서 말했다. 큰 삿갓을 썼지만 몸은 비에 젖었다. 어둠 속에서 비호수의 두 눈만 보였다.

"전하, 그럼 저는 북쪽으로 가겠습니다."

비호수가 말하자 김산이 머리를 끄덕였다.

"비호수, 이번에는 무공보다 머리싸움이야, 놈들 생각보다 빨라야 한다."

"명심하겠습니다."

"가거라."

김산이 말하자 비호수의 모습이 어둠 속으로 묻혔다. 그때 김산이 몸을 돌려 뒤쪽을 보았다.

"곽봉 있느냐?"

그 순간 뒤쪽으로 사내 하나가 소리 없이 다가와 한쪽 무릎을 꿇는다. 김산이 이끈 13만 대군 중 무공의 고수가 왜 없겠는가? 중원에서부터 출진한 7만 몽골, 한족 기마군중에서 무공인 출신 장교가 수백 명이다. 비호수가 지휘하는 위사대 1만에는 더 많았는데 그중에서 여섯을 추려 김산과 비호수가 각각 셋씩 거느렸다. 김산의 수하가 된 곽봉은 위사대 소속의 1천인장, 무당파 출신의 고수로 37세, 뜻한 바가 있어 무당파를 뛰쳐나와 작년에 몽골군에 자원했다. 처음에 10인장으로 들어왔다가 비호수의 눈에 띄어 1백인장이 되었다. 이번 원정군 위사대에 선발되었을 때는 김산의 눈에 띄어 1천인장으로 승진했다. 김산이 자질을 알아본 것이다. 김산이 말했다.

"이곳이 강을 건너올 요지 중 하나야, 네가 서천수와 진위혁을 데리고 나가 매복하고 기다려라."

"예, 전하."

곽봉의 두 눈이 번들거렸다.

"발견하면 죽입니까?"

"놈들이 대비하고 있을 것이다. 먼저 나에게 알려라."

"예, 전하."

곽봉이 어둠 속으로 묻히자 김산이 귀를 기울여 물소리를 들었다. 사방은 물 흐르는 소리와 빗발 떨어지는 소음으로 가득 차 있다.

"강폭이 1리(400m)가 조금 넘소."

유크가 말하자 자이도는 입맛을 다셨다.

"아침이 되면 폭이 더 불어나겠어."

"배도 없으니 통나무를 안고 건너야 되겠소."

앞쪽을 바라보던 유크가 말을 이었다.

"조장, 감시가 있다면 지금 건너는 것이 상책이오, 아마 다른 조들도 건너고 있을 거요."

"비가 그칠 것 같지가 않네."

투덜거린 자이도가 마침내 결심을 했다.

"모두 통나무 하나씩을 안고 건너되 통나무를 서로 잇는다. '고리
선'을 만드는 거다."

뒤에 서 있던 조원들이 흩어졌다. 자이도는 7조 조장이다. 네 명의
대원을 이끌고 조금 전에 가탄강 서안에 닿았는데 가장 강폭이 좁은
곳을 찾다가 이곳에 이른 것이다. 자이도도 숲으로 들어가 통나무를
찾으면서 투덜거렸다.

"이놈의 비는 석 달 동안 계속 내린다던데 도대체 어떻게 산단 말
인가?"

가탄강은 반투국을 동서로 가르면서 흐르는 대하(大河)로 주변 습
지는 엄청난 어획량을 가진 보고나 같다. 비가 연중 절반을 내리면서
홍수가 잦을 뿐이지 주민 생활은 풍족하다. 가탄강 서안의 구트 마을
도 풍족함을 누리는 마을 중 하나다. 산비탈에 위치한 마을 중심부
에 촌장 가하트의 저택이 자리 잡았는데 식구가 50여 명이나 되었다.
가하트의 부모와 아들 4형제가 모두 처자식을 데리고 함께 살고 있
었기 때문이다. 축시(오전 2시) 무렵, 잠이 들었던 가하트가 눈을 떴다.
뭐가 부서지는 소리가 들렸기 때문이다. 나무 받침대인 것 같다. 몸
을 일으킨 가하트가 서둘러 방을 나왔을 때 그 소리를 들었는지 두
아들이 제각기 방을 나왔다. 가하트는 50대 초반의 장년으로 아직도
사냥을 다니고 고기를 잡는다. 두 아들은 각각 20대와 30대 청년, 아
비를 닮아서 건장한 체격이다.

"이게 무슨 소리냐?"

어둠에 덮인 청에서 가하트가 소리쳐 물었을 때 이번에는 담장 부
서지는 소리가 났다. 그때서야 가하트가 소리쳤다.

"아, 배! 어떤 놈이 내 배를!"

담장 안쪽에 배를 옮겨놓았던 것이다. 15인이 탈 수 있는 대형 목선이다. 그 순간 두 아들이 밖으로 뛰쳐나갔고 대청 좌우의 방에서 아들과 부친, 며느리들까지 나왔다.

"불을 켜라!"

가하트가 소리치고는 밖으로 뛰어나갔다. 이곳이 높은 지대지만 배를 미끄러뜨리면 금방 강에 닿는 것이다. 누가 배를 훔쳐 가는가? 처음 있는 일이다.

"나온다!"

4조 조장 비아론이 이 사이로 말했다.

"토비, 넌 나하고 여기 남아서 저놈들을 막는다."

비아론이 머리를 돌려 막 아래쪽으로 돌려지고 있는 배를 보았다.

"샤트리! 너희들 셋은 배를 강으로 밀고가! 우리가 곧 따라가겠다!"

"예! 조장!"

대답한 샤트리가 배를 밀었고 둘이 양쪽에 붙어 힘을 썼다. 비아론의 옆으로 토비가 다가왔다. 이미 반월형 검을 빼 들고 있다.

"조장, 놈들이 옵니다."

과연 집안에서 뛰어나오는 사내들이 보였다. 짙은 어둠 속이었고 빗발도 줄기차게 내리고 있었지만 각각 손에 쥔 칼도 보였다.

"할 수 없군."

비아론이 혀를 찼다.

"토비, 나오는 놈들은 다 죽여라."

묶여 있는 배를 빼내려면 받침목을 부숴버리는 수밖에 없었던 것이다.

"이놈들!"

이제는 집안사람들도 끌려 내려가는 배가 보였기 때문에 흥분했다. 버럭 소리치며 배 쪽으로 달려가던 사내 하나가 두 손을 휘저으며 비명을 질렀다.

"아아악!"

토비가 내려친 칼이 뒤쪽 어깨에서 허리까지를 갈랐기 때문이다.

"으아악!"

이번에는 비아론이 내지른 칼이 두 번째 사내의 배를 깊숙이 찔렀으므로 비명은 더 커졌다.

"아악!"

세 번째 사내는 배가 갈렸다.

"으아아악!"

참살이다. 도살이나 같다. 어둠 속에서 앞도 잘 안 보이는 터라 기다리고 있던 암살자들의 살육을 당해낼 수가 없다. 마당으로 쏟아져 나온 촌장 식솔들이 짐승처럼 도살되고 있다.

"이쪽이 튀어나온 부분이라 강물의 흐름을 타고 떠내려오면 이곳에 걸리게 된다."

비호수가 말하자 마곡이 머리를 들었다. 40대의 마곡 또한 1천장, 한인으로 전진파의 고수였다가 몽골군에 투신한 인물이다. 비호수와는 3년 가까운 인연이 있어서 심복처럼 따른다.

"나리, 놈들도 그것을 알고 있으니 이곳에서 매복이 있을지도 모른다고 대비하지 않겠습니까?"

"그렇다."

비에 젖은 얼굴을 손바닥으로 쓸면서 비호수가 웃었다. 이제 삿갓
은 벗어 던졌다. 비호수는 마곡과 기선풍, 이공태 셋을 데리고 이곳
에 왔다. 마곡이 말을 이었다.

"이곳에 미끼 하나를 두고 나리께선 위쪽에 매복하시지요."

"그게 낫겠다."

"미끼는 소인이 하겠습니다."

마곡이 자원했으므로 비호수는 기선풍과 이공태를 데리고 더 상
류로 나아갔다. 오늘 밤은 비를 맞으며 고기를 잡는 셈이다.

"나리, 저기 뭔가 떠내려옵니다."

문득 뒤를 따르던 이공태가 말했으므로 걸음을 떼던 비호수가 숨
을 죽였다. 과연 강 중심부에서 희끗한 물체가 보인다.

통나무로 '고리선'을 만든 7조는 빠른 물살에 떠내려오면서 점점
서쪽 강변으로 붙었다. 빗발은 여전히 굵었고 칠흑처럼 어두운 밤이
다. 이제 서쪽 강변과의 거리는 1백여 보, 그때 부하 하나가 소리쳤다.

"저기 튀어나온 모서리가 보입니다!"

자이도도 보았다. 서쪽 강변에서 길게 튀어나온 부분, 그쪽과의 거
리는 50여 보, 자이도가 소리쳤다.

"힘을 내라!"

모두 짐을 메고 있는 데다 한 손으로 통나무를 잡은 상황이다. 나
머지 손으로 물을 휘젓지만 느리게 접근한다.

"스쳐가겠습니다."

강폭은 1리(400m) 정도지만 아래쪽은 더 넓다. 그렇게 되면 한없이 떠내려간다.

"자, 힘껏 저어라!"

자이도가 다시 소리쳤다. 전투보다 더 어렵다. 마치 적군에 둘러싸여 악전고투를 하는 것 같다.

"에이!"

'고리선'이 튀어나온 부분을 30여 보쯤 간격을 두고 스치고 지나자 자이도의 입에서 탄식이 터졌다. 이제 어둠 속에 서쪽 기슭은 보이지 않는다. 고리선은 다시 대해(大海)로 나온 것 같다. 그때 유크가 소리쳤다.

"조장! 하타가 보이지 않소!"

"하타!"

다른 조원이 부르는 소리가 들렸다.

"하타!"

"어떻게 된 거냐?"

자이도가 소리쳤을 때 하타 옆에 있던 조원이 대답했다.

"튀어나온 부분을 지날 때 갑자기 보이지 않았소!"

"이런 개 같은."

자이도가 욕설을 뱉었지만 어쩔 수 없다.

튀어나온 부분은 바위로 이루어진 작은 언덕이다. 그 바위틈에 몸을 붙이고 앉은 비호수의 부하 마곡이 활로 하타를 쏘아 죽인 것이다. 먹물 같은 어둠 속이었지만 30보 거리로 다가온 얼굴이 드러났기 때문이다. 이제 넷이 되어 떠내려가는 자이도의 조(組)를 보면서 마곡이 혼잣소리를 했다.

"다섯 놈이었군."

빗발이 더 굵어졌다. 마치 위에서 물을 동이로 쏟아 붓는 것 같다.

김산이 서쪽 강변을 따라 달리고 있다. 비는 그치지 않았고 강의 수위는 점점 늘어나는 중이다. 곽봉과 서천수, 진위혁은 강가에 매복하고 있어도 강변은 넓다. 비호수 조까지 여섯으로 막기는 역부족이다. 그래서 김산은 강변을 따라 달리면서 상황을 보는 것이다. 오늘밤처럼 비가 오는 날이 가장 도강에 유리하다. 아무리 경계를 철저히 해도 빠져나갈 틈이 있는 것이다. 20리쯤은 달렸을 때 강 복판에서 희끗한 물체가 보였다. 배다.

이 시간에 더구나 이런 악천후에 강을 건너는 것은 특별한 사연이 있는 무리일 것이다. 김산은 이제 흘러내리는 배를 따라 달려 내려가기 시작했다. 배는 키와 노를 이용해서 급물살을 타며 빠르게 강변에 닿는다. 김산은 비를 뚫고 달리면서 꽤 큰 어선에 탄 인원은 다섯이라는 것을 알았다. 그리고 절정의 공력을 갖춘 사내들이다.

"서둘러라!"

이제는 무슬림어도 들렸다. 김산은 무슬림어를 안다. 저놈들이야말로 타르산 암살대다. 이곳에서 무슬림어를 쓰고 강을 건너는 족속이 사힐리스의 수하 암살대가 아니면 누구겠는가?

"다 왔다! 기운 내라!"

선수에 선 사내가 다시 소리쳤다. 그런데 다섯 명뿐인가?

"서둘 것 없다."

241

마침내 히사치가 결론을 내었다. 발밑에는 가탄강이 굉음을 일으키며 흘러가고 빗발은 그치지 않는다. 축시(오전 2시)가 넘은 시각이다.

"비가 그치면 건너기로 하자."

발길을 돌린 히사치가 말을 이었다.

"오늘 밤에도 몇 개 조가 건너겠지만 한꺼번에 움직일 필요는 없어."

"대장, 낮에 건너면 눈에 띄기 쉽지 않겠습니까?"

옆을 따르며 유바트가 묻자 히사치가 머리를 끄덕였다.

"기습당할 확률은 적지."

"쿠추가 매복시켜 놓았을까요?"

"나 같았으면 매복시켰지, 이런 상황에서는 상대방 입장에서 생각하는 거다."

히사치의 눈빛이 강해졌다.

"이곳이 쿠추와 우리가 처음 부딪치는 장소가 될 거야."

'고리선'이 닿은 강변은 튀어나온 바위 언덕에서 5리(2km)나 떨어진 곳이었다. 그동안 거센 물살에 휩쓸려 물을 먹고 지친 7조 네 명은 기진맥진한 상태로 강가에 쓰러져 있다. 빗발은 그치지 않았고 주위는 아직도 짙은 어둠 속이다. 이윽고 자이도가 머리를 들고 말했다.

"자, 일어나자. 이제 비를 피하고 몸을 말리기로 하자."

몸을 일으킨 자이도가 옆쪽에 쓰러진 부하를 불렀다.

"부핀, 일어나라."

그 순간 자이도가 흠칫 상반신을 젖혔다. 피비린내가 맡아졌기 때문이다.

"유크!"

자이도가 버럭 소리쳤다. 무의식중에 허리에 찬 칼을 잡으려고 했지만 보따리에 감아 놓았다는 것을 떠올리고는 손을 뻗었다. 그때 비명이 울렸다. 화살을 맞았다.

"으악!"

옆쪽 부하의 비명이다. 기진맥진한 상태로 엎드려 있다가 당한 것이다. 그때 보따리에서 겨우 칼을 꺼내 쥐었던 자이도가 눈앞에 희끗한 물체가 나타난 것을 보았다. 사람이다.

"에잇!"

혼신의 기력을 다 짜낸 자이도가 뛰어올랐다. 그러고는 칼을 힘껏 내리쳤지만 헛칼질이었다. 그 순간이었다.

"탁!"

자이도는 뒤통수에 강력한 타격을 받은 채 엎어지며 의식을 잃었다. 그때 땅바닥으로 내려선 비호수가 옆으로 다가온 기선풍과 이공태에게 말했다.

"이놈만 살려 끌고 가고 나머지는 모두 강에 띄워라."

강에 띄우면 시체는 하류로 흘러가 바다로 사라질 것이다. 자이도의 7조는 작전 중 가장 먼저 소멸되었다. 조원 넷이 죽고 조장이 생포된 것이다.

배가 모래사장에 기울어지며 닿았을 때 4조 조장 비아론이 소리쳤다.

"배를 버리고 나가자!"

조원들이 일제히 뛰어내렸고 비아론도 뒤를 따른다.

"아마 우리가 가장 먼저 강을 건넜을 거야."

강변에서 벗어나면서 비아론이 조원들에게 소리쳐 말했다. 4조 다섯 명은 모두 한 무리가 되어 달리고 있다. 우선 비를 피해야 한다.

"이놈의 비, 지긋지긋하다."

어둠 속을 달리면서 비아론이 소리쳤다. 앞쪽의 숲이나 동굴이나 어디라도 좋다. 비만 피할 수 있다면 아무 곳이나 들어갈 작정이다.

"조장! 앞쪽에 민가가 있소!"

앞장서 달리던 토비가 소리쳤다. 과연 언덕 위에 민가 한 채가 희미하게 보인다.

"됐다! 저곳으로!"

비아론이 내달리며 부하들을 둘러보았다.

"기운 내라!"

김산이 다섯 사내가 들어간 집을 올려다보았다. 강을 건너는 뱃사공의 집이었는데 쪽배를 엎어 놓고 뱃사공의 식솔들은 산속의 움막으로 피신을 했다. 우기에는 뱃삯을 내고 강을 건너는 손님이 없기 때문이다. 다섯 사내는 빈집에 들어가 몸을 말릴 것이다. 한동안 뱃사공의 집을 바라보던 김산이 몸을 돌렸다. 사힐리스의 암살대. 이제 진면목을 보았다.

김산이 민가로 돌아왔을 때는 인시(오전 4시) 무렵이다. 빗발은 조금 가늘어져 있지만 강물 수위는 더 불어났다. 상류의 물이 강으로 쏟아져 몰리고 있는 것이다. 홍수는 비가 그친 후에야 일어나는 법이다.

"전하, 포로를 잡았습니다."

기다리고 있던 비호수가 말했다.

"통나무를 묶어 고리를 만들어 강을 건너던 놈들이었는데 다섯이 1개 조였습니다. 그중 조장을 잡았고 나머지는 다 죽였습니다."

김산이 마루 구석에 꿇려놓은 사내를 보았다. 두 손을 뒤로 묶고 다리도 묶었는데 김산을 노려보는 눈빛이 강하다. 마루에 올라온 김산이 불빛을 받은 사내를 유심히 보았다. 서역인 용모로 30대 중반쯤 되었고 건장한 체격이다. 앞쪽에 앉은 김산의 얼굴에 쓴웃음이 번졌다.

"다른 조 다섯 명도 곧 잡게 될 것이다. 그렇다면 2개 조는 없앤 셈인가?"

"몇 개 조인지를 알아야겠습니다."

"이놈은 이미 약을 삼켰다."

김산이 사내의 얼굴에서 시선을 떼며 말했다.

"눈동자의 초점이 없고 소리에 반응하지 않아. 보이지도 않고 들리지도 않게 된 것이야. 잡혔을 경우에 대비해 독약을 마시도록 훈련된 것 같다."

그때 비호수가 옆에 있던 목침을 사내에게 던졌다. 목침이 사내옆 기둥에 맞아 큰 소리를 내며 떨어졌지만 사내는 눈도 깜빡하지 않는다. 김산이 입맛을 다셨다.

"과연 지독한 놈들이구나. 이놈을 먼저 잡기 잘했다."

"이놈을 어떻게 할까요?"

"이미 죽었다."

김산이 사내를 응시하며 말을 이었다.

"아직 시체는 건드리지 마라."

그 순간 김산이 벌떡 일어서면서 외쳤다.

"밖으로 피해라!"

김산이 몸을 날리면서 비호수의 어깨를 잡고 함께 마당으로 뛰어내렸다.

"꽝"

엄청난 폭음이 울리면서 마루 기둥에 앉혀놓은 사내의 몸이 폭발했다. 온몸이 산산조각으로 부서지면서 집이 허물어져 내렸다. 불길이 솟아오르며 빗속의 처참한 광경이 드러났다. 빗발이 뿌리는 마당에 선 비호수는 물론 김산도 아연한 표정이다.

"아니. 저것은?"

오티거가 소리치며 앞쪽을 가리켰다. 불길이 솟아오르고 있다. 짙은 어둠 속이어서 불길은 더 뚜렷하게 드러났다. 강 건너편, 민가가 폭발하면서 불이 난 것이다. 그때 옆에서 뗏목을 밀던 주보가 소리쳐 대답했다.

"조장! 우리 화약이요!"

"그렇다!"

손바닥으로 얼굴의 물을 씻은 오티거가 이 사이로 말했다.

"자폭했다."

폭발음과 폭발력, 그리고 일어나는 불길을 보면 타르산 암살대의 폭약인 줄을 단번에 알 수 있는 것이다. 따라서 폭발도 암살대간 신호로 쓰이기도 한다.

"조심해라!"

오티거가 낮게 소리쳤다. 인시(오전 4시)가 되면서 빗발이 줄었지만 강물은 엄청나게 늘어났다. 오티거의 5조는 뗏목을 만들어 강이 범람하기 전에 건너는 중이었는데 6할쯤을 건너다가 폭발을 본 것이다. 이제 다섯은 다시 뗏목을 밀면서 물살을 헤치고 강변으로 접근한다. 왼쪽의 민가는 아직도 불길을 뿜으며 멀어지고 있다.

"누가 자폭했나?"

오티거가 답답한 듯 다시 입을 열었을 때 주보가 뱉듯이 말했다.

"모릅니다. 우리 뒤에 3조, 2조, 6조가 있는 건 확인했으니 그들을 빼고 다른 조 중 하나겠지요."

"1조가 가장 먼저 강을 건넜어."

대답하는 사람도 없다. 모두 열심히 강가로 다가가려고 손을 젓고 뗏목을 민다. 그때 다시 오티거가 말했다.

"모두 폭약 단속을 잘해라."

이번에도 대답하는 부하는 없다. 뻔한 말이었기 때문이다. 그러나 오티거가 다시 말했다.

"자살용 독약도 이 사이로 잘 박아둬."

전사(戰士)의 땅

아침이 되자 비가 그치고 밝은 해가 나왔지만 대홍수가 일어났다. 거처 앞으로 물길이 생기는 바람에 서둘러서 고지대로 옮겨야만 했다. 밤에 강변으로 매복을 보냈던 수하들도 철수시켰다.

"타르산 무슬림 암살대의 소문이 허명은 아니었다."

김산이 비에 젖은 산길을 헤치고 가면서 비호수에게 말했다. 진시(오전 8시) 무렵, 일행은 가탄강 서안의 산을 타고 북상하는 중이다. 발아래로 범람한 가탄강이 도도히 흐르고 있다. 강폭은 10리(4km)도 넘었고 흙탕물 사이로 떠내려가는 가재도구와 짐승도 보인다. 김산과 비호수는 요지에 한두 명씩 매복을 심어놓고 마침내 어젯밤의 민가로 다가갔다. 뱃사공의 집이다. 강물이 굽어지는 곳이어서 집은 온전하다. 그리고 2백 보쯤 떨어져 있었지만 집안의 인기척이 들렸다. 김산이 비호수를 돌아보았다.

"네가 둘러보고 오너라."

"예, 전하."

"저놈들을 길잡이로 쓰려고 한다. 그러니까 살펴보고만 오너라."

"알겠습니다."

비호수가 몸을 돌리더니 곧 시야에서 사라졌다. 비호수는 김산의 의도를 금방 짐작한 것이다. 암살대는 무리를 짓지 않고 각 조(組)로 분산되었다. 분산된 조가 몇 개인지 알 수가 없고 그것을 다 잡기도 어려운 상황이다. 그러니 하나를 앞세워 이쪽저쪽에서 붙는 무리를 잡으려는 것이다.

진기(眞氣)를 마신 비호수가 몸을 띄워 민가 마당으로 진입했다. 햇살이 환한 오전이다. 마루에 앉아 있던 사내가 힐끗 이쪽을 보았지만 곧 시선을 돌렸다. 마루에는 옷가지가 가득 널렸고 주방에서 음식 냄새가 났다. 아침 준비를 하는 것 같다. 그때 방안에서 목소리가 울렸다.

"토비, 화약이 다 말랐느냐?"

"다 말랐소."

마루의 사내가 바닥에 깔아놓은 검은 가루를 헝겊째 싸들고 안으로 들어갔다. 비호수가 몸을 띄워 마루로 다가갔다. 진기를 마시고 대기의 일부분이 되어서 몸 형태는 보이지 않는다. 그러나 형체는 그대로여서 상처는 다 입는다. 그때 주방에서 사내 하나가 나왔는데 손에 커다란 그릇을 들었다. 그릇에는 불린 고기가 넣어져 있다. 비호수 앞을 지난 사내가 방문을 열었을 때 비호수가 먼저 들어갔다.

조장 비아론이 둘러앉은 부하들에게 말했다.

"식사를 하고 바로 출발한다. 고다드성까지는 닷새 안에 주파하기로 하지.”

“조장, 우리 임무는 대장군 예케 한 명뿐입니까?”

부하 하나가 묻자 비아론이 머리를 끄덕였다.

“그만하면 돼, 10개 조가 각각 임무를 맡았으니까 욕심낼 것 없다.”

사내들이 피식거리며 웃었을 때 마루에 있던 사내가 검은 화약이 담긴 보자기를 방바닥에 펼쳐 놓으면서 말했다.

“자, 잘 챙겨 넣어.”

“어, 귀찮군.”

사내 하나가 투덜거렸고 나머지는 잠자코 화약을 담아 가죽 허리띠 안에 넣기 시작했다. 허리띠에 화약을 담는 것이다. 벽에 붙어선 비호수가 그것을 유심히 보았다. 가죽 허리띠는 넓어서 화약이 꽤 많이 들어갔다. 허리띠의 끝은 가늘었는데 안쪽 화약과 연결된 부분이 보였다.

“어, 조심해.”

누군가가 말했으므로 비호수의 시선이 그쪽으로 옮겨졌다. 사내 하나가 허리띠 끝의 끈을 잡아당겼기 때문이다. 그러자 반대쪽에서 작은 주머니가 빠져나왔는데 그것이 발화장치인 것 같았다. 허리띠의 끈을 당기면 발화장치에 점화가 되어서 화약이 폭발되는 것이다. 그러나 두 자쯤 당겨야 되어서 실수로 발화가 될 수는 없겠다. 그때서야 어젯밤 사로잡은 조장이 자폭한 원리를 알게 되었으므로 비호수는 저도 모르게 만족한 숨을 뱉었다. 그러자 흩어졌던 진기가 모이면서 일부 형체가 드러났다. 놀란 비호수가 진기를 들이마시자 형체는 사라졌다. 다행히 벽에 붙어 서 있었기 때문에 이쪽에 시선을 준 사내는 없다. 비호수는 사내 하나가 주방으로 나가는 틈을 타서 함께 밖으로 나왔다.

"그렇군, 암살대의 목적과 규모를 알았으니 절반은 성공했다."

비호수의 말을 들은 김산이 만족한 표정으로 말했다.

"10개 조라면 네가 1개 조를 없앴으니 이제 9개가 남았구나."

"각 조가 분산되어서 제각기 목표를 나눠 받고 있는 터라 고다드 성에 닿기 전에 없애야 될 것 같습니다."

"그렇구나, 이곳에서 고다드까지 6백 리, 그 사이에 잡아야겠다."

그러나 각 조(組)가 흩어져 있는 터라 다른 8개 조는 향방을 알 수가 없다. 김산과 비호수의 능력을 합해서도 불가능하다. 김산이 말을 이었다.

"고다드에 전령을 보내 각 대장군, 고관의 호위를 강화시켜라, 그것이 가장 급하다."

비호수가 머리를 숙였을 때 김산이 몸을 일으켰다.

"강물이 불어났지만 비가 그쳤으니 놈들이 강을 건널 것이다. 가능한 한 이곳에서 잡아야 한다."

5조 조장 오티거가 부장 주보를 보았다. 강에서 5리쯤 떨어진 동굴 안이다. 사시(오전 10시) 무렵, 이제 다시 출발하려는 참이다.

"몇 조가 당했는지 알 필요가 없어, 우리는 우리가 맡은 일만 하면 돼."

"하지만 조장, 뒤를 따라올 다른 조에게 그 사실은 알려줘야 할 것 아닙니까?"

"어떻게 말이냐?"

동굴 안에는 둘뿐이다. 다른 조원은 밖에서 출발 준비를 하는 중이다. 주보가 대답했다.

"그런 명령은 없었지만 위급한 경우에는 연락을 해줘야 한다고 족장께서 말씀하셨소, 그것이 족장의 군율이오."

"대장한테서는 그런 말 못 들었다."

오티거가 뱉듯이 말했지만 찜찜한 얼굴이 되었다. 둘은 어젯밤 뗏목으로 강을 건너면서 보았던 강가의 불길을 말하고 있는 것이다. 암살대가 폭사한 불길이다. 그것이 몇 조였는지는 알 수 없지만 주보는 다른 조에 연락을 해야 한다는 것이다. 이윽고 오티거가 말했다.

"좋아, 주보, 네가 5리쯤 떨어진 곳에서 봉화 신호를 올려놓고 돌아오도록 해라, 그때까지 기다리겠다."

"봉화 신호가 올랐습니다."

유바트가 소리쳐 말했을 때는 히사치가 강을 건너려고 민가를 나섰을 때다. 다가온 유바트가 말을 이었다.

"강 건너편 민가에서 불길이 올랐고 그것이 자폭탄이었다고 합니다."

걸음을 멈춘 히사치가 유바트를 보았다. 오시(낮 12시) 무렵, 햇살은 밝았지만 앞쪽 가탄강 수위는 엄청나게 불어나 있다. 그러나 히사치는 어선을 준비해 놓았다.

"몇 조에서 연락이 왔느냐?"

"호쿠르가 보았는데 연기가 다섯 번 올랐다고 합니다."

"그럼 5조로군, 오티거가 경솔한 놈은 아닌데, 그렇지, 부장 주보가 고집을 부린 것 같다."

히사치가 눈을 가늘게 떴다. 얼굴이 굳어져 있다.

"그 봉화를 쿠추도 보았을 것이다."

"대장, 쿠추가 이곳까지……."

"폭사했다면 그 이유뿐이야."

"그럴까요? 혹시……."

"혹시 무엇이냐?"

"물에 떠내려가다가 사고로……."

"유바트, 그런 사고는 몇 년에 한 번이다."

어금니를 문 히사치가 다시 발을 떼었다.

"5조가 꼬리를 잡히겠군, 주보를 누르지 못한 오티거의 실책이다."

그 시간에 김산이 몸을 날려 봉화를 향해 달려가고 있다. 봉화와의 거리는 10리(4km) 정도, 전력을 다해서 질주하고 있는 터라 마치나는 화살 같다. 진기(眞氣)로 움직이면 바람의 영향을 받는 터라 속도가 나지 못하는 것이다. 속도는 중량이 있어야 가속까지 붙는다. 봉화가 오른 지 얼마 되지 않았을 때 발견한 터라 곧 5리 거리로 접근했던 김산은 우측으로 달려가는 사내를 보았다. 그 순간 김산의 심장 박동이 빨라졌다. 바로 저자를 잡으려고 이렇게 달려온 것이다.

"봉화다!"

부하 하나가 소리쳤지만 그보다 전에 3조 조장 바이트는 봉화를 읽고 있었다.

"서쪽 강가에서 자폭이 일어났음, 주의하기 바람, 5조."

"조심해!"

옆에서 부하가 소리쳤고 배는 흘러온 나무를 겨우 피했다. 3조 다섯은 쪽배 두 척을 구해 나란히 붙여놓고 강을 건너는 중이다. 바이트가 혼잣소리로 말했다.

"오티거가 쓸데없는 짓을 하는군, 그래서 어쩌라는 거야? 제각기 갈 길을 가는데 저런 봉화는 필요 없는데 말이야."

"그래도 경고는 되지 않습니까?"

부장 역할의 고트가 말하자 바이트는 머리를 저었다.

"족장께선 봉화 연락망을 이용하라고 하셨지만 지금은 10개의 조가 제각기 움직이고 있다. 명령은 대장이 내리는 거야, 저 봉화는 아무짝에도 쓸모가 없다."

그러더니 곧 이 사이로 말했다.

"그렇지, 5조 부장 주보라는 놈이 말이 많은 놈이었지, 그놈이 한 짓 같다."

고트가 입을 다물었다.

나무 뒤에 엎드려 있던 이공태가 기선풍을 보았다. 비호수의 조(組)인 둘은 서쪽 강가에 매복하고 있는 것이다.

"이쪽으로 온다. 저놈들을 따라가느니 아예 이곳에서 잡는 것이 어때?"

이공태는 호남성 출신의 검객으로 33세, 호남성의 유서 깊은 검술가 고윤광의 수제자였다가 군문(軍門)에 투신했다. 그 후로 여러 번 공을 세워 김산의 위사대에 들었는데 5백인장으로 비호수의 측근이다. 기선풍이 다가오는 쪽배와 이공태를 번갈아 보다가 머리를 끄덕였다.

"또 넘어올지 모르는데 일일이 미행할 필요는 없지, 그럼 이놈들은 베어 죽이기로 하지."

이렇게 결정이 되었다.

"강가에 두 놈이 기다리고 있습니다."

고트가 소리쳤다.

"우리를 치려는 것입니다."

"딱 잡혔군."

바이트가 쪽배 난간을 잡고 웃었다. 과연 도망칠 곳도 없는 것이다. 쪽배는 흐름을 타고 비스듬히 강가로 다가가는 중이다. 두 사내를 피하려면 방향을 틀어 강심으로 나아가야 한다. 그렇다면 수십 리를 떠내려가야만 할 것이다.

"좋아, 붙여라."

마침내 바이트가 결심했다.

"더 아래쪽으로 배를 붙여라!"

만일 두 놈 외의 지원이 있다면 뒤를 따라올 것이다. 그것을 확인해야 한다. 부하들이 배를 틀어 더 아래쪽으로 흘러가도록 했더니 풀숲에서 기다리던 두 사내가 배와 함께 강변을 달려가기 시작했다. 둘다 허리에 칼을 찼고 등에 활을 매었다. 완벽한 무장이다. 거리는 3백여 보, 그러나 바이트의 눈에 둘의 몸놀림이 단단했고 탄력이 높다.

"보통 놈들이 아니다."

둘을 응시하면서 바이트가 이 사이로 말했다. 쪽배 안의 다섯은 모두 둘에게 시선을 주고 있다.

"뒤에 붙는 놈들은 없습니다."

고트가 말했다. 과연 둘뿐이다. 쪽배를 따라 3백여 보를 달리고 있었지만 두 사내 전후는 비었다. 바이트가 말을 이었다.

"저놈들이 중원 무림의 고수들이야."

"중원 무림이라니요?"

부하 하나가 묻자 바이트가 시선을 준 채 대답했다.

"무술의 고수란 말이다."

"쿠추의 부하들이 아닙니까?"

"쿠추의 원정군에 중원 무림 고수들이 섞여 있어."

그때 화살 한 대가 날아와 쪽배 옆구리에 박혔다. 3백 보가 넘는 거리인데도 살이 날아왔다.

"앗! 배를 조금 멀리!"

놀란 바이트가 소리쳤다. 다섯이 열심히 노를 저어 쪽배와 강변과의 거리를 넓혔을 때 화살은 날아오지 않는다.

"더 밑으로!"

어금니를 문 바이트가 강변을 응시하며 지시했다. 사내들은 여유 있게 따라오고 있다.

"이런, 빌어먹을. 거머리가 붙었군."

바이트가 강변을 둘러보며 투덜거렸다.

"조장, 이렇게 간다면 곧 협곡이 나옵니다."

이 근처 지리에 밝은 부하 하나가 소리쳤다. 협곡은 좌우가 절벽이라 손 붙일 데도 없고 물살이 빠른 데다 암초투성이다. 그런 상태로 30여 리가 이어져 있는 것이다. 물에 익숙지 못한 조원이 익사할 수도 있다. 바이트가 앞쪽을 살피더니 결심했다.

"좋아. 저기 강변의 나무가 우거진 곳으로 배를 대어라."

2리(800m)쯤 떨어진 곳이다.

이공태는 쪽배가 다시 선수를 강변으로 돌리는 것을 보았다.

"옳지, 저쪽 숲에 배를 붙이려는 것이다."

뒤를 따르는 기선풍에게 말한 이공태가 속력을 내었다. 2리쯤 앞의 숲에 먼저 가서 기다리려는 것이다.

"10리쯤 더 가면 물살이 빨라져서 배를 강안으로 붙이기가 힘들어."

뒤에서 기선풍이 소리치며 뒤를 따른다.

"저 숲에서 우리하고 겨룰 모양이군."

"조심해. 저놈들은 예사 놈들이 아니다."

이공태가 주의를 주었을 때다. 갑자기 둘의 귀에 사내의 목소리가 울렸다.

"안쪽으로 돌아가라!"

둘이 동시에 숨을 들이켰다. 비호수의 목소리다. 그러나 형체는 보이지 않는다. 그들은 범람한 강변의 황무지를 달려가는 중이다. 왼쪽은 흙탕물로 이루어진 가탄강, 오른쪽이 강물에 침식당하고 있는 황무지다. 당황한 둘이 속력을 늦췄을 때 비호수의 목소리가 이어졌다.

"앞쪽 숲에 놈들 1개 조가 도착해 있다. 그놈들이 너희들을 주시하고 있다."

"예, 나리."

엉겁결에 대답한 이공태가 물었다.

"어떻게 합니까?"

"오른쪽으로 꺾어져 놈들 시야에서 사라져라, 그리고 숲 아래쪽에 매복하고 있다가 숲에서 나오는 놈들을 미행해라."

"예, 나리."

알아들은 둘이 즉시 오른쪽으로 방향을 틀더니 속력을 내어 강안에서 멀어졌다.

"아니, 저놈들이?"

숲 위쪽에 머물고 있던 조(組)는 비아론이 이끄는 4조였다. 비아론은 막 출발하려다가 앞에서 떠내려오는 쪽배를 발견했고 그 쪽배를 따라오는 이공태와 기선풍까지 보고 있었던 것이다. 그러다가 두 사내가 갑자기 방향을 트는 바람에 어리둥절했다.

"저놈들, 어디로 가는 거냐?"

"안으로 달려가는데요?"

부하들도 그렇게만 말할 뿐 이유를 알 리가 없다.

"수상하군."

좌우를 둘러보던 비아론이 마침내 결정했다.

"떠나자."

"저 조(組)를 기다리지 않습니까?"

부하 하나가 묻자 비아론이 버럭 화를 내었다.

"이 미친놈아, 위험할 때는 도와야지만 같이 죽을 수는 없다."

강변을 응시하던 바이트가 이 사이로 말했다.

"찜찜하군."

258

배는 이제 숲과 5백 보 거리로 다가가고 있다. 그런데 안쪽에서 사라진 두 사내는 아직 보이지 않는다. 바이트는 비아론의 4조가 숲에서 지켜보다가 지금 떠나고 있는 것을 모른다.

"조장, 그냥 배를 댈까요?"

쪽배가 급격히 숲 쪽으로 다가가는 중이어서 이제는 고트가 소리쳐 물었다. 마침내 바이트가 결심했다.

"배를 대라!"

협곡으로 배를 넣을 수는 없는 노릇이다. 전사에게 가장 원통한 죽음은 객사다. 물에 빠져 죽는 것도 그것에 속한다.

암살조의 속도는 빠르다. 일렬종대로 서서 맨 앞은 첨병을 세우고 그 뒤를 30보쯤의 간격으로 다섯이 달리는데 말이 속보로 달리는 만큼의 속력을 낸다. 대열이 숲길로 들어섰을 때 김산은 후미로 바짝 붙었다. 맨 뒤쪽을 조의 차석이 맡았고 이것은 몽골군 첨병대 배치와도 같다. 토벌군 세르갈군도 마찬가지다. 맨 앞이 가장 날쌘 첨병, 그 뒤가 연락 및 보조, 그다음이 조장, 보조, 차석의 순서인 것이다. 이윽고 김산은 차석의 뒤로 바짝 붙었다.

숲을 헤치면서 달리는 터라 숲 가르는 소리가 들렸지만 김산은 아니다. 가끔씩 맨땅을 발로 딛는 미세한 소리가 날 뿐이다. 김산이 팔을 뻗었다. 이자는 봉화를 올리고 돌아온 사내, 김산은 이름은 모르고 있지만 주보, 바로 5조다.

그 순간 목 뒷부분을 비수로 깊숙이 찔린 주보가 입을 딱 벌리면서 휘청거렸다. 그러나 두 걸음을 떼는 순간 상반신을 받아든 김산이 풀숲 위에 눕혔다. 그러고는 몸을 일으켜 속력을 내며 달려가기 시작

259

했다. 이제는 주보가 풀을 헤치며 달리는 것처럼 풀을 헤치는 소리를 낸다. 그러고는 앞쪽 사내를 향해 거리를 좁혔다.

풀숲 헤치는 소리가 줄어든 것은 뒤쪽과의 거리감을 그대로 느끼게 하려는 것이다. 이윽고 바짝 뒤로 다가간 김산이 비수로 사내의 목 위를 깊숙이 찔렀다. 사내가 외마디 비명도 뱉지 못하고 쓰러졌고 김산이 받아 안아 눕힌다. 다시 몸을 일으킨 김산이 달려가기 시작했다. 이제는 조장이 눈앞에 있다.

"뛰어내려라!"

강변과의 거리가 5보가 되었을 때 바이트가 소리쳤다. 그 순간 다섯 조원이 일제히 쪽배를 박차고 몸을 날렸다. 사내들은 제각기 강변에 착지하더니 재빠르게 흩어졌다. 숲은 나무가 울창했고 잡초가 무성해 다섯의 몸은 순식간에 은폐되었다. 그 순간이다.

"으아악!"

숲에서 비명 소리가 났다. 고통을 억제하지 못한 비명이다. 눈을 부릅떴던 바이트가 저 소리는 타르산 암살대인 자신의 부하가 지른 것이 아니라고 믿었다. 부하들은 고통을 참는 극기 훈련을 수십 년간 배워왔다. 지금까지 타르산 암살대가 비명을 질렀다는 기록도 없다. 그때다.

"으아아악!"

또 비명, 온몸에서 소름이 돋아난 바이트가 바위틈에서 머리를 들고 소리쳤다.

"고트!"

"예! 조장!"

근처 좌측에서 대답 소리가 울렸다.

"누구냐!"

"모릅니다!"

"확인하라!"

그러자 고트가 호명했다.

"하타리!"

대답이 없다. 고트의 목소리가 높아졌다.

"하타리!"

"으아악!"

또다시 비명, 이제는 바이트가 벌떡 일어섰다. 두 눈이 부릅떠져 있다.

"모아잘!"

고트가 다시 호명했다. 대답이 없자 다른 이름을 불렀다.

"페로타!"

대답이 없다. 바이트는 고트 쪽으로 다가갔다. 이제 둘이 남았는가? 도대체 어떤 놈들이 이렇게 했단 말인가?'

"고트! 어디 있느냐?"

고트의 목소리가 들린 쪽으로 다가가며 바이트가 소리쳤다.

"고트!"

대답이 없다. 그렇다면, 칼을 움켜쥔 바이트가 40평생 처음으로 공포감을 느낀다.

숲 사이로 햇살이 들어오는 밝은 오전 날씨, 이것이 웬일인가? 그 순간 바이트의 몸이 굳어졌다. 앞쪽 나무 앞에 선 사내를 보았기 때문이다. 손에 장검을 쥔 사내가 바이트를 응시하고 있다. 장검은 피

에 젖어 있었는데 조원들의 피일 것이다. 사내는 몽골인이다. 아니,
한족인가? 바이트가 눈을 치켜뜨고 웃었다.

"이놈, 네가 쿠추의 부하구나."

바이트가 거침없이 사내에게 다가갔다.

와락 다가간 김산이 조장의 뒤에 붙었다. 거리는 다섯 보, 다시 두
걸음을 좁힌 김산이 뛰면서 칼을 치켜들었다. 그 순간이다. 조장이
와락 달리는 것을 멈추더니 허리에 찬 칼을 후려쳐 빼었다. 칼날이
김산의 허리를 베고 지나갔다. 눈부신 검술이다. 중원의 어떤 검사(劍
士)도 이만큼 빠르지 않았다.

"으음."

김산의 입에서 신음이 울렸다. 감탄의 신음이다.

"이놈!"

고함을 지르면서 조장 오티거의 두 번째 칼날이 김산의 어깨에서
허리까지를 베어 내려갔다. 오티거의 칼은 끝이 반월형으로 휘어진
데다 길다. 김산이 상반신을 젖혔을 때 번쩍이는 섬광이 보였다.

단검, 어느새 앞을 달리던 두 사내가 돌아와 김산의 좌우로 덮치
고 있다. 그중 하나가 던진 비수다. 김산이 다시 몸을 비틀면서 소리
쳤다.

"좋다!"

감탄한 것이다. 3면을 포위한 오티거의 조는 일사불란하게 움직였
다. 좌측에서 비수를 던지면 우측이 재빠르게 비켜서서 공간을 크게
만든다. 그때 오티거의 장검이 바람개비처럼 돌면서 닥쳐왔다. 검날
이 보이지 않는다. 동시에 옆쪽 사내가 다시 비수를 꺼내 들었고 오

른쪽 사내는 장검을 고쳐 쥔다. 누가 이 함정을 빠져나갈 수 있을 것인가? 김산이 손에 쥔 칼을 늘어뜨린 채 빙그레 웃었다.

온몸의 솜털이 일어선 것 같은 활기가 느껴지면서 심장 박동이 빨려졌다. 긴장감이 이렇게 가슴 뛰는 감동을 만들어 준다. 그때였다.

"에이!"

정면의 조장 오티거가 뛰어오르면서 반월도를 치켜 올렸다. 아직 반월도는 바람개비처럼 회전하고 있다. 동시에 좌우의 조원들이 달려들었다. 그런데 오른쪽 사내의 손이 허리춤에 들어가 있다.

바이트가 한 손에 쥔 칼을 치켜 올리면서 왼손은 자신의 허리춤을 쥐었다. 이제 두 발 간격으로 다가온 바이트의 얼굴에 웃음이 떠올랐다.

"이놈, 죽기 전에 네 이름을 밝혀라."

멈춰선 바이트가 소리쳤다.

"내 이름은 바이트, 타르산의 후예다."

"난 비호수, 몽골원정군 대장군."

억양 없는 목소리로 말한 비호수의 시선이 바이트의 허리춤으로 옮겨졌다.

"자폭하려는 것이냐?"

"무엇이?"

바이트의 얼굴에서 웃음이 지워졌다.

"이놈이."

그 순간 바이트가 허리춤의 끈을 잡아당겼지만 감각이 없다.

"아앗!"

놀란 바이트의 입에서 외침이 터졌다. 왼손이 허리춤에 매달려 있다. 바이트가 왼손을 들어 보았으나 팔만 올라갔다. 어느새 왼팔이 팔꿈치 부근부터 잘려져 있었기 때문이다. 잘려진 팔은 허리끈에 매달려 있다.

김산이 바람처럼 오른쪽 사내를 스치고 지나갔다. 사내가 허리띠의 끈을 와락 잡아 당겼을 때는 이미 지나간 후였다.

"꽈앙!"

엄청난 폭음이 울리면서 잔해가 사방으로 튀어 올랐다. 두 사내의 몸이 수천 조각으로 갈라진 것이다. 왼쪽 사내가 김산의 뒤를 덮쳤다가 함께 폭발해버렸다.

"이, 이런."

오티거 또한 폭발 폭풍에 날려가 나무 기둥에 부딪치면서 주저앉았다. 온몸이 화약 가루로 뒤덮였고 폭발 현장은 사방 10자 지름으로 깊이가 한 자나 되는 구덩이가 파였다. 김산도 처음 겪는 폭발이다. 그때 나무 밑에 주저앉은 오티거 앞으로 김산이 다가가 섰다.

"이놈."

오티거의 얼굴에 웃음이 떠올랐다. 김산과의 거리는 세 걸음, 어느새 왼쪽 손이 허리끈을 쥐고 있다.

"네놈이 몽골의 무공인이렷다."

오티거가 말했을 때 김산의 얼굴에서도 웃음기가 띠어졌다.

"그렇다."

"네 이름이나 듣자, 난 타르산의 오티거라고 한다."

"난 몽골 대장군이며 원정군 사령관 쿠추, 들어 보았느냐?"

그 순간 오티거가 숨을 들이켰다. 두 눈이 치켜떠졌다.

"네, 네가?"

"믿기지 않느냐?"

"거짓말 마라, 쿠추가 이곳까지, 거기에다가 혼자서 용병처럼……."

"그게 나다."

감산이 한 걸음 더 다가가 섰다.

"내가 직접 나서서 처리한다. 그 소문도 듣지 못했느냐?"

"으음."

"그 허리끈, 어디 당겨 보아라."

김산이 말한 순간 얼굴을 굳힌 오티거가 힘껏 허리끈을 당겼다. 그러고는 눈을 크게 떴다. 치켜 들린 손에 잘려진 허리끈 토막이 들려 있었기 때문이다. 어느 사이에 끈이 잘려졌단 말인가? 그때 김산의 손이 뻗어 나가 오티거의 머리 위쪽을 덮었다. 오티거가 벌떡 몸을 세웠지만 늦었다. 입을 딱 벌리면서 다시 주저앉더니 긴 숨을 뱉는다.

저녁 무렵, 만나기로 한 구릉 지대의 동굴로 돌아온 비호수가 먼저 와 있는 김산을 보았다. 김산은 휘하의 부하들을 모두 수색하러 보내고 혼자 기다리고 있었는데 안쪽 벽에 기대앉은 사내가 하나 있다. 김산이 잡아온 오티거다.

오티거는 멀뚱한 표정으로 비호수를 보는 것이 정신이 나간 것 같다. 그때 김산이 말했다.

"이놈은 5조 조장으로 오티거라고 한다."

"제가 1개 조를 잡았습니다."

오티거 옆쪽에 앉은 비호수가 말을 이었다.

"또 1개 조를 미행시켰으니 곧 연락이 올 것입니다."

"그럼 지금까지 3개 조를 없앴고 1개 조를 미행시키고 있군."

김산이 눈으로 오티거를 가리켰다.

"이자가 자백을 했는데 암살대 대장은 히사치, 모두 11개 조에 히사치를 포함하여 56인이다."

비호수의 시선을 받은 김산의 얼굴에 웃음이 떠올랐다.

"이제 7개 조의 향방을 쫓아야 한다."

"대부분이 강을 건넜을 것입니다."

"지금쯤 아도트가 술란성을 점령하고 반투의 제2군단과 대치하고 있을 게야. 암살단은 그쪽을 통과하게 될 것이다."

오티거가 시선을 주었지만 김산은 거침없이 말을 이었다.

"양군(兩軍)이 철통같은 방어선을 쳐놓고 대치할 테니 암살단은 제2군단의 감시에 걸릴 수도 있어."

"그곳에서도 잠시 주춤대겠습니다."

"그곳에서 두 번째 사냥이다."

"이놈의 목표는 누구입니까?"

비호수가 오티거를 바라보며 물었다. 그때 오티거가 대답했다.

"내 목표는 제4대장군 주브르요."

"허, 그렇구나."

쓴웃음을 지은 비호수가 오티거를 보았다.

"제3대장군 비호수를 누가 맡았느냐?"

266

"그건 모르오. 대장이 각 조장을 따로 불러서 말해주었기 때문에."

그때 김산이 말을 받는다.

"오티거는 저항력을 다 소진시켰다. 머릿속에 든 타르산 내막을 다 털어놓았으니 이곳에 두고 가도 된다."

"술란성의 대치 상황을 우리가 예상하지 못했습니다. 그곳에서 또 한 차례 걸러지겠군요."

오티거가 남의 일처럼 말하더니 긴 숨까지 내뱉는다.

"이런 상황이 되었어도 전혀 죄의식이나 수치심도 들지 않다니 과연 중원 무공은 귀신도 춤을 추게 한다는 말이 맞는 것 같소."

"난 네가 길게 말하는 것이 신기하다."

비호수가 정색하고 말했더니 오티거는 커다랗게 머리를 끄덕였다.

"그러게 말입니다."

"넌 이제 어떻게 할 작정이냐?"

"타르산으로 돌아갈 수도 없고 죽은 자가 되어서 서역으로나 가야지요."

김산과 비호수가 서로의 얼굴을 보았다.

"그럼 우리는 가도록 하지."

저녁 무렵이었지만 김산이 자리에서 일어서며 오티거에게 말했다.

"네 뇌는 건드렸지만 무공이나 지능에는 전혀 이상이 없다. 그러니 너는 예전과 같은 일상을 보낼 수 있을 것이다."

오티거는 눈을 껌뻑이며 시선만 준다.

세르갈군 2만을 이끌고 술란성으로 진격한 세르갈 재상 유크리의 아들 아도트는 이틀 만에 술란성을 함락시켰다. 물론 몽골군의 화기인 포차를 동원했기 때문이다. 포탄을 쏘아 성벽과 성문을 때려 부수는 포차 3문을 싣고 온 것이다. 성안의 병력은 4천5백, 주민이 1만 정도였는데 성주와 군사들은 적극적으로 저항을 했다. 돌을 던지고 화살을 날려 세르갈군은 3백여 명의 사상자를 내었다.

그래서 성을 함락시킨 후에 아도트는 성주 이하 술란성의 병사들을 모조리 죽여 땅에 묻었다. 몽골군의 관습을 따른 것이다. 성을 함락시킨 지 열흘이 지났을 때 술란성으로 반투국의 제2기마군단 3만여 명이 진입해왔다. 군단장 사이론은 술란성 앞 10리(4km) 거리에 진(陳)을 펴고 더 이상의 서진(西進)을 막겠다는 시늉을 했다.

3만 기마군을 20리(8km) 거리에 횡대로 배치해서 울타리처럼 가로막은 것이다. 물론 기마군단이니 어느 한 곳이 뚫리면 금방 모일 수는 있다.

"주변의 성 두 개를 탈취했을 뿐인데 반투국의 반응이 빠르구나."

아도트가 쓴웃음을 지은 얼굴로 말했다. 25세로 아직 젊었지만 아도트는 신중했고 사려가 깊다.

"장군, 성문을 굳게 닫고 지키도록 하십시다. 병력이 3곳으로 분산되어서 용병이 힘들 뿐만 아니라 자칫 놈들의 함정에 빠질 염려가 있소."

부장(副將)으로 따라온 몽골군 5천인장 코리진이 조언했다.

"곧 고다드성의 참모장님이나 사령관 전하께서 지시를 내려올 것이오."

"그러지."

머리를 끄덕인 아도트가 코리진을 보았다.

"부장, 반투의 제2기마군단이 재빠르게 북진해온 것을 보면 반투

왕 바이만이 철저히 대비한 것 같소.”

“그렇습니다.”

둘은 술란성의 청에 앉아 있었는데 앞쪽에는 지도가 펼쳐졌다. 코리진이 술란성 북서쪽의 지역을 손으로 가리켰다.

제2기마군단이 막고 있는 지역이다.

“이놈들이 우리 대신으로 방어막을 치고 있는 셈이지요.”

코리진의 얼굴에 웃음이 떠올랐다.

“카르산 암살대를 반투의 제2기마군단이 가로막고 있는 셈입니다.”

이곳이 뚫리면 원정군 본대가 주둔하고 있는 세르갈의 고다드성까지는 장애물이 없는 것이다.

“그런가?”

아도트가 정색하고 지도를 보았다.

“전하께서 나를 이곳에 보내신 의도를 이제 알겠다.

다음날 낮까지 단숨에 350리를 주파하며 평원지대의 마을에 닿은 것은 김산과 비호수가 절정의 무공인이었기 때문이다. 둘이 미리 앞질러 온 셈이었고 이제 뒤쪽 술란성과는 2백 리 거리다.

“전하, 그럼 제가 마을 앞에서 기다리겠습니다.”

비호수가 말하더니 돌아 나갔다. 김산은 마을에 하나뿐인 여관에 들었는데 이곳이 동서로 통하는 국도변에 위치해서 손님이 많다. 여관도 넓고 커서 마구간에는 수십 필의 말이 매여 있다. 신시(오후 4시) 무렵이다. 방에서 옷을 벗으려던 김산이 움직임을 멈췄다. 김산의 청각은 일반인보다 수십 배 발달되어 있다.

"방금 들어간 상인 등짐에 금이 들어 있어."

여자 목소리가 들렸다.

"숙박비로는 은자를 냈지만 등짐에는 금화가 들었어. 대충 150냥
이야."

맞다. 김산의 얼굴에 웃음이 떠올랐다. 바로 옆방에서 여자가 소곤
거리며 말하고 있다.

"한 놈은 종자인 것 같은데 거상(巨商)이야. 오늘 밤에 창문으로 독
분을 흘려 죽이고 나서 가져가자."

"아씨, 그럼 밤에 떠나야 되지 않습니까?"

남자 목소리가 묻자 여자는 차갑게 말을 자른다.

"시끄럽다. 출발 준비를 하라고 일러라. 마침 여비가 모자랐는데
잘 되었지 않느냐? 오가논성까지 가려면 15일은 걸린다. 더구나 지
금은 가탄강이 홍수로 범람했을 시기야. 강을 건너기도 힘들 때다."

"알겠습니다, 아씨."

"쿠추란 놈이 동쪽에서 어물거리는 것을 보면 병신 같다는 생각이
들어. 나 같으면 바로 서북쪽으로 진군을 해서 마칸디부터 먹었을 것
이다."

사내는 대답하지 않았고 여자 목소리가 이어졌다.

"그럼 바이만은 위가 막혀서 타르산 암살대에게 구원 요청도 하지
못할 터, 그때 천천히 남진하면 반투는 저절로 붕괴될 텐데 말이다."

그때 정색한 김산이 천천히 머리를 끄덕였다. 맞는 말이었기 때문
이다. 지금 생각하니 그 방법이 가장 간단하고 명확했다. 그래서 마
칸디왕 포르타가 재상 자톤을 사신으로 보냈는가? 세르갈을 정복하
자마자 북서쪽으로 진군해서 마칸디를 침공했다면 상황이 그렇게

되었을 것이다. 김산의 얼굴에 웃음이 떠올랐다. 여자의 정체가 궁금했기 때문이다. 그때 남자가 말했다.

"아씨, 오가논성에 가신다고 해도 반겨주실 분도 없지 않습니까? 그러니 남쪽으로 가시는 것이……."

"닥쳐라, 비산."

낮게 꾸짖은 여자가 말을 이었다.

"이제 몽골군 때문에 오가논성도 혼란에 빠져 있을 터, 내 가족들이 묻힌 곳도 둘러보고 오겠다."

심호흡을 한 김산이 마음을 굳혔다. 오가논성의 길잡이를 하나 만났다. 아직 모든 것이 불확실한 여자지만 참모장 코르치를 능가하는 전략을 갖고 있는 것이 분명했다. 자리에서 일어선 김산의 모습이 홀연히 사라졌다. 진기를 마셨기 때문이다.

창문을 통해 방으로 들어선 김산이 의자에 앉아 있는 여자를 보았다. 여자 앞에는 거구의 사내가 두 손을 모으고 서 있다. 여자 앞으로 다가선 김산이 시선을 주었다. 아름답다. 20대 중후반쯤 되었을까? 반투 지방은 서역과 무슬림 중간 지대여서 혼혈이 많다. 반투족은 혼혈민족이다. 윤기가 흐르는 갈색 피부, 눈동자는 먹물처럼 검고 검은 머리는 뒤에서 묶어 올렸기 때문에 긴 목이 드러났다. 곧고 오똑 선 콧날, 도톰하고 굳게 다물려진 입술, 탁자 위에 놓인 손가락은 섬세했으며 몸매는 날씬하다. 여자가 다시 말했다.

"비산, 수하들에게 준비시켜라. 오늘 밤 자시에 떠난다."

"예, 아씨."

사내가 허리를 굽혀 보이고 방을 나갔을 때 여자가 자리에서 일어서더니 옷을 벗었다. 상체를 감싼 긴 천을 풀어 내리자 곧 풍만한 젖가슴이 드러났다. 단단하고 탄력이 넘치는 젖가슴이다. 여자가 곧 치마를 벗었는데 안에 입은 속치마까지 벗어 알몸이 되었다.

김산은 여자의 전면에 있었기 때문에 아랫배와 짙은 숲에 싸인 선홍빛 골짜기까지 다 보인다. 김산은 숨을 죽였다. 숨을 들이켜면 몸의 형체가 드러나기 때문이다. 그때 여자가 알몸으로 옆에 놓은 목욕탕 안으로 들어갔다. 통 안에는 이미 더운물이 담겨 있다. 김산은 다시 여자의 앞으로 다가갔다.

"너는 누구냐?"

김산이 묻자 여자는 소스라치게 놀라 목욕통 안에서 손바닥으로 젖가슴을 가렸다. 본능적인 행동이다. 목욕통 안의 물이 출렁거리면서 밖으로 튀었다. 여자가 물속에 몸을 깊숙이 넣었기 때문이다. 그 와중에도 주위를 둘러보았는데 두 눈이 치켜떠졌다. 그러나 아무것도 보이지 않아 여자는 숨을 들이켰다.

"젖가슴이 곱구나."

거드름을 피우던 여자의 놀란 모습을 보자 김산에게 짓궂은 심사가 일어났다. 김산이 말하자 여자의 얼굴이 금방 붉어지며 이가 악물렸다.

"누구냐?"

목소리는 분명히 옆에서 들리는데 형체가 보이지 않으니 정녕 귀신이라고 생각할 만했다. 김산이 대답했다.

"이 방의 귀신이다."

"귀, 귀신이 왜?"

"내가 이 방에서 죽은 터라 여자 하나를 꼭 데려가려고 작정을 하고 기다렸다"

"나를 왜?"

"네 몸을 보고 내 처로 삼아야겠다고 마음을 먹었기 때문이다."

"내가 싫다면?"

"그저 죽는 수밖에. 네 영혼은 죄를 많이 지었기 때문에 지옥을 떠돌게 될 것이지."

"네, 네가 나를 데려간다고 해도 어차피 죽을 것이 아니냐?"

"그렇지."

여자의 두 눈이 번쩍였고 어느덧 가슴을 덮은 손도 내려졌다. 목욕통 안에서 상체를 세운 여자가 방안을 둘러보았다. 진기로 몸을 흩트린 김산이 보일 리가 없다. 그때 여자가 다시 말했다.

"나는 스물셋, 아직 결혼도 못 한 처녀다. 귀신이 좋아할 여자가 아냐."

"그건 네 생각이고."

"나를 꼭 데려가야 돼?"

이제 냉정을 찾은 여자의 눈동자가 흔들렸다. 그것은 귀신의 존재를 탐색하고 있다는 신호다. 김산의 위치는 바로 여자의 앞이다. 젖가슴이 물에 젖어 반들거렸고 젖꼭지는 파묻혀 있다. 김산이 말했다.

"네 신분과 내력을 밝혀 보아라. 방법이 있을지 모른다."

"귀신이 그것도 몰라?"

그 순간 물속에 잠겨 있던 여자의 다리 한쪽이 위로 당겨 올라갔다. 물이 쏟아졌고 알몸의 하체가 드러났으며 여자는 목욕통 안에서 뒤로 넘어져 머리가 물속에 잠겼다가 나왔다. 김산이 다리를 들어 올

렸기 때문이다. 놀란 여자가 가쁜 숨을 허덕이며 다시 두 손으로 젖
가슴을 가렸다. 머리에서 물이 흘러내렸고 숨을 허덕였다. 공포에 질
린 얼굴이다. 그때 김산이 말했다.

"말해라."

"내 이름은 아리사, 반투국 대장군이었던 내야토의 딸이다."

여자의 눈동자에 초점이 잡혀졌다.

"내 부친은 반역자 누명을 쓰고 처형되었고 가족은 모두 흩어져서
죽거나 나처럼 이렇게 강도단의 수령이 되었지."

"네 일당은 몇 명이냐?"

"14명."

"너는 제법 무술을 아는 것 같다. 누구한테서 배웠느냐?"

"어렸을 때 사라센인 무술 스승이 있었어. 그 후에는 한인 스승이
있었고."

다시 아리사가 주위를 둘러보았다.

"나를 데려가면 시체는 이곳에 남는가?"

"그렇다."

"다른 방법이 없어?"

"왜 그러느냐?"

"나는 할 일이 많이 남았어."

"말해라."

"반투왕 바이만을 죽여야 돼. 그놈은 내 부친의 명성에 시기가 나
서 누명을 씌워 죽인 거야. 그것으로 1백여 명의 우리 가문이 멸망했
어."

"……."

"난 부친께 복수를 하겠다고 맹세했어. 내 맹세를 듣는 부친의 웃음 띤 얼굴이 아직도 눈에 선해. 그런데 어떻게 죽은 귀신이 되어서 부친을 만난단 말인가?"

아리사의 눈에 눈물이 고였다. 어느덧 젖가슴을 가린 손도 내려져 있다. 그때 김산이 말했다.

"방법이 있지."

"내가 살 방법이야?"

와락 물었던 아리사의 눈에 고였던 눈물이 주르르 떨어졌다. 김산이 대답했다.

"내가 옆방의 상인을 죽이겠다."

"옆방 상인을?"

"그래, 네가 죽여서 금자를 털려고 했던 상인 말이다."

"……."

"그 상인을 죽여서 내가 상인의 몸으로 들어가 있을 테다."

"……."

"내가 그 상인이 되는 것이지, 그럼 네가 내 처가 될 수가 있다. 살아서 말이다."

"그, 그럼……."

아리사의 눈동자가 다시 흔들렸다.

"그 상인과 동침을 해야 돼?"

김산의 목소리가 엄격해졌다.

"나와 동침을 하고 나면 너를 보내주지. 그럼 되지 않겠느냐?"

"보내준다고?"

"그렇다."

그러고는 김산이 아리사의 다리 하나를 이번에는 슬쩍 집어 들었다가 놓았다. 물이 조금밖에 튀지 않았지만 기겁을 한 아리사가 몸을 움츠렸다. 김산이 말을 잇는다.

"이제 옷을 입고 그 상인에게 가라. 내가 죽이고 나서 그자 몸 안에 들어가 있을 테니까."

문 두드리는 소리가 났을 때는 그로부터 한식경쯤이 지난 후였다. 김산은 의자에 앉아 있었는데 일어나 문으로 다가가 문을 열었다. 아리사가 서 있다가 눈을 치켜뜨고 김산을 보았다. 절반은 두렵고 절반은 호기심으로 채워진 얼굴이다. 과연 그 상인의 몸속으로 들어가 있을까? 하는 호기심과 귀신에 대한 두려움으로 갈등하고 있다. 아리사의 시선을 받은 김산이 빙그레 웃었다.

"들어와. 기다리고 있었다."

그 순간 숨을 들이켠 아리사의 몸이 굳어졌다. 당연히 김산의 목소리는 귀신의 목소리였기 때문이다.

"당, 당신이……."

"그래, 귀신이야. 몸으로 들어왔어."

김산이 손을 뻗어 덥석 아리사의 가슴을 움켜쥐었다.

놀란 아리사가 몸을 비틀었지만 김산이 젖가슴을 주물럭거리다가 놓았다.

"내가 사람의 형체를 갖게 되었다."

아리사의 얼굴이 새빨개지자 김산이 팔을 끌어 방안으로 데려왔다.

"자, 목욕은 했으니 이제 옷을 벗어라."

아리사가 가쁜 숨만 쉬었을 때 김산이 다가가 옷자락을 잡았다.

"내가 벗겨주랴?"

"놔! 내가 벗을 거야!"

아리사가 몸을 비틀어 소리쳤다.

"불을 꺼!"

김산의 몸이 붙어 왔을 때 흠칫 긴장했던 아리사가 차츰 정상으로 돌아왔다. 김산의 몸은 뜨거웠다. 이제 둘은 한 몸이 되었고 방안은 가쁜 숨소리로 덮여지고 있다. 아리사는 이를 악물고 참았지만 결국 입을 벌리면서 신음을 뱉었다. 처음에는 신음이었지만 얼마 지나지 않아 그것은 쾌락의 탄성으로 바뀌어졌다.

아리사는 첫 경험이었지만 건강하고 성숙된 몸이다. 쾌락을 맞을 준비가 되어있는 것이다. 그것을 안 김산은 끈질기고 부드럽게 아리사의 몸을 이끌어갔다. 얼마나 시간이 지났는지 아리사는 생각지도 못했다. 이런 황홀경이 있을 줄은 상상도 못했던 것이다. 이윽고 아리사가 절정으로 치달더니 폭발했다. 그러고는 머릿속이 백지장처럼 된 상태에서 잠깐 정신을 놓았다가 깨어났다.

그리고 아직도 자신이 귀신의 팔 안에 안겨 있다는 것을 깨달았지만 손을 뻗어 귀신의 허리를 안았다. 자연스럽게 움직인 것이다. 그때 귀신이 말했다.

"너, 수하들을 이끌고 오가논성으로 가는 중이 아니냐?"

그 말은 하지 않은 터라 아리사가 숨만 삼켰을 때 김산이 다시 물었다.

"여비가 부족하지?"

"……."

"오늘 밤 자시에 떠나려고 했던 것은 숙박비를 줄 은자도 부족했기 때문이겠지. 그래서 이방 상인을 독분으로 죽이고 금자를 빼앗아 가려고 했지?"

"……"

"내가 내일 아침에 금자를 줄 테니 오늘 밤은 이곳에서 묵어라."

김산이 침상에서 몸을 일으키며 말을 이었다.

"네 수하들에게도 일러라."

이제는 아리사가 잠자코 몸을 일으켰다.

자시에 떠난다고 해놓고 아직 수하들에게 다른 말을 하지 않았기 때문이다. 귀신이 상인의 몸 안에 분명히 들어온 것을 확인했으니 그대로 따르는 것이 옳다.

"나, 내일 아침에는 보내 주는 거지?"

옷을 추슬러 입으면서 아리사가 묻자 김산이 빙그레 웃었다.

"서방님 말을 믿지 못한단 말이냐? 우리는 오가논성에서 다시 만난다."

"전하, 이곳까지 오셨습니까?"

김산이 다가서자 비호수가 정색하고 말했다. 마을 앞의 5리쯤 거리에 작은 암산이 있다. 바위가 크고 틈이 많아서 매복하기에 좋은 곳이었는데 주위에서 서너 개의 인기척이 드러났다. 김산과 비호수가 데려온 여섯 무인 중에서 넷이 돌아와 있다. 비호수의 수하 이공태와 기선풍은 암살조를 미행하고 있어서 아직 오지 못했다. 김산이 비호수에게 말했다.

"여관에서 오가논성에 침투시킬 인물을 만났다."

김산이 아리사를 처음 만난 순간부터 동침한 것까지 다 말해 주었더니 비호수가 웃음을 참는 얼굴로 대답했다.

"그렇다면 그분을 오가논성 침공 선봉으로 삼아도 되겠습니다, 전하?"

"전략가야. 전령을 보내 코르치에게 마칸디를 점령시키도록 하고 세르갈, 마칸디에서 반투를 협공한다."

그러자 비호수가 즉시 머리를 돌려 수하들을 불렀다. 전령을 보내려는 것이다.

그때 히사치는 암산에서 80여 리 떨어진 마을에 묵고 있었는데 이곳이 중간 연락처로 삼은 곳이다. 그러나 만나지는 않고 각 조의 건재 여부를 대장 히사치가 확인하는 정도였다.

"대장, 다섯 개 조가 확인이 되었습니다."

밖에서 돌아온 부장 유바트가 보고했다. 자시가 넘은 시간이어서 주위는 조용하다. 꽤 큰 마을이었는데 민가가 1천 호쯤 되는 데다 도로변이라 여관은 10개도 넘는다. 히사치는 그중 가장 큰 여관에 묵고 있는 것이다.

"그렇다면 아직 절반이 도착하지 않았다는 말인데."

입맛을 다신 히사치가 유바트를 보았다.

"몇 조가 도착하지 않았나?"

"예 3조, 5조, 6조, 7조, 9조가 표식이 없습니다."

"강에서 1개 조가 자폭한 것은 분명해."

입맛을 다신 히사치가 번들거리는 눈으로 유바트를 보았다.

"쿠추가 보낸 놈들이 우리를 추적하고 있어, 유바트."

"대장, 이곳에서 반격을 하는 것이 낫겠습니다."

"아직 갈 길이 멀다."

눈을 치켜뜬 히사치가 초점 없는 시선으로 앞쪽을 보았다.

"이곳에서 놈들과 결전할 수는 없어, 유바트."

"그럼 계속해서 꼬리 끝에 오물을 묻히고 가야 합니까?"

"마을 현판에 '모두 꼬리를 조심하고 즉시 떠나라'를 표시해라."

"네, 대장."

마지못한 듯 유바트가 대답했을 때 히사치의 말이 이어졌다.

"우리가 뒤에 처져서 꼬리를 자른다."

히사치가 야광검을 뽑아 보았다. 칼날은 희게 번들거렸지만 보통 칼과 같다. 칼끝이 휘어져서 무게 중심이 쏠려 휘두르면 강도가 높아진다. 밤에 더 번들거리는 이유는 칼날에 기름기가 섞여서 그렇다. 그 기름기는 바로 서역의 독극물 '비탈'로 베는 순간 피부에 스며든 독극물은 순식간에 혈액을 타고 전신에 퍼진다. 조그만 상처만 나도 숨 한번 몰아쉬고 죽는 것이다. 인시(오전 4시) 무렵, 이제 곧 날이 밝을 것이었다. 마을에 닿은 5개조는 지금쯤 출발 준비를 하고 있을 것이다. 이윽고 히사치가 자리에서 일어섰다. 마을 밖에서 기다리면 꼬리가 보이게 된다. 암살대로 평생을 보내온 히사치만큼 꼬리 자르기와 미행, 기습 전술에 통달한 인물이 없다고 봐도 될 것이다. 중원(中原)의 방식과는 전혀 다르게 타르산 암살대는 수백 년간 전술을 닦아왔다. 히사치가 방을 나왔을 때 기다리고 있던 부하들이 맞는다.

비아론이 이끄는 4조가 마을을 떠났을 때는 인시 끝(오전 5시)무렵이다. 아직 어둑한 때여서 비아론은 첨병을 앞세우고 마을을 나왔는데 거리에는 인적이 없다. 흐린 날씨여서 대기는 습기를 띠었고 아침 안개가 더 짙게 내려앉았다. 모두 말보다 빠르게 걷는 터라 단숨에 마을을 벗어난 4조 5명은 어느덧 산길로 접어들었다. 하늘에서 마침내 빗방울이 떨어지기 시작했다.

"조장, 갑자기 빨리 출발하라는 이유가 뭘까요?"

앞서가던 토비가 머리만 돌리고 비아론에게 물었다. 일행은 두 사람이 겨우 나란히 지날만 한 산길을 오르고 있다.

"그건 알 필요가 없다."

비아론이 주위를 살피며 말을 이었다.

"바로 지시가 내려온 것을 보면 대장이 근처에 있는 거다."

"그렇군요."

긴장한 토비가 주위를 둘러보았다.

"우리가 제일 먼저 지나는지 모르겠습니다."

"저놈들이 일찍 떠나는 게 수상하군."

입맛을 다신 이공태가 앞쪽을 응시하며 말했다.

"이제 우리들의 중간 점검지가 다가와. 그곳에서 대장군께서 지시를 내려주시겠지."

안개가 더욱 짙어졌으므로 이공태가 걸음을 빨리 뗐다. 4조와의 거리는 2백보 정도, 항상 이만큼의 간격을 두고 따랐지만 지금은 안개가 짙다. 이쪽의 미행이 주도면밀해서 지금까지 순조롭게 따라붙었다. 뒤를 따르던 기선풍이 이공태에게 물었다.

"중간 점검지에서 저놈들을 제거하는 것이 낫겠어. 우리 둘이 암습을 해도 돼."

모퉁이를 돌아간 이공태의 모습이 보이지 않았으므로 기선풍이
서둘렀다. 그때 뒤에서 인기척이 났으므로 기선풍이 머리만 돌렸다.

"앗."

놀란 외침이 저절로 터졌다. 뒤쪽에 사내 하나가 서 있었기 때문
이다. 그러나 기선풍은 검술의 고수다. 검법에 갖은 정파가 있지만
절창산 유점사의 36검을 전수받고 한때 유점사 36검 후계자로 인정
받았던 기선풍이다. 다음 순간 몸을 솟구친 기선풍이 짧게 휘파람을
불었다. 앞쪽 이공태에게 알리려는 것이다. 뛰어오른 기선풍이 등에
맨 장검을 후려치듯 뽑아 쥔 다음 순간 사내와의 거리는 다섯 보 정
도다. 장신에 눈매가 날카롭고 빈손으로 등에 칼을 매고 있다. 그때
였다. 사내가 뒤로 한 걸음 물러서더니 안개 속으로 사라져 버렸다.
다음 순간 땅바닥에 내려앉은 기선풍이 허리를 편 순간이다.

"파, 파, 팍!"

안개 속에서 짧은 발사음이 울렸다.

"윽."

기선풍이 가슴을 움켜쥐고 신음을 뱉었는데 얼굴이 일그러져 있
다. 기가 막힌다는 표정이다. 앞쪽 사내는 여유 있게 사냥을 하는 것
같다. 뒤쪽에서 인기척을 낸 것은 기선풍에게 뛰어오를 여유를 준 것
이다. 그리고 이공태를 부르도록 한 것이다. 지금은 안개 속이다. 다
섯 발짝 앞이었지만 내달리어 갔어야만 했다. 그때였다.

"파파팍!"

다시 발사음이 울렸고 모퉁이를 돌아 나타난 이공태가 몸을 비틀
었지만 어깨를 움켜쥐었다. 짧고 강한 철궁이다. 화살은 한 자밖에

되지 않았어도 강력한 철궁에 끼워져서 고리를 내리면 연속 세발이 발사된다. 쇠줄이 세 가닥이기 때문이다. 화살은 30발이 재여서 발사되고 줄을 당겨야 3발씩 장전된다. 발사거리가 10보 정도인 것이 흠이지만 타르산 암살대의 치명적 무기다.

"으윽."

이미 한쪽 무릎을 꿇고 앉은 기선풍은 몸 안으로 극독이 퍼지는 것을 알았다.

"이, 이런……"

혀가 굳어서 앞에 서 있는 이공태에게 미안하다고 말할 수가 없다.

"이봐, 기……"

어깨를 움켜쥔 이공태도 마찬가지다. 서 있을 뿐이지 이미 몸이 굳었다. 그때 사내가 다가왔다. 손에는 철궁을 쥔 채다. 사내가 웃음 띤 얼굴로 둘의 다섯 걸음 앞으로 다가와 섰다.

"내 이름이나 알고 가거라."

사내의 눈빛이 강해졌다.

"내가 타르산 암살대장 히사치다. 지옥 문지기한테 내가 보냈다고 하면 알아서 안내해 줄 거다."

그때 기선풍이 먼저 쓰러졌고 이어서 이공태도 땅바닥에 뒹굴듯이 쓰러졌다. 둘 다 얼굴이 검게 변해 있다. 마치 불에 그슬린 것 같다.

잠시 후에 4조장 비아론이 어깨를 늘어뜨린 채 히사치 앞에 섰다. 산길의 안개는 조금 가셨지만 그늘까지 져서 아침인데도 저녁 같다. 산길 위아래로 벌려 선 사내들은 모두 11인, 히사치가 이끄는 대장조와 4조 전원이 모인 것이다. 히사치가 다 들으라는 듯이 목소리를 높여 말했다.

"미행당한 것은 너희들 4조뿐이다. 이놈들은 아마 가탄강에서부터 너희들을 따라온 것 같다."

비아론은 머리를 숙였고 히사치의 말이 이어졌다.

"포로로 잡힐 놈들도 아니지만 잡혀도 자백을 받아낼 수 없는 놈들이다. 고수들이고 이놈들은 쿠추가 풀어놓은 일부분일 뿐이야."

"방심했습니다."

비아론이 겨우 한마디 했을 때 히사치가 눈을 가늘게 떴다.

"너희들은 운수가 좋았던 거야. 아직 보이지 않는 조는 당한 것 같다."

진시(오전 8시)가 되었을 때 아리사가 방으로 들어섰다. 그러나 김산과는 시선을 마주치지 않았고 얼굴은 붉게 상기되었다. 어젯밤에는 귀신에 홀린 상태였지만 시간이 지나 정신이 들자 귀신 앞에서도 부끄러운 것 같다. 그래서 김산이 주춤거리며 탁자 옆에 선 아리사에게 물었다.

"아직도 내가 귀신인 것이 꿈만 같으냐?"

아리사는 숨만 들이켰고 김산의 얼굴에 웃음이 떠올랐다.

"내 몸이 뜨거운지 다시 한 번 침상에 올라보지 않겠느냐?"

"그건 됐어요."

얼굴이 새빨개진 아리사가 외면한 채 말했다.

"당신이 상인 몸 안에 들어온 건 압니다."

"그런데 내가 너한테 할 말이 있다."

아리사가 머리를 들어 김산과 시선이 마주쳤다. 김산이 말을 이었다.

"내가 상인을 죽인 것이 아니라 엄청난 인물을 죽였다."

"……"

"상인으로 변장하고 있었던 자야."

김산이 손바닥으로 제 가슴을 가볍게 쳤다.

"내가 지금 몽골원정군 총사령관이며 대장군인 쿠추의 몸 안에 들어와 있게 되었단 말이다."

"……"

"내가 지금부터 쿠추 행세를 해야 된다."

아리사가 입을 딱 벌렸을 때 문 앞에서 기척이 났다. 그러더니 문이 열렸으므로 아리사가 질색을 했다. 외간남자의 방에 들어와 있는 것이다. 그때 방으로 들어선 비호수가 헛기침을 하더니 김산에게 말했다.

"전하, 준비가 되었습니다."

"응, 그래. 참, 대장군, 인사를 해라."

김산이 비호수에게 말했다.

"이 사람하고 내가 연분을 맺게 되었으니 알고 있도록."

그러자 비호수가 아리사에게 두 손을 모으고 절을 했다.

"몽골원정군 제3대장군 비호수가 총사령관 쿠추 전하의 비님을 뵙습니다."

비록 상인 복색은 하고 있었지만 비호수의 풍채는 당당했고 인사하는 법도도 의젓했다. 그래서 아리사도 두 손을 모으고 엉겁결에 답례를 했다.

"아리사입니다."

아리사의 얼굴이 너무 붉어져서 대추색이 되었다. 그때 김산이 말했다.

"허나 지금 동행할 수는 없고 이 사람도 동행이 있다. 그래서 오가 논성에서 만날 작정인데, 대장군, 금자가 얼마나 있나?"

"예, 1천 냥쯤 남았사옵니다."

"그것을 모두 이 사람에게 주도록."

그 와중에서도 놀란 아리사가 숨을 들이켰을 때 비호수가 금자를 가지러 가려는지 서둘러 방을 나갔다. 다시 방안에 둘이 되었을 때 김산이 말했다.

"네가 서방 복이 있는가 보다. 나야 귀신이라 어느 몸에 붙어도 상관이 없지만 넌 갑자기 몽골군 총사령관의 후궁이 되었지 않느냐?"

김산이 입맛까지 다셨다.

"총사령 쿠추는 변복을 하고 타르산 암살대를 막으려고 이곳에 와 있었던 것이야. 타르산 암살대는 반투왕 바이만이 쿠추와 그 휘하 대장군들을 암살하려고 고용한 놈들이지."

"……"

"그러다가 쿠추가 이곳에서 나한테 죽었으니 몸을 받은 이상 내가 대신 일을 해줘야지."

"……"

"방금 방에서 나간 대장군 비호수도 나를 총사령 쿠추인 줄로 철석같이 믿고 있지 않느냐?"

그때 얼굴색이 조금 개인 아리사가 말했다.

"그럼 제가 오가논성에 먼저 들어가서 기다리고 있겠어요."

아리사의 두 눈이 반짝였다.

"오가논성을 치려고 오실 것 아닙니까? 그때까지 기다리고 있겠단 말씀입니다."

"어떠냐? 쿠추의 비로 만족하겠느냐?"

그때 아리사가 얼굴을 펴고 웃었다.

"그럼요, 제가 복이 있나 봐요."

유시(오후 6시), 암산 바위틈에 앉아 있던 김산에게 비호수가 다가와 말했다.

"전하, 예상했던 대로 아래쪽에 암살대 1개조가 지나가고 있습니다."

"곧 이어올 것이다."

김산이 자리에서 일어나 어둠이 덮이기 시작하는 골짜기를 보았다.

"이곳이 세르갈의 고다드성으로 가는 지름길이자 놈들의 두 번째 그물이다."

세 번째는 바로 원정군의 본전이 될 것이다. 그때 비호수가 말했다.

"하지만 원정군이 움직이기 시작했으니 암살대는 당황할 것입니다."

그렇다. 김산의 연락을 받은 코르치는 고다드성을 떠나 북상하고 있는 것이다. 아도트가 점령한 술란성 뒤를 지나 풍우처럼 마칸디국을 향해 진격하고 있다. 기마군 12만의 대군인 것이다. 이윽고 머리를 끄덕인 김산이 비호수에게 말했다.

"보이는 즉시 격멸하고 떠난다."

"예, 전하."

머리를 숙여 보인 비호수가 몸을 날려 아래쪽으로 사라졌다. 머리를 든 비호수가 서쪽을 보았다. 오전 오시(낮 12시)경에 떠난 아리사는 지금쯤 1백여 리는 갔을 것이다.

멸망

　기선풍과 이공태의 시신은 김산 휘하의 곽봉과 서천수가 발견했다. 검게 그슬린 둘의 머리가 몸통과 떨어져 바위 위에 올려져 있었던 것이다. 시체는 온전했는데 독극물이 퍼진 터라 짐승이 접근하지 못했기 때문이다. 옷에 싸들고 온 둘의 머리통을 본 비호수가 이를 갈았다.

　"이놈들, 내가 산 채로 태워 죽여주마."

　"기선풍과 이공태는 불에 타 죽는 것보다 더 심한 고통을 받았다."

　김산이 둘의 머리를 보면서 말했다.

　"얼굴을 보면 그 고통의 강도를 알 수 있어. 이것은 서역의 독극물 '비탈'이다."

　"누굴까요?"

　"암살대장 히사치다."

　머리를 든 김산이 자리에서 일어섰다.

　"이놈들이 빠져나간 것 같다. 뒤를 쫓아야 한다."

김산과 비호수가 쳐놓은 그물에 아직 아무도 걸리지 않았다. 그래서 남은 대원을 모아 뒤를 쫓아야 하는 것이다.

시간이 지날수록 암살대가 목표에 가까워지는 위험성이 있는 반면에 행동반경이 좁혀지는 이점도 생긴다. 암살대의 목표는 몽골원정군 수뇌부의 암살이니 원정군 본진을 향하고 있을 터였다. 지금 원정군은 참모장 코르치의 인솔 하에 전속력으로 북상 중이다. 몽골 기마군의 특성을 유감없이 발휘하여 반투국 술란성 뒤쪽을 돌아 마칸디 왕국으로 북상하고 있는 것이다.

원정군 병력은 기마군 15만, 대장군 5명 중 제3대장군 비호수만 제외하고 4명이 군을 지휘하고 있다. 고다드성과 토번에는 3만여 명의 주둔군만 남겨 놓았을 뿐이다. 기마군 15만이 예비 마 40여만 필을 이끌고 지나는 터라 밟고 지나간 초원에는 널따란 대로가 만들어졌다. 지나는 주변의 성과 마을은 지진이 일어난 줄 알고 대피하는 소동이 벌어졌으며 위용에 압도당한 반투의 성과 마칸디의 소성(小成)은 요구도 하지 않았는데 찾아와 항복을 했다.

"이곳이 좋다."

원정군과의 거리가 150여 리로 가까워진 작은 강가에 닿았을 때 김산이 굳어진 얼굴로 비호수에게 말했다. 이제 수하 6명 중 넷이 남았지만 아직 따라오지 못했다. 공력이나 경공이 김산과 비호수와 견줄 수 없었기 때문이다.

"그놈들도 본진이 마칸디를 향해 북상 중이라는 것을 알고 있을 터, 목표를 고다드에서 이동하는 본대로 바꿨을 것이다."

"본대와 더 가깝게 붙는 것이 어떻겠습니까?"

비호수가 묻자 김산이 머리를 끄덕였다.

"여기서부터 하나씩 제거하면서 본대로 접근한다. 놈들과 함께 가는 것이지."

"본대에도 경고를 하겠습니다."

"네가 다녀오도록, 그동안 나는 강가를 둘러보겠다."

목표를 정한 둘의 손발은 손뼉을 치는 것처럼 잘 맞는다. 비호수는 김산의 진기까지 흡수한 터라 분신이나 같다. 비호수가 바람을 일으키며 본진을 향해 사라졌을 때 김산이 강가를 훑어보았다. 뒤쪽 바위산에서 기다렸지만 암살대는 걸려들지 않고 오히려 미행하던 이공태와 기선풍만 참혹하게 살해되었다. 타르산 암살단을 얕본 것이다. 이곳이 두 번째 함정이 된다.

그 시간에 김산의 지시를 받고 샛길을 따라오던 곽봉과 서천수가 골짜기의 마을을 보고 멈춰 섰다. 미시(오후 2시) 무렵, 흐린 날씨여서 시야는 좁아졌지만 2리(1km) 거리의 마을은 선명하게 드러났다.

"곽 형, 저기서 요기라도 하지."

서천수가 반가운 듯 말했을 때 곽봉이 머리를 저었다.

"우리보다 먼저 온 손님이 있어."

"어? 누군데? 마곡하고 짝이 된 진위혁인가?"

서천수가 목을 늘였을 때 곽봉이 소매를 잡아 바위틈으로 끌었다.

"아니야, 너덧 명이야."

"그, 그렇다면."

그때서야 서천수의 얼굴이 굳어졌다. 둘 다 고수였지만 곽봉이 신중하고 간계에 능하다. 그래서 선임인 것이다. 곽봉이 목소리를 낮추고 말했다.

"이 시각에 마을 사람들은 다른 곳에 돌아다니지를 않아. 그런데 아낙 두어 명이 마을 중심의 저택 마당에서 서성거리고 있어. 식사준비를 하는 거야."

"그렇군, 난 보지 못했는데."

"다른 집에서 도우려고 온 것이지."

둘이 바위틈에서 머리만 내밀고 아래쪽을 내려다보았다. 마을은 민가가 여섯 채. 모두 흙집이었는데 중앙의 제법 큰 집의 마당에만 여자들이 모여 있다. 마당에서 연기가 오르는 것은 음식을 만드는 것이다. 손님이 찾아왔다는 증거다.

"저쪽을 봐."

마침내 곽봉이 손가락으로 앞쪽을 가리키며 목소리를 낮췄다.

"저기 감시가 있군."

곽봉의 손가락 끝을 본 서천수가 숨을 들이켰다. 2리 거리여서 개미보다 작게 보이는 사내다. 마을 입구의 돌무더기 옆에 붙어 앉아 있어서 표시가 나지 않았는데 사내가 일어서는 바람에 드러났다. 사내의 다리 사이로 흰 것이 보였다. 오줌 줄기다. 소변을 보려고 일어났다가 눈에 띄었다.

"운이 좋군."

곽봉이 혼잣소리로 말했다.

"이 골짜기 샛길로 들어온 것이 말이야."

"난 자네가 짝이 되어서 운이 좋네."

서천수가 칭찬했다.

"하마터면 마을로 들어가서 기선풍처럼 당할 뻔 했네."

곽봉은 대답하지 않았다.

마루에 앉은 가비드가 말했다.

"서둘러라. 요기만 하고 바로 떠나자."

가비드의 시선이 옆쪽 마당에서 서성대는 여자 셋 쪽으로 옮겨졌다.

"조용히 요기만 하고 가려고 했는데 마을이 떠들썩해졌군."

그러나 어쩔 수 없는 일이다. 갑자기 닥친 다섯의 식사를 준비하려면 옆집의 마른고기, 그 이웃집의 밀가루까지 얻어 와야 했기 때문이다.

"조장, 오늘 밤까지 아진현에 닿아야 되오?"

부장 마치크가 묻자 가비드가 흐린 하늘을 보았다.

"가다가 비를 맞겠다. 어쨌든 오후에 1백여 리는 더 가야만 해."

"몽골군이 이동을 하고 있다니 따라잡기가 더 어렵겠소."

"북상하고 있으니 오히려 가까워졌어."

가비드가 말했을 때 여인 셋이 각각 그릇에 오리를 담아 들고 왔다. 김이 무럭무럭 오르는 빵과 삶아서 양념을 한 돼지고기, 그리고 빵을 적셔 먹는 고기죽이다.

"으음, 오랜만에 사람대접을 받는구나."

유난히 식탐이 심한 가비드가 침을 삼키면서 반겼다. 민가를 찾아온 것도 오랜만에 요리한 음식을 먹고 싶었기 때문이다.

"마치크, 조도와 사이스를 불러라."

그릇을 끌어당기면서 가비드가 말했다.

곽봉의 장기는 둔갑과 검술, 특히 항상 품에 지니고 다니는 단검을 던지면 10보 거리에서는 백발백중이다. 곽봉은 1천인장으로 무당산에서 수행하다가 27세 때 몽골군에 투신했다. 그 후 10년 동안 전장만 다녀서 접전에 능숙했다. 10보 거리로 접근할 때까지 사내는 전혀 곽봉의 접근을 눈치채지 못했다. 나무 뒤에서 모습을 드러낸 곽봉의 단검이 유성처럼 날아갔다.

"꺽!"

이마에 단검의 손잡이만 드러나도록 깊숙이 박혔을 때 그런 소리가 났다. 사내가 두 손을 앞으로 내민 채 뒤로 반듯이 넘어지자 곽봉이 나는 듯이 달려왔다. 쓰러지는 사내의 몸을 받아 소리 없이 땅바닥에 눕힌 곽봉이 눈짓을 했다. 안으로 들어가자는 표시다.

바로 옆집에서 가죽신이 찢어진 곳을 꿰매던 조도가 머리를 들었다. 어디선가 트림하는 소리가 들렸기 때문이다. 눈을 껌벅였던 조도가 다시 머리를 숙이고는 가죽신을 꿰매기 시작했을 때 뒤쪽에서 인기척이 났다. 마침 바늘이 가죽 찢어진 부분을 찌르는 순간이어서 잠깐 후에 머리를 들었던 조도는 목에 닿는 강한 충격을 느꼈다. 칼이다. 다음 순간 조도가 입을 딱 벌렸지만 소리가 뱉어지지 않았다. 이미 머리통이 몸에서 떼어졌기 때문이다. 떼어진 머리통이 땅바닥에 떨어지는 소리만 났다.

"조도, 사이스!"

마치크가 부르면서 마당으로 들어섰다.

"음식이 다 되었다!"

마당을 돌았던 마치크가 짙은 피비린내를 맡고 숨을 멈췄다. 무의

293

식중에 허리춤을 더듬었지만 아뿔싸, 칼을 옆집 마루에 걸쳐 놓았다. 그 순간이다. 뒤쪽에서 바람을 가르는 소리가 들려 마치크는 보지도 않고 몸을 솟구쳤다. 도약력이 뛰어난 마치크다. 단숨에 석 자 높이까지 뛰어오른 마치크가 허공에서 몸을 돌린 순간이다.

"억!"

단검이 가슴에 깊게 박히는 바람에 마치크는 외마디 신음을 뱉었다. 빗나간 단검이 나무 기둥에 박히는 소리가 들렸다. 놈은 단검 두 개를 연달아서 던진 것이다. 눈앞이 하얗게 된 마치크의 몸이 땅바닥에 떨어졌을 때 또 한 자루의 단검이 날아와 목을 꿰뚫었다.

"으앗!"

옆집에서 마치크의 부르는 소리를 듣고 마당을 나오던 사이스가 지른 기합이다. 기합과 함께 빼 든 칼로 사이스는 서천수가 내지른 칼을 받았다.

"쨍!"

칼날이 부딪치는 요란한 소리, 그 순간 서천수가 다른 손으로 뿌린 흑연이 사이스의 얼굴을 덮었다. 흑연은 종이 봉지에 싼 검은 독극물, 암기다. 산동성에서 나오는 독초를 3년간 말렸다가 뱀독과 함께 분말로 만든 독으로, 흡입하면 숨구멍이 타들어가 1각 안에 절명한다. 사이스는 칼날을 막은 안도감에 숨을 한껏 들이켰다가 산동 독극물을 잔뜩 들이켰다.

"으아악!"

다음 순간 터진 사이스의 외침은 기합이 아니었다. 식도가 타면서 내뱉는 단말마의 비명이다. 대비하고 공격한 자의 이점이 바로 이것이다. 두어 계단 무공이 하수라도 기선을 제압하면 서너 계단 먼저 나갈 수가 있는 것이다. 그때 사이스의 첫 비명을 듣고, 앞집에서 음식상을 받고 있던 조장 가비드가 달려왔다. 식탐을 했던 조장이 나타났다.

"이놈!"

가비드의 무공은 힘과 기교가 적절하게 배합되었고 손에 쥔 반월도는 천하무적이다. 반월도 끝에 묻혀놓은 독극물은 피부에 닿기만 해도 썩어서 2합만 지나면 그곳이 치명상으로 변한다. 가비드가 후려친 첫 칼날이 서천수의 소매를 한 뼘이나 자르고서 광풍을 일으켰다. 혼비백산한 서천수가 몸을 비틀고는 아예 칼질도 하기 전에 흑연을 뿌렸지만 가비드는 숨을 참으면서 다시 칼을 후려쳤다. 단숨에 2합.

"짱!"

겨우 막은 서천수의 아끼던 장검이 두 토막으로 갈라졌다. 가비드가 반월도를 고쳐 쥐면서 3합을 시작했다. 한 걸음 앞으로 왼쪽 발을 내딛는 순간,

"획, 획."

파공음에 놀란 가비드가 저도 모르게 숨을 들이켰다. 기회를 엿보다 서천수가 왼쪽 소매를 털듯이 뿌렸으며 반대쪽에서 단검이 유성처럼 날아왔다. 가비드는 숨을 참고 몸을 틀어 두 자루의 단검과 흑연을 피했다.

"획, 획"

그러나 이어서 날아온 두 자루의 단검 중 하나가 어깨에 박히면서

자세가 비틀려졌다. 곽봉이 나타난 것이다.

"이얏!"

곽봉이 허공으로 치솟아 오르면서 장검을 치켜들었다. 태산을 쪼갠다는 만근검, 무서운 기세에 가비드가 한 걸음 비켜섰을 때 서천수가 던진 비수가 가비드의 눈알에 박혔다. 가끔 의외의 수가 결말을 낸다.

서천수는 이마를 노렸지만 빗나가 눈을 맞췄다.

강가로 1개 조가 다가온다. 술시(오후 8시) 무렵, 기다린 보람을 찾은 것이다. 흐린 날씨여서 이미 주위는 짙은 어둠에 덮였고 빗방울이 한두 방울씩 떨어지고 있다.

김산이 바위틈에 앉아 물끄러미 다섯 명을 보았다. 거리는 2백 보 정도, 앞장선 사내가 능숙하게 갈대숲을 헤치고 다가왔고 뒤를 종대로 넷이 따른다. 발걸음이 가벼우면서도 보폭은 넓고 몸에서 원기가 풍겼다. 중원 무림의 고수들과는 다른 분위기다. 중원 무림인이 우리 안의 맹수라면 이들은 야성의 괴수다. 측량하기가 어렵다.

이윽고 다섯이 1백 보 거리로 다가오더니 왼쪽으로 방향을 틀었다. 그때 김산이 몸을 일으켰다. 그러고는 곧장 사내들에게로 다가간다. 거침없이 발을 디뎠기 때문에 자갈 밟는 소리가 났고, 나뭇가지가 밟혀 부러졌다. 무공이 없는 범인(凡人)의 자세다. 당연히 50보 거리가 되었을 때 사내들이 일제히 멈춰 서면서 이쪽을 보았다.

"누구냐?"

왼쪽 첨병이 소리쳐 묻는다. 밤이어서 윤곽만 드러나 있는 상태다. 김산이 대꾸 없이 발걸음을 더 떼었을 때 짧은 신호음이 울리면서 다섯이 더 넓게 횡대로 전개했다. 그러고는 이쪽으로 다가온다. 잘 훈련된 대형이다. 중앙에 두목이 섰다. 가장 강한 원기가 풍겨진다. 양쪽이 다가갔기 때문에 거리는 순식간에 좁혀진다.

20보, 15보, 10보 거리가 되었을 때 양측은 약속이나 된 것처럼 멈춰 섰다. 이제 서로의 모습은 선명하게 드러났다.

"누구냐?"

중앙의 사내가 묻는다. 목소리에 강한 내공이 실렸다. 넓은 어깨, 강한 안광, 40대쯤 되었고 손에는 이미 장검을 빼 들었다. 좌우의 넷은 제각기 단검과 장검, 철궁을 겨누고 있었는데 빈틈이 없다. 이번에는 김산이 물었다.

"너희들은 몇 조인가?"

"무엇이?"

놀란 중앙의 사내가 한 걸음 전진했고 오른쪽 철궁을 쥔 사내는 김산을 겨누었다. 신호를 보낸 것 같다. 빗방울이 조금 많아졌다. 뒤쪽 강에서 불어온 바람에 비린내가 많아졌다. 그때 중앙의 사내가 옆으로 비켜서면서 외쳤다.

"쏴라!"

"팍, 팍, 팍."

기선풍과 이공태를 죽인 철궁이다. 한꺼번에 발사된 3발의 살이 10보 거리의 김산의 가슴과 머리에 맞았다.

"됐다!"

철궁을 쏜 사내의 입에서 탄성이 울렸고 나머지 넷의 표정도 밝아졌다. 모두 본 것이다. 그 순간이다. 세 발의 살을 몸에 박은 채로 김산이 바람처럼 날아왔다.

"으악!"

조금씩 굵어지는 빗발 속으로 사내의 처절한 비명이 울렸다. 보라. 두 팔이 잘려나간 사내가 반 뼘밖에 남지 않은 두 팔을 흔들면서 다시 소리쳤다. 첫 비명은 놀람이 반쯤 섞였고 지금은 고통이다.

"으아악"

그때 6조 조장 치요타는 사내의 몸에 박혀 있던 살이 땅바닥으로 떨어지는 것을 보았다. 헛것을 본 것 같다.

"에에잇!"

바로 옆쪽 사내가 달려들면서 내지른 기합이다. 장검을 치켜든 사내가 김산의 몸통을 어깨에서부터 허리까지 비스듬히 잘랐다. 이번에도 틀림없이 잘랐지만 사내는 숨을 들이켰다. 허공을 잘랐기 때문이다. 다음 순간 사내는 목에 차가운 얼음날이 지나는 느낌을 받았다. 머리통이 몸에서 분리된 사내는 비틀거리면서 치요타 쪽으로 세 걸음이나 걷다가 엎어졌다.

"이놈."

순식간에 부하 둘을 잃은 치요타가 장검을 고쳐 쥐었다. 나머지 둘도 치요타의 좌우에 붙더니 김산을 3면에서 에워쌌다. 그때 김산이 말했다.

"죽기 전에 알려주마. 나는 몽골원정군 사령관 쿠추, 고려인으로 김산이라 불리기도 한다."

말이 끝나면서 몸을 솟구친 김산이 손에 쥐고 있던 검을 휘둘러 치요타 오른쪽 사내를 베었다. 곧 머리가 세로로 두 쪽으로 갈라졌다.

"에익!"

빈틈을 본 치요타가 김산의 옆구리를 맹렬하게 찔렀지만 또 빗나갔다.

"으악!"

치요타가 비명을 질렀다. 두 다리가 절단되어 몸통이 밑으로 떨어졌기 때문이다. 남은 사내 하나가 도망쳤다. 타르산 암살대에서는 희귀한 일이었다. 등을 돌린 기록도 없었기 때문이다.

"으아악!"

사내가 옆쪽 어둠을 향해 비명을 지른 것은 칼바람이 휘몰아친 후의 제 몸뚱이를 보았기 때문이다. 두 다리, 팔이 다 잘려져서 몸통만 땅바닥에서 뒹굴고 있었기 때문이다. 몸통과 머리만 남았다.

히사치가 그곳에 닿았을 때는 해시(오후 10시) 무렵, 빗발이 그쳤고 하늘에 달까지 나와 있을 때였다. 6조에 둘이 살아 있었는데 팔이 없어진 궁수와 조장 치요타였다. 치요타는 두 다리가 허벅지에서부터 절단되었지만 살아 있었다.

"대장, 쿠추요."

치요타가 헐떡이며 말했다.

"놈이 혼자서 우리를 이렇게 했소."

히사치가 주변을 둘러보았을 때 치요타가 말을 이었다.

"대장, 쿠추를 보았다는 것을 말하려고 기다렸소."

"고생했다. 치요타."

머리를 끄덕인 히사치가 물었다.

"그놈이 쿠추가 분명해?"

"그렇소. 본인이 말했소."

몸을 세운 히사치가 칼을 휘둘렀고 야광검이 어둠 속에 번쩍였다.

치요타의 머리가 땅바닥으로 떨어졌을 때 히사치가 뒤에 서 있는 부장 유바트를 보았다.

"쿠추가 치요타를 살려준 것은 우리에게 기다리고 있다는 경고를 한 것이야."

놀란 유바트가 한 걸음 다가서더니 주위를 둘러보았다.

"대장, 무슨 말입니까?"

"내가 이제 쿠추와 만나게 되었다."

히사치의 얼굴에 웃음이 떠올랐다.

"잘 되었어, 암살대 임무를 일찍 끝낼 수 있겠다."

히사치가 잘 보았다. 치요타를 살려놓은 것은 뒤에 올지도 모르는 다른 조에게 자신의 존재를 알리려는 의도였다. 그리고 앞쪽 숲에서 기다리고 있었던 것이다. 그런데 다음에 나타난 조가 암살대장 히사치가 이끈 다섯 명이다. 김산의 얼굴에도 웃음이 떠올랐다. 잘 된 것이다.

머리를 든 김산이 하늘을 보았다. 비 온 뒤의 밤하늘은 맑다. 흘러가는 구름도 보인다. 지금까지 5개 조를 없앴지만 이제 머리를 만난 셈이다. 김산은 발을 떼었다. 숲에서 히사치와의 거리는 2백 보 정도, 그 거리에서도 김산은 암살대 간의 대화를 다 들었다. 김산이 거침없이 다가가자 1백 보 거리가 되었을 때 앞쪽의 기척이 일제히 끊겼다. 김산을 발견한 것이다. 그때 김산이 몸을 날렸다.

1백 보 거리를 숨 세 번 마시고 뱉었을 때 달려간 김산이 여섯 명 앞에 섰다. 달빛에 비친 모두의 모습이 다 드러났다. 김산이 중앙에 선 히사치를 보았다.

"네가 몽골군의 쿠추렷다."

히사치가 먼저 말했다. 어깨를 편 히사치가 자태를 뽐내듯 턱까지 치켜 올렸지만 김산의 체구 또한 위풍이 있다. 히사치의 다섯 걸음 앞으로 다가선 김산이 주위를 둘러보았다. 다섯 명이 각각 좌우로 둘씩 셋씩 나뉘어졌는데 좌우에 각각 한 명이 철궁을 겨누고 있다. 히사치가 정면에 서 있으니 3면을 둘러싼 셈이다. 그때 김산이 입을 열었다.

"네가 히사치렷다."

"그렇다."

히사치가 허리에 찬 야광검을 스르르 빼 들며 웃었다.

"오늘 밤, 너하고 나 둘 중 하나는 이곳에서 죽는다, 쿠추."

그때 좌우의 5인이 한 발 짝씩 다가섰는데 철궁을 쥔 두 사내는 각각 비스듬한 위치로 자리 잡았다. 화살이 빗나가 앞쪽 동료에게 날아가지 않도록 하는 것이다. 나머지 셋은 장검을 쥐었는데 빈틈이 없다. 히사치와 함께 공격하려는 자세, 그때 김산이 하늘을 올려다보며 웃었다.

"죽기 좋은 날이다."

그 순간이다. 히사치를 비롯한 여섯 명 모두 허점을 보았다. 시선이 하늘로 올라간 쿠추, 이것은 야수 앞에 던져진 고기나 같다. 철궁의 화살이 날았고 두 명이 뛰어올랐다. 히사치는 움직이지 않았다.

거리는 6, 7보 정도 눈을 감고 쏘아도 맞힐 수 있는 거리다.

"팍, 팍, 팍, 팍……"

여섯 발의 발사음, 그리고 그 사이로 떠오른 두 사내, 번쩍이는 장검의 칼날, 히사치의 눈에는 화살이 모조리 쿠추의 몸에 박히는 것처럼 느껴졌다.

"으앗!"

외침이 울린 곳은 왼쪽에서 떠오른 만투라. 치켜든 칼을 쿠추의 머리통을 향해 도끼로 장작을 찍듯이 내려쳤는데 그 칼날이 중간쯤 내려온 순간, 만투라의 몸이 비틀리면서 뒤로 벌떡 넘어졌다. 몸통이 배꼽 아랫부분에서 두 토막으로 절단되었기 때문이다.

그때 이미 두 명의 화살은 허공을 가르고 날아갔다.

"으악!"

또 한 번의 비명이 들렸을 때 히사치가 야광검을 치켜들고 전장의 복판으로 뛰어들었다. 히사치는 쿠추의 모습을 그대로 본 유일한 인간이다. 쿠추는 머리를 젖혀 밤하늘을 본 순간에 뛰어올랐다. 따라서 화살은 허공을 갈랐는데 보는 이들은 조금 전의 환영이 머릿속에 남아 있었기 때문에 맞은 것으로 착각했다.

허공으로 솟은 쿠추는 그보다 조금 늦게 솟은 왼쪽의 만투라가 칼을 내려치기 직전에 몸통을 잘라버렸다. 만투라 또한 한순간 늦게 보았고 늦게 느꼈다. 몸통이 잘린 후에 칼이 절반쯤 내려쳐졌다고 만든 이유다.

그리고는 땅바닥에 발을 디딘 쿠추가 그대로 칼을 휘둘러 철궁을 쥔 타치스의 머리통을 몸과 떼어 놓았다.

섬광처럼 움직이는 몸이어서 겨우 히사치만 보았을 뿐이다. 그때 히사치가 막 몸을 돌리는 쿠추의 옆구리를 향해 야광검을 후려쳤다.

반대쪽에서 떠올랐던 휴구스는 허탕을 치고 땅바닥에 내려앉았지만 그사이에 만투라와 타치스가 베여 죽었다. 눈 깜빡하는 사이에 일어난 일이다. 그 틈으로 히사치가 치고 들어갔으니 유바트는 두 번째 칼질도 못 했고 철궁을 쏘았던 치단은 주춤거릴 뿐이다.

"에잇!"

히사치의 야광검이 날았다.

"쨍!"

처음으로 칼날이 부딪치는 소리가 났고 다음 순간 히사치가 이를 드러내고 웃었다. 앞쪽 쿠추가 숨을 들이켜는 것을 보았기 때문이다.

"됐다."

히사치가 뒤로 도약하면서 소리쳤다.

"저놈이 독을 마셨다! 뒤로!"

히사치가 야광검에 잔뜩 밀착된 독, 가이산의 철독은 타격을 받으면 분말이 되어 퍼진다. 히사치는 야광검의 각도를 조절하여 눈에 보이지 않는 분말을 쿠추의 얼굴 방향으로 뿜었다.

히사치의 말에 휴구스와 치단, 그리고 유바트는 일제히 뒤로 물러났다. 철독의 위력을 아는 것이다. 이제 다음 순간 쿠추는 입에서 검은 피를 토하면서 몸부림을 치다가 절명한다. 그때 쿠추가 쓴웃음을 짓더니 길게 마신 숨을 가장 가까운 곳에 선 치단에게 뿜었다.

"악!"마침 입을 벌리고 있던 치단이 당장 두 손으로 목을 움켜쥐었다. 그러더니 눈을 부릅떴다.

"으아악!"

치단의 처절한 비명이 밤하늘을 울렸다. 독을 마신 것이다. 두 손으로 목을 감싸 쥔 치단이 사지를 비틀다가 쓰러졌다.

"이놈."

휴구스가 다시 떠올랐다. 한걸음에 도약해서 김산에게 덮쳐온 것이다. 그 좌측에 유바트가 있었으니 적절한 배합, 히사치는 정면이다.

"이얏!"

휴구스의 기합이 울렸지만 이번에도 김산이 섬광처럼 반걸음 먼저 옆으로 비껴 나가면서 유바트에게 덮쳤다. 부장(副長) 유바트는 양손에 장검과 단검을 쥐고 있었는데 빈틈이 없다. 단검이 막고 장검이 공격을 했다가 접근전이 되면 장검으로 방패를 삼고 단검이 찌른다. 너무 갑자기 김산이 덮쳐 오는 바람에 유바트는 장검을 세로로 세우면서 단검을 내질렀다. 바늘 끝만 한 틈도 보이지 않는 검법, 그 순간이다.

"으아악!"

유바트의 비명이 밤하늘을 울렸다. 장검을 쥔 팔이 어깨에서부터 떨어졌다.

"으악!"

또 하나의 비명, 휴구스가 다시 칼을 치켜들었을 때 날아간 유바트의 장검이 가슴을 뚫고 등으로 나왔다.

"으으음."

히사치의 입에서 신음이 터졌다. 그야말로 섬광과 같은 일순간에 치단과 유바트, 휴구스 셋이 처단되었다. 미처 손을 쓸 틈이 없다. 이쪽으로 나가려고 했더니 벌써 김산은 저쪽에 떠 있고 저쪽의 등을 치려고 했더니 이제 앞에 서 있다. 김산의 시선을 받은 히사치가 쓴 웃음을 지었다.

"이놈, 결판을 내자, 쿠추."

"너는 아는가?"

장검을 늘어뜨린 김산이 물끄러미 히사치를 보았다.

"타르산 암살단은 수백 년간 암살, 암습으로 명성을 높여왔다. 따라서 암살 용병으로의 성과만 높았지 너희들의 무공(武功)이 높다는 말은 듣지 못했다."

"무슨 수작이냐?"

어금니를 문 히사치가 야광검을 천천히 치켜 올렸다. 눈에 차츰 살기가 돌더니 번들거렸다.

"이놈, 쿠추, 오늘 결판을 내자."

그때 김산이 장검을 칼집에 넣었으므로 히사치는 숨을 멈췄다. 거리는 다섯 보, 한 걸음만 떼면 김산을 벨 수 있었지만 조금 전의 장면이 떠올랐기 때문에 망설였다. 쿠추가 하늘을 본 다음 순간 허점을 노리고 들어갔던 부하들이 도륙을 당했던 것이다. 이제 맨손이 된 김산이 한 걸음 히사치에게 다가갔다.

"오늘 널 죽이겠다."

김산이 낮게 말하면서 한 걸음을 더 떼었다.

"그다음에 타르산 암살대를 멸망시키겠다."

"가소로운 놈."

그 순간 히사치가 치켜들고 있던 야광검을 후려쳤다. 36수, 단 한 번의 칼질로 끝내지 않고 전후좌우, 동서남북, 상하를 4번씩 되풀이하는 히사치의 36수가 태풍처럼 휘몰아쳤다. 히사치는 검날의 반응도 무시했다. 끊임없이 다음 수를 이어가면서 김산의 몸을 검망 위에 올렸다. 그러나 36수가 끝났을 때까지 칼끝에 촉감이 오지 않았다. 야광검만 더욱 희게 반짝이고 있을 뿐이다. 이윽고 히사치가 뛰어 물러섰을 때 김산의 모습이 보였다. 김산은 그 자리에 그대로 서 있었는데 웃음 띤 얼굴이다. 히사치가 다시 야광검을 두 손으로 고쳐 쥐었다. 어느덧 얼굴은 땀으로 뒤덮였고 입에서 거친 숨이 뿜어졌다. 그때 김산이 말했다.

"너는 중원의 무술을 본 적이 있는가?"

히사치가 호흡을 가누었다. 김산이 쉴 여유를 주고 있다. 다시 김산의 말이 이어졌다.

"네가 만난 중원 무림인 중 허명과 허세를 품은 자들이 많았을 것이다."

히사치가 어깨의 힘을 풀고 다리에 힘을 실었다. 이제 조금만 더.

"너는 그동안 암기와 암술로 수없는 인명을 죽였지만 정정당당히 대결해본 적이 있는가?"

그러고 보니 없는 것 같다. 이제 호흡이 정상으로 돌아온 히사치가 빙그레 웃었다.

"그럼 쿠추, 내 검을 받아보아라."

"아니, 이미 끝났다."

머리를 저은 김산이 턱으로 히사치가 들고 있는 야광검을 가리켰다.

"네 칼을 보아라."

히사치가 저도 모르게 제가 쥐고 있는 야광검을 보았다.

"아앗!"

히사치의 입에서 낮은 외침이 터졌다. 조금 전까지 번쩍였던 칼날이 없어졌다. 자신은 칼자루만 쥐고 있는 것이다.

"어?"

한 걸음 뒤로 물러난 히사치가 눈을 부릅떴을 때 김산이 말했다.

"이것이 사술인 것 같으냐? 그렇다면 네 발밑을 보아라."

히사치가 제 발밑을 보았다. 무수한 알맹이가 땅바닥에서 반짝이고 있다. 저것이 무엇인가? 그 순간 히사치가 숨을 들이켰다. 칼날을 절구에 찧어놓은 것처럼 만들어 놓았다.

"이, 이놈."

히사치가 이를 악물었을 때 김산의 몸이 없어졌다. 어둠 속이었지만 달빛이 선명한 그림자를 만드는 밤이다. 풀잎 자취도 선명한데 어디로 사라졌단 말인가? 그때 뒤쪽에서 목소리가 들렸다.

"여기다."

"아앗!"

히사치가 몸을 돌리면서 허리에 찬 단검으로 뒤를 후려쳤다. 그러나 빗나갔다. 목소리만 들렸을 뿐 형체가 사라졌던 것이다.

"내가 진기를 마셨기 때문이다."

이제 머리 위에서 김산의 목소리가 울렸다.

"이놈, 쿠추, 나오너라!"

단검을 휘두르며 히사치가 악을 썼다.

"그래, 네 말대로 정면 승부를 하자."

그 순간이다. 히사치의 발 앞에 장검 하나가 날아와 박혔다. 부하의 장검이다. 그러고는 세 걸음 앞에 김산의 모습이 드러났다. 이제 김산도 손에 장검을 빼 들고 있다. 김산이 똑바로 히사치를 보았다.

"자, 승부다."

"좋다!"

숨을 들이켠 히사치가 장검을 치켜들었다. 36수는 이제 무용지물이다. 그렇다면 정면으로 치고 나가 동사(同死)한다. 자폭검, 지금까지 한 번도 실패하지 않았던 암살단의 비장검, 같이 치고 죽는 것이다. 히사치의 얼굴에 웃음이 떠올랐고 다음 순간 김산을 향해 돌진했다.

김산이 필살의 기운으로 닥쳐오는 히사치를 보았다. 엄청난 검세, 기교는 적지만 저 검력으로는 말과 사람을 한꺼번에 벨 수가 있다. 검풍 안에 든 생물은 다 죽는다. 검날이 섬광처럼 뻗어왔는데 히사치의 몸은 빈틈투성이다. 그러나 그 빈틈이 치명적 무기다. 이쪽에서 빈틈을 공격하는 순간 히사치는 끌어안고 칠 것이다. 검광이 다가온 순간 김산은 뛰어오르려다가 눈을 치켜떴다. 머리 위쪽에도 함정이 파여 있었기 때문이다. 뛰어오른 순간 히사치가 몸으로 막으면서 함께 찌른다. 그래서 히사치의 검날이 위로 뻗쳐 있다. 그때 김산이 몸을 옆으로 비키고는 장검을 후려쳤다. 히사치의 장검이 섬광처럼 내려왔지만 김산의 소매를 베고 땅바닥을 찍었다. 김산의 장검은 곧 묵직한 충격을 받으며 옆으로 흘러갔다. 단1합, 히사치의 함정에 빠지지 않고 가장 단순한 검법으로 허리를 베었다. 히사치는 허리가 두 동강이 난 채 쓰러지면서 신음 한 번 뱉지 않았다. 김산이 허리를 폈을 때 히사치의 잘려진 상반신이 반듯이 하늘을 향해 누워 있었다. 아직 손에 장검을 쥐고 있었지만 치켜 올리려는 옹색한 짓은 하지 않는다. 히사치의 얼굴은 평온했다. 밤하늘의 구름을 올려다보던 히사치의 눈동자가 김산에게 옮겨졌다.

"무슨 검법이야?"

"고려인이 벼를 이렇게 벤다."

히사치는 시선만 주었고 김산이 말을 이었다.

"네 교묘한 암술에 암술로 대적할 필요가 없지, 나는 네 암술을 무시하고 너를 벼로 생각했을 뿐이다."

"으음."

그때서야 히사치의 입에서 신음이 터졌다. 머리를 든 김산이 구름에 가려진 달을 보았다. 문득 고려가 떠올랐기 때문이다. 어렸을 때 고려 땅에서 저런 달을 본 적이 있었던 것 같다. 이윽고 시선을 내린 김산은 히사치의 숨이 끊어진 것을 보았다. 그러나 흐린 눈동자는 달을 향해 있다.

김산이 원정군 본대와 합류한 것은 그로부터 닷새 후였다. 원정군은 북상하여 마칸디국 국경 근처에 주둔하고 있었는데 술란성을 점령했던 아도트까지 합류한 상태였다.

"전하, 마칸디 국경이 허물어져 있습니다."

참모장 코르치가 웃음 띤 얼굴로 보고했다.

"국경 근처의 성 4개가 비었고, 3개 성은 벌써부터 항복 사절을 보냈습니다."

김산이 머리를 끄덕이고 둘러선 장군들을 보았다.

"마칸디의 왕성 구탄성까지는 이곳에서 1천여 리, 누가 선봉을 서겠는가?"

"소장이 적임입니다."

대번에 나선 대장군이 제1대장군 예케다. 예케가 어깨를 부풀리며 말했다. 얼굴도 굳어 있다.

"기마군 3만만 주시면 단숨에 주파하여 구탄성을 점령하겠습니다."

참모장 코르치가 머리를 끄덕였다.

"전격전에는 예케 대장군이 적임이지요. 장군은 원정 경험이 많아서 임기응변에 강합니다."

예케가 만족한 듯 턱을 치켜들었으므로 김산이 말했다.

"제1대장군 예케가 제2군단 2만 명과 제7군단 2만 명을 이끌고 구탄성을 공략한다."

제1군단에서 5군단까지는 본래의 원정군이고 제6에서 8군단까지는 토번과 세르갈군단이다. 각 군단의 병력은 2만, 원정군은 8개 군단 16만인 것이다. 김산의 명령이 이어졌다.

"예케는 전격 전으로 도중의 마칸디성을 건드리지 말고 곧장 왕성 구탄으로 진격하여 함락시키도록."

김산의 시선이 제2대장군 홍복에게 옮겨졌다.

"제2대장군 홍복은 제2진이다. 제3군단과 7군단 4만을 이끌고 도중의 성을 점령하면서 진군한다."

코르치가 머리를 끄덕였다.

"본진은 위사군단인 1군단과 제4군단이 되겠고 후위군은 제5군단과 8군단의 4만이 되겠습니다."

이로써 총16만 대군이 마칸디 왕국을 휩쓸게 된 것이었다. 장군들이 서둘러 진막을 나갔을 때 코르치가 김산에게 말했다.

"전하, 토번과 세르갈은 심복으로 통치를 맡겼지만 멀어서 관리가 힘드나, 마칸디와 반투는 점령하고 나서도 전하께서 직접 통치하셔야 될 것 같습니다."

코르치가 말을 이었다.

"마칸디와 반투가 반란을 일으키면 몽골제국과의 통로가 막혀 고립될 것입니다."

김산이 머리를 끄덕였다.

"그렇군, 마칸디와 반투를 제국에 포함시키기로 하지."

김산의 입에서 처음으로 '제국'이란 말이 나왔으므로 코르치의 두 눈이 번들거리기 시작했다.

"전하, 그 말씀을 하시기를 기다렸습니다."

"무슨 말인가?"

진막 안에는 그들 둘과 안쪽에 위사부장 둘이 서 있을 뿐이다. 김산의 시선을 받은 코르치가 말을 이었다.

"전하의 제국을 세우셔야 합니다. 소신뿐만 아니라 모든 대장군, 세르갈 투항군의 장군까지 그것을 고대하고 있습니다."

"이것 야단났군."

쓴웃음을 지은 김산이 지그시 코르치를 보았다.

"이것 봐, 참모장, 구타이의 휘하에서 오래 지내더니 반역에 익숙해졌나?"

"이것은 반역이 아니올시다."

정색한 코르치가 머리까지 저었다.

"이것은 바투 님의 킵차크 제국과 같은 제국이 될 것입니다. 오히려 몽골제국을 옹위하는 제국으로 몽케 황제께서도 기뻐하실 것이오."

어깨를 편 코르치가 김산을 보았다.

"그리고 전하께선 구타이하고 다른 그릇입니다."

마칸디왕 포르타가 재상 자톤을 보았다. 자톤은 몽골원정군에 사신으로 다녀온 전력이 있다.

"자톤, 몽골군이 반투를 포기하고 이곳으로 북상하고 있다. 쿠추의 의도가 무엇인 것 같으냐?"

포르타의 얼굴은 굳어 있다. 구탄성의 정청 안이다. 대리석이 깔린 화려한 정청이었지만 모여선 1백여 명의 장군, 관리의 분위기가 잔뚝 가라앉아서 숨소리도 들리지 않는다. 자톤이 입을 열었다.

"소신이 쿠추에게 마칸디는 결코 적국이 아니며 몽골군에 호응할 것이라고 말했지만 믿지 않는 것 같습니다."

"그럼 마칸디를 정복하고 반투로 내려간단 말인가?"

"그렇습니다."

자톤이 긴 숨을 뱉었다.

"반투를 위에서 압박하는 것이 전략상 유리할 것입니다."

"그렇다면 우리는 반투와 연합해서 몽골군을 막아야 되지 않겠는가?"

포르타가 물었을 때 장군들이 나섰다.

"지당하신 말씀입니다. 반투에 시급히 사신을 보내야 합니다!"

"몽골군을 위아래에서 협력하면 승산이 있습니다!"

그때 포르타가 손을 들어 입을 막았다. 60대의 포르타는 마칸디를 통치한 지 40년, 현군(賢君)은 아니었지만 모자란 왕도 아니다. 포르타가 말했다.

"그때는 우리가 몽골군과 싸워 기진맥진한 상태가 되어 있을 때다. 반투의 지원군은 금방 올 수가 없다."

모두 입을 다물었다. 그렇다. 반투가 지원군을 보내지 않을 수도 있는 것이다. 그때 대장군 죠기스가 나섰다.

"전하, 소신에게 기마군 5만을 주십시오. 몽골군은 이미 국경 안으로 깊숙이 침투해오고 있습니다. 제가 급히 동진해서 막아놓고 보겠습니다."

포르타가 머리를 끄덕였다. 지금 당장은 그럴 수밖에 없다.

죠기스가 다음 날 아침, 급히 편성한 기마군 2만5천을 이끌고 떠났을 때 포르타가 다시 자톤을 불렀다. 이곳은 청 옆쪽의 접견실 안이다. 주위를 물리친 터라 안에는 둘뿐이다.

"자톤, 이 싸움에서 승부는 이미 가려졌다. 나는 마칸디 왕좌에 연연하지 않겠다."

포르타가 결연한 표정으로 말했다.

"내 나이 60이 넘었고 왕좌를 물려줄 적자도 없다. 쿠추에게 마칸디 왕국을 넘겨주는 것이 어떻겠느냐?"

"전하, 황공합니다."

목이 멘 자톤이 머리를 숙였다. 포르타는 5년쯤 전에 외아들 가이스론을 병으로 잃었다. 40대의 가이스론 또한 딸만 둘을 낳아서 왕위를 이어갈 왕손이 없는 것이다. 포르타가 말을 이었다.

"그래서 죠기스에게 방어만 하고 내 지시를 기다리라고 했다. 네 생각은 어떠냐?"

"몽골 사령관 쿠추는 합리적인 성품입니다. 고려 출신으로 정복당한 왕국의 입장을 아는 자입니다."

"그렇다면 네가 쿠추를 만나 내 입장을 전해라."

자톤의 시선을 받은 포르타가 얼굴을 일그러뜨리며 말했다.

"마칸디가 항복할 테니 주민은 물론 군사와 관리들까지 온전하게 놔둬야 한다고 해라."

"전하."

"나는 상관없다. 목을 베건 매달건 마음대로 하라고 해라."

"전하."

"지금 당장 떠나라. 대장군 죠기스보다 먼저 몽골군을 만나야 한다."

자톤이 어느덧 눈물로 범벅이 된 얼굴을 들었지만 입을 열지 못했다.

그 시각에 반투 왕 바이만이 몽골군의 북진 소식을 보고 받고 있다. 반투의 왕성인 오가논성 안이다. 보고자는 반투국 제2군단장 사이론이 보내온 전령이다. 보고를 들은 바이만이 쓴웃음을 짓고 둘러선 장군들을 보았다.

"쿠추가 위에서 내려올 모양이군."

"그렇습니다."

재상 아칙이 굳어진 얼굴로 대답했다.

"마칸디 국경에서 내려오면 우리는 지붕이 무너진 꼴이 됩니다."

"아칙, 말을 삼가라."

바이만이 낮게 꾸짖었다.

"넌 나이가 들면서 교묘한 표현만 늘어났지 총기를 잃었다."

"과연 그렇습니다."

68세인 아칙이 주름진 얼굴을 숙였다가 들었다.

"옛일이 더 선명하게 떠오르니 노망이 든 것 같습니다. 그러니 물러나게 해줍시오."

"닥쳐라."

가볍게 말을 자른 바이만의 시선이 위사장 마리오크에게 옮겨졌다.

"타르산에서 소식이 없느냐?"

"예."

마리오크가 더 이상 말을 잇지 않았으므로 바이만의 시선도 돌려졌다. 타르산 암살대가 쿠추와 그의 심복들을 죽여 없애기를 기대했

314

던 바이만이다. 그러나 아직 어떤 희소식도 전해지지 않는다.

"전군(全軍)을 집결시켜 북방 경비를 강화한다."

바이만의 목소리가 청을 울렸다.

"비상이다."

잠시후 바이만과 마리오크, 재상 아칙까지 셋이 내전의 별궁에서 다시 모였다. 그때서야 마리오크가 타르산 암살대 이야기를 풀어놓는다.

"전하, 암살대장 히사치로부터 연락이 끊겼습니다."

마리오크가 말을 잇는다.

"가탄강 주변에서 수십 명의 처참한 시체가 발견되었고 폭발이 일어난 곳이 여럿이라는 보고를 받았습니다."

"그것이 암살단이란 말이냐?"

"시신 확인은 안 되었지만 암살단에 변고가 있는 것 같습니다."

"타르산 암살단에 변고가 있단 말인가?"

혼잣소리처럼 말한 바이만이 아칙을 보았다.

"재상, 그대의 의견을 듣자."

그러고는 엄격한 표정을 지었다.

"지붕이 무너지느니 하는 괴상한 표현은 삼가라. 사기가 저하된다."

"황공합니다."

얼굴을 굳힌 아칙이 바이만을 보았다.

"전하, 쿠추가 마칸디군 10만을 방패용으로 내세우고 기마군 15만으로 밀고 내려오면 반투군은 한 달도 안 되어서 붕괴됩니다."

바이만이 숨을 들이켰을 때 아칙이 주름진 눈꺼풀을 잔뜩 치켜 올렸다.

"더구나 동쪽 세르갈 국경에서 5만 정도의 군이 밀고 오면 무너지는 속도가 더 빨라질 것입니다."

"……"

"제 생각입니다만 마칸디왕 포르타는 곧 항복할 것입니다. 그자는 쿠추가 세르갈에 머물 때 이미 재상 자톤을 보내 항복 의사를 표명했던 자입니다."

"……"

"기간이 15일 정도밖에 남지 않았습니다. 타르산 암살대는 이미 실패했으니 전하께서 결단을 내리실 일만 남았습니다."

"어떤 결단 말이냐?"

바이만이 눈을 치켜뜨고 물었지만 목소리는 마른 통에서 울려 나오는 것 같다. 그때 아칙이 어깨를 늘어뜨리며 대답했다.

"항복을 해서 군관민(軍官民)을 살리는 것이냐? 아니면 결사 저항을 해서 왕가(王家)는 물론이고 전 반투국이 멸망하는 것이냐를 택하는 것이지요."

"너는 역적이다."

"예, 전하. 그런 말씀을 들을 각오를 하고 있습니다."

"나에게는 20만 대군이 있다. 징병을 하면 35만까지 가능하다."

"예, 주민이 모두 450만이니 1백만도 가능하지요."

머리를 든 아칙의 눈에 눈물이 고여 있다.

"그러면 다 죽습니다."

마칸디의 재상 자톤이 김산 앞에 엎드렸을 때는 닷새 후였다. 밤을 낮 삼아 달려왔는지 40대 중반의 자톤은 10년도 더 늙어 보였고 옷은 먼지와 땀이 범벅이 되었다. 미시(오후 2시) 무렵, 행군 도중이어서 김산은 나무 걸상을 가져와 앉아 있었으며 자톤은 땅바닥에 엎드려 있다. 자톤이 입을 열었다.

"소인이 죠기스의 기마군을 멈춰 세우고 전하께 달려왔습니다. 마칸디 왕 포르타는 전하께 왕국을 바친다고 했습니다."

둘러선 장군들이 술렁거렸다가 곧 조용해졌다. 호흡을 가눈 자톤이 번들거리는 눈으로 김산을 보았다.

"포르타는 전하께서 허락해주신다면 남은 가족과 함께 자결을 하여 후환을 아예 없애 드리겠다고 했습니다."

김산은 시선만 주었고 자톤의 말이 이어졌다.

"다만 마칸디의 군관민은 그대로 살려주시기를 희망한다고 했습니다."

자톤이 입을 다물자 김산이 시선을 들었다.

"그것뿐이냐?"

"예, 전하."

"내가 구탄성에 입성할 때까지 살아있으라고 전해라."

"예, 전하."

"내 조건은 그것뿐이다. 포르타 왕의 조건은 다 받아들이겠다."

김산과 참모장 코르치의 시선이 마주쳤다. 노회한 코르치는 김산의 심중을 읽은 모양으로 머리만 끄덕였다.

그러나 다시 행군을 계속한 지 한 시진쯤이 지난 진시(오전 8시) 무렵, 이번에는 남쪽에서 전령이 달려왔다. 전령은 반투로 보낸 밀정 하나를 대동하고 있다. 반투에는 수십 명의 밀정이 파견되어 있었는데 수시로 보고를 해오는 것이다. 김산이 마상에서 전령의 보고를 받는다.

"전하, 반투 왕성 오가논성에 있던 밀사가 왔습니다."

전령 뒤를 따르던 먼지투성이의 농군 차림이 마상에서 허리를 꺾는다. 그들은 행군하고 있는 중이다.

"말하라."

옆에서 따르던 위사장 겸 본진 대장군 비호수가 말했다. 그때 밀사가 머리를 들고 소리쳐 보고했다.

"오가논성 안에 재상 아칙의 머리가 창에 꿰여 전시되어 있습니다. 죄명은 몽골군과 내통하여 군(軍)의 사기를 떨어뜨렸다는 것입니다."

김산은 듣기만 했고 밀사의 말이 이어졌다.

"성안에 소문이 퍼졌는데 아칙과 교류가 있는 장군, 관리는 모두 처형, 구금되었다고 합니다."

"......"

"반투왕 바이만은 전국에 징병을 지시해서 군사를 30만 더 늘린다고 했습니다."

"......"

"그래서 징병을 피해 성을 빠져나오는 남자들이 많아지고 있습니다."

그때 김산이 머리를 돌려 비호수를 보았다.

"상황이 급진전 되는구나. 참모장 코르치를 부르고 선봉군을 제외한 전군을 정지시켜라."

그날 밤 김산이 침소로 들어섰을 때는 자시 무렵이다. 침소에서 기다리던 안재빈이 김산을 맞았는데 이제는 자연스럽다.

"나리, 내일부터 행군을 안 합니까?"

"응, 이곳에 집결한다."

겉옷을 벗어 안재빈에게 건네준 김산이 문득 물었다.

"원정군의 목적지 마스라는 남쪽이 바다에 닿아 있다. 남쪽 투베이 항은 동서양을 잇는 무역항이야, 그곳을 들어보았느냐?"

"처음 듣습니다."

"네 부친은 들었을지도 모른다."

허리에 찬 칼을 건네주면서 김산이 말을 이었다.

"육로보다 해로가 더 빠르고 더 많은 하물을 운반할 수가 있지 않겠느냐? 풍랑만 잡으면 가장 안전하기도 할 것이다."

"고려에서 중원(中原) 땅에 해로로 오려면 절반은 바다에 빠져 죽습니다."

머리를 끄덕인 김산이 자리에 앉았다. 촛불이 일렁거렸고 먼 쪽에서 순찰군사의 기척이 들렸다.

"서역 콘스탄티노플에서 예루살렘이란 곳으로 서역 배로 항해한 적이 있다."

김산이 눈을 가늘게 뜨고 지난날을 회상했다.

"내가 킵차크국 바투 님의 폴란드 총독을 지낼 때인데 서역 배는 크고 빠른 데다 안전했다."

김산이 다가앉은 안재빈의 허리를 당겨 안으면서 말을 이었다.

"그런 배를 건조하면 네 부친을 빨리 만날 수도 있을 것이다."

아칙에게는 두 아들이 있었는데 큰아들 주아치는 왕성 수비군 부사령관이었고 둘째 아들 마크란은 성 밖에서 마장을 운영했다. 이번에 재상 아칙이 바이만에 의해 멸문의 화를 입었을 때 주아치의 일족까지 수십 명이 학살당했지만 마크란은 살았다. 성 밖에 있었을 뿐만 아니라 15년쯤 전에 아비 아칙으로부터 의절을 당해 인연을 끊었던 터라 바이만의 집행관들도 잊고 있었던 것이다. 그러나 자식은 자식이다. 뒤늦게 마크란의 존재를 깨달은 집행관이 성 밖 마장을 덮쳤을 때는 이미 늦었다. 마크란 일족은 하인들까지 데리고 도피한 후였다.

"의절 당한 자식이니 보고 안 해도 되겠다."

집행관 역을 맡은 장군 수가반이 말했다.

"전란이 시작될 텐데 그놈 일족을 찾고 다닐 여유도 없다."

이렇게 아칙 일족의 처리가 종결되었고 바이만도 그렇게 믿었다. 그런데 짐작대로 되지 않는 것이 인생이며 운명이다. 마크란은 일족을 산속으로 은신시킨 후에 혼잡한 왕성 안으로 돌아왔다. 서역에서 노예로 팔려온 충복 비산트와 둘이 돌아온 것이다. 15년 전, 온갖 말썽을 다 일으켜 아비 아칙의 얼굴에 똥칠을 했던 마크란이다. 아비 덕분으로 왕성 수문장 직위까지 올랐던 마크란은 주사가 심했고 여자를 밝혀서 말썽이 끊이지 않았다. 결국 동료 수문장을 활로 쏴 중상을 입힌 죄로 감옥에 갇혔는데 그때 아칙은 마크란을 자식이 아니라고 선언하고는 집안에서 내쫓았던 것이다. 그것이 15년 전이다. 마크란은 그 후로 아칙은 물론 꼼꼼하고 냉정한 형 주아치도 보지 못했다. 어머니 미샤가 5년 전에 병으로 죽었을 때도 장례식에 가지도 못했다. 그래서 그 후로 묘지만 찾아가 본 것이다. 마크란은 어머니가 몰래 내준 금과 패물을 팔아 말을 키워 제법 큰 마장을 만들어 냈는데 술도 끊었고 여자도 밝히지 않았다. 그런데 갑자기 이런 사단이 일어난 것이다.

"왕성에서도 5만을 모은답니다."

시내에서 돌아온 비산트가 마크란에게 말했다.

"왕은 매일 징병으로 모은 군사들을 사열하러 간다는군요."

비산트는 7척 장신에 피부는 흑갈색이었고 힘이 장사다. 13살 때 노예로 팔려온 비산트를 마크란이 산 것이다. 이제는 12년째 동고동락을 한 사이라 형제 같다. 25살 때 아칙에게서 쫓겨난 마크란은 이제 40세의 장년이 되었다.

"내가 비록 의절은 당했지만."

마크란이 술병을 쥐고 비산트를 향해 웃었다.

"아버지는 아버지다. 저승에 가 있는 아버지에게 내가 자식이라는 것을 보여주고 죽을란다."

"주인, 아버님이 저승에서 어떻게 봅니까? 다 지어낸 말입니다."

비산트가 술병을 노려보며 말을 이었다.

"15년간 끊으신 술을 왜 마십니까? 술의 힘을 빌리는 건 비겁하다고 주인이 말씀하셨지 않소?"

이곳은 성안의 민박집 구석방이다. 여관보다 싸고 식사도 해먹을 수 있었기 때문에 마크란은 시골에서 온 여행자 행세를 하고 투숙했다. 병째로 한 모금 술을 삼킨 마크란이 지그시 비산트를 보았다.

"비산트, 너, 내가 일을 끝내면 네 고향으로 돌아가라."

"주인."

놀란 비산트가 눈을 크게 떴다.

"그게 무슨 말씀이오?"

"이것 받아라."

마크란이 보따리에서 주먹만 한 헝겊 주머니를 꺼내 비산트 앞에 놓았다. 무겁게 보였고 놓여질 때 돌덩이가 내려지는 소리가 났다.

"이건 금화야, 2백 냥 들었으니까 네가 고향 갈 노자에다 그곳에서 조그만 집을 살 수도 있을 게다."

"주인."

"내가 죽으면 바로 떠나."

다시 한 모금 술을 삼킨 마크란 앞으로 비산트가 바짝 다가앉았다.

"주인, 마님과 도련님들은 어떻게 하시려고 그러시오?"

마크란은 10살, 8살짜리 아들이 있는 것이다. 비산트의 시선을 받은 마크란이 빙그레 웃었다.

"그놈들이 살아남는다면 제 아비를 존경하게 될 것이 아니냐? 나는 그것이 보람이다."

"바이만이 정규군 20만에다 징병으로 18만을 더 모았습니다."

참모장 코르치가 정색한 얼굴로 말을 이었다.

"징병군은 오합지졸이나 바이만이 방패막이로 앞에 세워놓는 진형을 만들고 있습니다. 전하."

진막 안에는 마칸디 왕성에 진입해 있는 제1대장군 예케를 제외한 4명의 대장군과 주요 지휘관까지 20여 명이 다 모여 있다. 코르치가 방바닥에 놓인 지도를 말채찍으로 짚으며 말을 이었다.

"아군도 어쩔 수 없이 방패막이 군(軍)을 내세워야 되겠으니 초전에 수십만의 양측 손실은 각오해야 될 것입니다."

진막 안은 무거운 정적으로 덮였다. 촛불을 여러 개 밝혀 놓아서 거대한 진막 안은 밝다. 김산이 어깨를 펴고는 장군들을 둘러보았다. 원정군은 이제 혼합군단이 되어 있다. 토번과 세르갈군이 각각 주력으로 편입되었고 말석에 마칸디의 대장군 죠기스의 모습도 보인다. 죠기스는 왕성 구탄성에서 끌고 온 기마군 2만5천을 그대로 이끌고 원정군에 투항해온 것이다. 물론 마칸디왕 포르타의 지시였지만 오늘밤 죠기스의 표정은 더욱 굳어 있다. 양군(兩軍)이 방패막이를 쓴다면 이쪽 몽골군은 마칸디군을 쓸 수밖에 없을 것이기 때문이다. 그때 김산이 말했다.

"마칸디 왕은 자신을 희생해서 군관민의 안위를 요청했고 내가 받아들였다."

김산의 목소리가 진막 안을 울렸다.

"나는 마칸디의 군사를 이번 전쟁에는 내세우지 않는다, 죠기스."

갑자기 김산이 부르는 바람에 죠기스가 놀라 두 손으로 방바닥을 짚었다.

"예, 전하."

"너는 후군의 치중을 맡으라."

"예."

대답을 하고 난 죠기스가 손등으로 이마의 땀을 닦았다.

"예, 군사는 치중으로 돌리겠습니다. 하오나 소신은 선봉군의 장수로 내세워 주십시오."

죠기스가 땅바닥에 이마를 붙이더니 말을 이었다.

"왕이 목숨을 내놓고 왕국을 넘기셨는데 장수라는 위인이 뒤로 빠지다니, 치욕이올시다. 전장에서 목숨을 버리게 해주십시오."

그때 김산이 얼굴을 펴고 웃었다.

"군신(君臣)의 모습이 아름답다. 너희들이 마칸디를 온전하게 보존하는구나."

길이 막혔으므로 바이만이 웃음 띤 얼굴로 위사장 마리오크를 보았다.

"곧 7만이 될 테니 이제 징집병 20만은 채우겠다."

왕성 주변에서 징집한 것이다. 앞쪽의 길은 징집병 무리가 길을 횡단하는 바람에 막혀 있는 것이다. 징집병들은 옆쪽 마장(馬場)의 숙소에 수용하고 나서 무기를 지급받고 사흘간의 기본 교육을 받게 될 것이다. 그리고 나서 전장(戰場)으로 보내지는 것이다.

"이 징집병들은 가잔성 주변에서 잡아들였습니다."

마리오크가 앞쪽을 횡단해가는 무리를 눈으로 가리키며 말했다. 대부분이 남루한 차림으로 10대 소년도 있고 50대쯤의 나이 든 사내도 있다. 모두 낙담한 표정으로 몇 명은 울기도 하지만 군사들의 철통같은 감시를 받고 있어서 대오를 이탈할 수는 없다.

"자, 가자."

바이만이 말고삐를 채면서 말한 순간이다. 갑자기 가슴에 격심한 충격이 오더니 곧 배와 이마에 충격을 받은 바이만이 말에서 굴러 떨어졌다. 그러나 말이 달리는 바람에 떨어지던 바이만은 발이 발걸이에 걸려, 달리는 말에 끌려갔다. 다리가 매달린 채 상반신이 땅바닥에 부딪치며 끌려간 것이다.

"아앗!"

놀란 마리오크가 말을 달려 바이만의 말고삐를 잡아 세우더니 뛰어내렸다. 그러고는 바이만의 발을 발걸이에서 풀어 눕히고는 혀를 찼다.

"이런, 죽었군."

마리오크의 혼잣말이다. 허리를 편 마리오크가 달려온 위사들에 게 소리쳐 지시했다.

"왕이 죽었다! 시체를 말에 실어라!"

마리오크는 두 번 다시 땅바닥에 누운 바이만을 보지 않았다. 화살도 뽑으라고 하지 않는다.

"서둘러라!"

몸을 돌린 마리오크가 소리치고는 주위를 돌아보았다. 길가에 주택들이 서 있었는데 화살이 날아 올 만한 장소는 두어 곳뿐이다. 전장에 익숙한 마리오크의 시선이 그곳을 훑다가 곧 비켜났다. 바이만의 시체가 말 등에 실렸는데 가슴과 배, 이마에 깊숙이 박힌 세 발의 화살 끝에서 피가 흐른다. 마리오크가 그냥 실으라고 했기 때문이다.

"자, 궁으로 간다!"

마리오크가 소리치며 앞장을 섰고 조금 전까지만 해도 안장 위에 앉아 있었던 바이만은 시체가 되어 말 등에 묶여진 채 뒤를 따른다. 그때까지 숨을 죽이며 그 장면을 응시하던 수천 명의 주민, 징집병들은 그때서야 움직이기 시작했다. 그런데 제각기 흩어지는 것이다. 경비병들이 모여 서서 수군대는 바람에 수천 명의 징집병들은 제각기 흩어졌다. 그러더니 곧 사방으로 내달리기 시작했다.

"주인, 저쪽으로!"

비산트가 소리치고는 앞장을 섰다. 마크란이 뒤를 따른다. 주위를 탈주한 징집병 무리가 내달리고 있다.

"왕이 죽었다!"

누군가 소리치자 서너 명이 따라 소리쳤다.

"왕이 화살을 맞아 죽었다!"

"왕이 죽었다!"

이제는 마크란이 목청껏 소리쳤다. 왕을 쏘아 죽인 것은 마크란이다. 50보 거리에서 철궁에 낀 3발을 다 맞혔다. 왕이 다닌다는 길목의 언덕 위에 숨어서 기다린 지 사흘째, 비산트는 아래쪽에서 망을 보다가 왕이 오면 모자를 벗어 신호를 해주는 역할을 맡았던 것이다. 그리고 오늘, 마침 징집병 무리가 왕의 기마군 행차를 잠깐 막는 바람에 기회를 잡았다.

"왕이 죽었다!"

징집병으로 끌려가다가 도망치는 사내들의 함성 같은 외침이 더 높아졌다. 이제는 주민들도 따라 소리친다. 주민들은 이미 마칸디왕 포르타가 백성들을 위해 자신의 목숨까지 내놓았다는 사실을 알고 있는 것이다. 그것은 몽골군의 세작들이 소문을 퍼뜨렸기 때문이다. 주민을 징집해서 방패막이로 사용하려고 했던 바이만에 대한 원망이 치솟고 있었던 상황이다.

"왕이 죽었다!"

함성 같은 외침으로 변했을 때 마크란이 마침내 소리쳤다.

"아버지! 마크란이 원수를 갚았소!"

그러나 함성에 묻혀 마크란만 들었다.

그로부터 열흘 후에 몽골군 선봉군 4만여 명이 오가논성에 입성했다. 성문을 열고 성 밖까지 나가 몽골군을 맞은 반투국 장수는 위사장 마리오크다. 마리오크가 그동안 반투국을 장악하고 있었던 것이다. 몽골 선봉군을 이끈 장수는 제2대장군 홍복이다.

"반투국을 바칩니다."

마리오크가 땅바닥에 무릎을 꿇고 소리쳐 말했을 때 홍복은 말에서 내리지도 않았다. 이제 50대 초반이 된 여진족 출신 대장군 홍복이 마리오크를 내려다보았는데 감개가 서린 표정이다.

"여보게, 자네도 이곳 반투 출신이 아니지?"

마상에서 홍복이 소리쳐 묻자 마리오크가 머리를 들었다.

"예, 서역에서 노예로 팔려왔다가 위사장이 되었소."

"나도 여진 출신의 몽골 대장군이야. 일어나게."

홍복이 소리쳐 말했다. 이렇게 반투가 멸망했다.

<끝>